KB267028

過香積寺
향적사를 찾아가다

향적사 어딘지 알지 못하여
구름 봉우리 속으로 몇 리나 들어간다
고목 우거져 사람 다니는 길 없건만
깊은 산 속 어딘가의 종소리
샘물 소리 가파른 바위에서 흐느끼고
햇살은 푸른 소나무를 차갑게 비치고 있네
해질녘 고요한 연못 굽이에 앉아
편안히 참선하며 잡념을 걷어 낸다네

不知香積寺
數里入雲峰
古木無人徑
深山何處鍾
泉聲咽危石
日色冷青松
薄暮空潭曲
安禪制毒龍

우화등선

꿰는劒仙

Fantastic Oriental Heroes

촌부 新무협 판타지 소설

우화등선 2

촌부 新무협 판타지소설

초판 1쇄 찍은 날 § 2006년 1월 23일
초판 1쇄 펴낸 날 § 2006년 1월 31일

지은이 § 촌부
펴낸이 § 서경석

편집장 § 문혜영
편집책임 § 이재권
편집 § 서지현

펴낸곳 § 도서출판 청어람
등록번호 § 제1081-1-89호
등록일자 § 1999. 5. 31
어람번호 § 제2-0819호

주소 § 경기도 부천시 원미구 심곡1동 350-1 남성B/D 3F (우) 420-011
전화 § 032-656-4452 팩스 § 032-656-4453
http://www.chungeoram.com
E-mail § eoram99@chollian.net

ISBN 89-5831-956-9 04810
ISBN 89-5831-954-2 (세트)

2
부자지정(父子之情)
우화등선
꽝ㄴ쨩仙
Fantastic Oriental Heroes
촌부 新무협 판타지 소설
도서출판 청어람

목차

2징

제2화 농사행(農事行)

선화객잔은 평촌 구석에 위치한 작은 객잔이었다. 시골 객잔답게 선화객잔은 특별한 날이 아니면 한적하기 짝이 없지만 오늘은 몹시 복잡한 상태였다.

오늘이 바로 장이 서는 날이다.

때문에 식탁에는 많은 사람들이 앉아 껄껄 웃으며 음식을 먹고 있었는데 대부분 뜨내기 상인이거나 시장을 보러 나온 촌부인 덕택에 앞에 놓인 음식은 간단한 소면이나 만두 따위였다.

하지만 자잘한 주문이 더 바쁜 법. 선화객잔의 유일한 점소이 성경일은 눈코 뜰 새 없이 객잔 안을 휘저어야 했다.

"이봐, 점소이!"

"예!"

경일은 재빨리 자신을 부른 중년인에게 달려갔다.

"예! 주문하시려고요?"

경일을 부른 중년인이 입을 열었다.

"그래, 여기 만두 이 인분하고… 자네, 소면 먹나?"

중년인의 일행이 고개를 젓자 중년인이 고개를 끄덕이며 말했다.

"그럼 만두 이 인분과 소면 하나 빨리 주게나."

"예!"

경일이 재빨리 주방으로 달려갔다.

주방 안에 '소면 하나 추가!' 라고 외친 경일은 이번엔 손님이 떠난 식탁 앞으로 다가가 그릇들을 옮겨 주방으로 가져갔다. 그리고 다시 돌아와 행주를 들고 식탁을 탁탁 털어 음식 찌꺼기를 바닥으로 떨어뜨린 경일은 객잔의 문이 열리자 재빠른 속도로 객잔 앞으로 달려가 머리를 조아렸다.

"어서 옵쇼!"

고개를 땅에 닿을 듯 숙였다가 미소 지으며 고개를 든 경일의 얼굴이 이내 굳어졌다. 웬 거지가 당당하게 서서 객잔을 둘러보고 있는 것이다.

경일은 한숨을 내쉬었다.

"에이, 거지 아냐?"

"뭐라?"

객잔의 문을 활기차게 열어젖혔던 추걸개의 얼굴이 굳어졌다.

"장사에 방해되니까 얼른 나가슈! 웬 거지가 끼고 난리야!"

점소이의 중요한 업무 중 하나가 상점에 껴드는 잡상인을 막는 것이다. 물론 그 안에는 거지도 포함된다. 경일은 손을 휘휘 저으며 얼른 나가라는 듯 중얼거렸다.

그 목소리에 추걸개의 얼굴이 붉으락푸르락해졌다. 뒤에 강호의 후배가 세 명이나 서 있는데 감히 자신을 이따위로 대접하다니!

"이노옴!"

추걸개가 번개같이 손을 들어 경일의 머리를 후려쳤다.

"어이쿠!"

"내가 비록 거지이긴 하다만 구걸하러 온 게 아니라 돈 주고 사 먹으러 온 거다! 어디서 손님을 내쫓는 게야!"

"아… 아… 아이구! 아이구야! 엄니!"

"웬 사내가 엄살이 그리 심하냐! 얼른 자리나 안내하거라!"

엄살을 부리는 경일을 보며 추걸개가 다시 호통을 쳤다.

경일은 머리를 어루만지며 재빨리 빈자리로 달려가 행주로 탁자와 의자를 탁탁 쳤다. 먼지를 털어주는 행동이다.

운풍자와 운혜, 청명과 추걸개가 경일이 털어준 자리에 앉자 그제야 통증이 가신 경일이 눈치껏 주위를 둘러보았다. 여도사 하나, 소년 도사 하나, 청년 도사 하나, 거지 하나.

경일의 눈이 찌푸려졌다. 결코 비싼 음식을 먹을 사람들이 아니다. 하지만 거지의 꿀밤이 제법 매웠던 터라 경일은 부드럽게 미소 지으며 말할 수밖에 없었다.

"주문하시겠습니까?"

"선배께서는 뭘……?"

경일의 말에 운풍자가 무표정한 얼굴로 추걸개를 바라보았다. 운풍자의 시선에 괜히 멋쩍어진 추걸개가 허허 웃으며 말했다.

"거지가 가리는 것이 있겠나. 아무거나 다 잘 먹지. 허헛."

"그럼."

운풍자가 고개를 숙여 보이고는 다시 경일을 바라보았다. 어떠한 음식이 있는지 설명해 달라는 뜻이었다.

운풍자의 시선을 받은 경일이 헤헤 웃으며 자랑거리를 늘어놓기 시작했다.

"저희 객잔이 비록 대단한 음식을 하는 것은 아니지만 그 음식 맛이 정갈하기로 이 동네에 소문이 쫙 퍼졌습죠. 일단 어떤 음식을 시키셔도 후회는 없으실 터인데 어향육사(魚香肉絲)나 회과육(回鍋肉), 고노육(古老肉) 같은 돼지고기 요리를 제일 잘합니다. 이 동네에 질 좋은 돼지를 기르는 농가가 있거든요. 그래서 돼지고기 요리를 시키시면……."

"그럼 그거 셋하고 만두 삼 인분."

운풍자가 경일의 말을 끊으며 말했다. 어차피 도사야 간단한 음식을 먹어야 규율에 어긋나지 않으니 만두 삼 인분이면 될 테지만 추걸개를 위해 다른 음식을 세 가지나 주문한 것이다.

하지만 그 내막을 모르는 청명의 얼굴은 그야말로 환하게 밝아졌다. 드디어 맛있는 것을 먹게 되었다고 기뻐하는 청명을 보고 운혜는 다시 미소를 지었다.

주문을 받고 사라졌던 경일이 주문받은 음식을 주방에 외치고 차 주전자와 찻잔을 가져오자 추걸개는 차를 따라 한 모금 마시고는 입을 열었다.

"허헛, 그러고 보니 통성명도 하지 않았구먼. 하도 반가워서 실수를 했네. 나는 막현우라고 하네. 강호의 친구들은 나를 추걸개라 부르지."

호탕하게 자신을 소개한 추걸개가 은근한 눈길로 운혜를 바라보았다.

당황한 운혜는 재빨리 고개를 숙였다. 운풍 사형에게 사람들을 만나면, 특히 무인을 만나면 최대한 입을 조심하라는 주의를 받았는데 이 늙은 거지는 운풍 사형을 잘 아는 듯하다. 어떻게 해야 할지 감이 잡히지 않아 몰래 운풍자를 바라보았다.

운혜가 대답이 없자 답답해진 추걸개가 이번에는 청명을 바라보았다. 추걸개의 시선을 받은 청명은 운풍자의 주의를 기억해 내고는 서둘러 입을 틀어막았다.

"합!"

"……."

청명에게서도 원하는 반응을 얻지 못한 추걸개는 눈을 가늘게 뜨고 운풍자를 바라보았다.

"이게 도대체 뭔 일인가?"

"…말할 수 없는 사정이 있습니다."

"음? 으흠… 그런가?"

추걸개가 굳은 얼굴로 고개를 끄덕거렸다. 왠지 모르게 불쾌한 기분이 추걸개를 엄습했다. 만약 정말 말할 수 없는 사정이 있다면 저렇듯 어설픈 연기를 하는 것은 또 무언가. 마치 약을 올리는 것만 같아 뭔가 꺼림칙했다.

"…허어, 그래도 도명이라도 알아야지."

"추후 설명드리겠습니다."

"으음, 흠, 흠."

추걸개가 불쾌한 듯 헛기침을 내뱉었다.

잠시 어색한 침묵이 식탁을 감돌았다.

수염을 쓰다듬던 추걸개가 헛기침을 터뜨리며 다시 입을 열려는 찰나 드디어 음식이 나오기 시작했다. 추걸개는 음식을 보자 도명을 알아보는 것쯤은 조금 늦어도 상관없다고 생각하고는 미소를 지으며 음식들을 바라보았다.

제일 처음 나온 것은 만두였다. 만두피가 조금 두꺼운 포자였는데 젓가락을 사용하지 않고 손으로 집어먹기도 하는 음식이었다.

청명 역시 새하얀 만두피를 바라보며 황홀한 표정을 지었다. 그동안 마을에 들르지 못하고 노숙을 하면서 맛없는 벽곡단 같은 것만 먹었는데 드디어 인간 세상의 제대로 된 음식을 먹게 된 것이다.

청명은 행복한 표정으로 만두를 집어 입에 넣었다. 운혜와 운풍자 역시 만두를 입가에 가져갔다.

만두를 오물거리는 청명의 눈에 다른 음식들이 하나씩 나오는 것이 보였다.

첫 번째로 나온 것은 어향육사.

기분 좋게 만두를 오물거리던 청명의 눈길이 달라졌다. 시선을 어향육사에서 떼지 못한 채 만두를 꿀떡 삼킨 청명은 서둘러 젓가락을 들었다. 보기에도 맛있어 보이는 음식들이 널려 있으니 얼른 먹어보고 싶은 마음뿐이다.

청명이 젓가락을 들어 어향육사가 담긴 접시로 가져가자 청명의 옆에 앉아 있던 운혜가 부럽다는 듯 그 모습을 바라보았다. 사실 운혜도 어향육사를 먹어보고 싶었지만 운풍자의 냉엄한 눈에 먹어볼 시도조차 하지 못하고 우울한 얼굴로 만두를 집어 든 참이었다.

"……."

운혜의 맞은편에 앉아 있던 추걸개의 얼굴이 굳어졌다. 규율상 음식을 가려야 하는 도사가 감히 자신의 음식 빼앗아가다니…….

"…소도사는 도문의 규율을 어길 셈인가?"

“네?”

추걸개의 말에 청명이 당황한 얼굴로 운풍자를 바라보았다.

운풍자는 무표정하게 고개를 끄덕였다. 청명 사조께서는 신선이니 무엇을 하셔도 도에서 벗어나지 않는다. 당연히 고기를 먹어도 무방하다.

허락의 의미임을 알아들은 청명은 해맑게 미소를 지었다.

“먹어도 된대요.”

안 된다.

추걸개의 얼굴이 다급해졌다. 이틀이나 굶은 자신의 음식을 나눠 먹을 수는 없다.

청명이 젓가락을 움직이는 짧은 시간 동안 재빨리 머리를 굴려 타개책을 찾아낸 추걸개는 일단 너그러운 웃음을 지었다.

“허허, 그래. 먹어도 된다니 많이 먹게나.”

“네, 고마워요.”

청명이 추걸개에게 히죽 웃어 보이고는 다시 젓가락을 들어 실처럼 잘린 돼지고기와 죽순을 집어 들었다. 젓가락을 입으로 가져가는 청명을 바라보던 추걸개의 눈이 번뜩였다.

“허허, 그 죽순이 참 맛있어 보이는구먼.”

“네? 어?”

청명이 돼지고기를 입에 넣기 직전에 추걸개의 젓가락이 번개 같은 속도로 청명의 젓가락 위를 오고 갔다. 청명의 젓가락은 아무것도 쥐지 않은 상태가 되어버렸다.

청명은 저 거지가 왜 저러나 싶어 고개를 몇 번 갸우뚱거리고는 다시 젓가락을 놀려 이번엔 고노육의 튀긴 돼지고기를 집어 들었다.

"어허, 고노육의 색이 고운 것이 그것도 참 맛있어 보이네!"

"…앗!"

다시 추걸개의 젓가락이 오고 가자 이번에는 고노육을 빼앗겼다.

청명이 억울한 눈으로 추걸개를 한 번 바라보고는 회과육을 집어 들었다. 아니나 다를까, 역시 추걸개의 젓가락이 춤을 추었다.

아무것도 먹지 못한 청명은 울상이 되어 운풍자를 바라보았지만 운풍자는 무표정한 얼굴로 고개를 저을 뿐이다.

운풍 사손이 추걸개를 말려주지 않을 것임을 직감한 청명은 잠시 추걸개를 노려보고는 나름대로 재빨리 손을 놀려 고노육을 집어 들었다. 하지만 입으로 가져가기 직전에 또다시 추걸개에게 빼앗기고 말았다.

"으하핫! 소도사가 먹는 것은 다 맛있어 보이누먼!"

"…이잇……!"

청명의 얼굴이 분노로 빨개졌다. 이제 드디어 고기를 먹어볼 수 있게 되었는데 저 거지가 자꾸 방해를 한다. 거지의 손놀림이 빠르니 어쩌면 고기를 먹어보지 못할지도 모른다.

반면 분노한 청명의 얼굴을 보는 추걸개의 얼굴에는 회심의 미소가 떠오르고 있었다. 이제 이 음식은 몽땅 자신의 차지다. 한두 번쯤 부질없는 반항이 있을 수도 있겠지만 이제는 무의미한 일. 부담없이 위를 채우면 되는 것이다.

추걸개는 미소를 지으며 어향육사로 젓가락을 가져갔다.

"하하, 이곳의 음식이 정갈하니 맛이 절로……."

탁!

젓가락이 어향육사의 접시가 아니라 맨 식탁에 닿았다. 식탁 위에는 어향육사 접시가 없었다. 추걸개는 멍하니 허공을 바라보았다.

"···절로······."

접시는 공중에 둥실 떠 있었다. 그 모습에 추걸개는 더 이상 말을 잇지 못했다.

"절로······."

"헤헤헷."

어디선가 들려오는 의기양양한 웃음소리에 추걸개는 서둘러 청명을 바라보았다. 과연 접시는 둥둥 떠 그 앞으로 날아가고 있었다.

추걸개는 멍하니 접시를 바라보며 낮은 목소리로 중얼거렸다.

"격공섭물?"

"헤헷."

추걸개는 미소를 짓는 청명을 노려보았다. 이 작은 도사님의 내공이 얼마나 되기에 격공섭물까지 시전한단 말인가! 아직 약관도 되지 않은 것 같은 모습인데······.

탁!

청명을 노려보던 추걸개가 재빨리 젓가락을 놓고는 양손을 펼쳐 올렸다. 내공을 끌어올려 접시를 당기는 것이다. 하지만 접시는 여전히 청명에게로 날아갈 뿐이었다.

"으으음······."

추걸개의 입에서 신음 소리가 터져 나왔다. 전신의 내공을 불어넣어 접시를 당겨보았지만 그런 노력에도 접시는 조금의 영향도 받지 않고 청명의 앞으로 날아가고 있었다.

접시가 어느새 청명의 앞에 도착하자 청명이 부드럽게 젓가락을 놀려 돼지고기를 집어 들었다. 곧 청명의 얼굴 전체에 행복한 미소가 감돌았다.

그 모습에 추걸개의 얼굴이 당황으로 물들어갔다.

"우… 운… 운풍… 저건 격공섭물이 아닌가?"

"……."

추걸개의 말에 운풍자는 한숨을 내쉬었다.

"하아!"

한숨을 내쉰 운풍자가 입을 열었다.

"그만 하십시오, 사조님."

"…사조?"

추걸개가 눈을 부릅떴다.

운풍자의 말에 청명은 깜짝 놀라 고개를 푹 수그렸다. 다시 어향육사 그릇이 서서히 탁자에 내려앉았다.

"사조라니?"

"세상 밖에서는 선술을 쓰시면 아니 된다고 말씀드리지 않았습니까."

"미, 미안해요, 운풍 사손."

이해할 수 없는 소리들이 오가고 있었다. 추걸개는 운풍자를 바라보며 다시 중얼거렸다.

"사손이라고? 선술?"

"……."

운풍자가 무표정한 얼굴로 고개를 돌려 추걸개를 바라보았다.

"…말씀드리지요."

추걸개는 무거운 얼굴로 고개를 끄덕였다.

그릇이 허공을 떠다니는 것을 목격한 사람들은 그야말로 굳어 있었다. 객잔 안에 있던 뜨내기 상인들과 시장 구경 나온 촌부들은 그저 멍하니 청명을 바라보고만 있었다.

무림인이다. 산을 부수고 물을 가르고 공중을 떠다닌다는 무림인이다. 자칫 잘못 보였다간 목이 달아난다는 그 무림인이다. 긴장한 사람들의 침묵 속에서 누군가의 침을 꿀꺽 삼키는 소리가 들렸다.

침을 삼킨 것은 다름 아닌 경일이었다. 조금 전 거지영감에게 했던 말이 떠오른 것이다. 경일은 혹여 추걸개가 자신을 해코지라도 할까 두려워 고개를 숙였다.

객잔 사람들이 잔뜩 긴장한 채로 청명을 주시하는 것을 알아챈 운풍자는 객잔 안을 훑어보았다.

무미건조한 운풍자의 시선이 사람들 사이로 지나갔다. 운풍자야 그저 이 일을 어찌하나 걱정되어 본 것이지만 무표정하고 무심한 그 눈동자를 바라본 사람들은 공포에 떨어야 했다. 그 눈동자는 마치 죽일까 말까를 고민하는 듯했다.

객잔 안에 있는 사람들의 몸놀림이 바빠졌다.

"계산! 계산!"

"니도! 니 여기 만두 값 놓고 기네!"

"내가 먹은 게 만두 이 인분하고 소면 하나. 그럼 얼마야? 잠깐, 만두가 삼십 문에 소면이 사십 문… 에라이, 나도 몰라!"

사람들이 미친 듯이 돈을 꺼내어놓고는 객잔 밖으로 달려나갔다. 어떤 사람은 마음이 급했는지 돈주머니를 통째로 놓고 가기도 했다.

순식간에 객잔이 소란스러워졌다가 이내 조용해졌다.

손님들이 모두 빠져나가자 경일은 운풍자와 추걸개의 눈치를 보며 살금살금 움직여 식탁에 놓인 돈들을 집어왔다. 그리고는 식탁을 정리하는 척하며 흘끗흘끗 청명 일행을 주시하기 시작했다. 늙은 거지가 심각한 표정으로 입을 여는 것이 보인다.

"이제 설명하게."

"……."

운풍자는 무표정한 얼굴로 추걸개를 주시했다.

운풍 사손의 꾸중을 들을까 무서워 눈치를 살살 살피던 청명은 의외로 별다른 반응이 없자 한숨을 내쉬고는 다시 젓가락을 들어 음식을 주워 먹기 시작했다.

운풍자의 표정이야 원래 무표정하단 것을 잘 아는 운혜도 한숨을 내쉬며 만두를 집어 입으로 가져갔다.

"간단하게 말씀드릴 이야기가 아닙니다만……."

"그래도 들어야겠네."

"……."

"말하지 않을 겐가?"

"…하아! 설명드리지요."

한숨을 쉬고 난 운풍자는 긴 설명을 시작했다. 학을 타고 내려오신 사조, 검을 허공에 띄운 일, 이기어검과도 같은 설명하기 힘든 이상한 검술, 호풍환우…….

하지만 운풍자는 많은 이야기를 하면서도 운혜에 대한 이야기는 한마디도 꺼내지 않았다. 아무리 추걸개 선배라고 해도 그 일은 최대한 비밀로 하는 것이 좋다. 운풍자는 그 일에 관해서라면 자신의 입조차 의심해 볼 계획이었다.

제법 긴 시간 동안 이어진 운풍자의 이야기가 끝나자 추걸개는 허탈한 표정으로 중얼거렸다.

"…그럼 아예 무공을 모른다는 소린가?"

"예, 사조께서는 무공을 모르십니다."

"아까 접시를 띄운 것은?"

"말로는 설명할 수 없는 일입니다. 저는 선술이라고 생각합니다
만……."

추걸개가 눈을 가늘게 떴다. 자신 역시 격공섭물을 시전할 수 있다.
내공이 일천해 숨을 몇 번 들이킬 정도의 짧은 시간밖에 할 수 없는 일
이지만 그것만으로도 자신은 강호에 이름을 날릴 수 있었다. 그런데
아까 날아가던 접시는 절대 내공의 영향을 받지 않았다.

"…으으음……."

정말 신선인 것일까? 추걸개의 머리 속이 복잡해졌다. 신선이라면
어찌 저리 무지하단 말인가! 세상만사에 통달해야 하는 것 아니었나?
그리고 음식을 탐하는 신선이라니? 말도 되지 않는다. 신선이라면 당
연히 탐욕과 집착과는 거리가 멀어야 하는데 저 소도사는 분명 음식을
탐했다.

이런저런 생각들이 밀려와 머리 속이 복잡해진 추걸개가 청명을 바
라보았다.

청명은 행복한 미소를 지으며 어향육사를 씹고 있었다. 실처럼 잘린
돼지고기를 꿀꺽 삼킨 청명은 곧 회과육 접시에 놓인 간장에 절인 돼
지고기를 집어 들었다. 옆에서는 운혜가 그 모습을 몹시 부러운 듯 바
라보고 있었다.

"사, 사조님, 맛있나요?"

"네, 굉장히 맛있어요."

"……."

청명이 고기를 우물거리며 대답하고는 어향육사로 다시 젓가락을 가져갔다.

그 모습을 부럽게 바라보던 운혜가 우울한 얼굴로 차를 들어 입가로 가져갔다. 차를 들어 마시면서도 그 시선은 청명의 입으로 사라지는 고기들에 집중되어 있다.

청명이 어향육사를 먹고도 다시 어향육사로 젓가락을 가져가자 운혜가 다시 입을 열었다.

"저… 그것만 드시지 말고 옆에 있는 고노육도 좀 드셔보세요."

"네."

청명이 해맑게 웃으며 젓가락을 고노육으로 가져갔다. 운혜가 군침을 꿀꺽 삼켰다.

그 모습을 물끄러미 바라보던 추걸개가 다시 운풍자를 바라봤다.

"못 믿겠는데?"

"…사실입니다."

"으음……."

추걸개의 눈에 의혹이 차 올랐다.

"그럼 왜 선계에 오르지 못하신 겐가, 저… 신선은?"

"원시천존께서 인간지도를 배워오라는… 명을 내리셨다고 합니다."

차마 쫓겨났다는 말은 못하겠다.

운풍자가 부드럽게 말을 끝내자 추걸개는 재차 질문을 이어나갔다.

"그럼 무당에 있지 왜……?"

"사조님의 말씀으로는 평범한 인간이 되셔야 한답니다."

추걸개는 피식 실소를 지었다. 가장 비범한 신선이 평범한 인간이 되어야 한다니 왠지 웃음이 나온다.

추걸개가 다시 입을 열었다.

"그럼 앞으로는 뭘 할 계획인가?"

"농사를 지으실 계획이랍니다."

"농사?"

추걸개가 어이없다는 듯 운풍자를 바라봤다.

"…사조께서 직접 결정하신 일입니다."

"음… 그, 그렇군."

운풍자의 무표정한 얼굴이 왠지 진지해 보여 추걸개는 그저 고개를 끄덕여 보일 수밖에 없었다. 뭔가 대꾸라도 해줘야 할 것 같다.

"그럼 농사지을 곳은 구했나?"

"아직입니다."

"그럼 어디서 구할 예정인가?"

"근처에서 구할 예정입니다."

추걸개의 머리 속이 복잡해졌다. 마음속에서는 저 소도사는 신선이 아닐 거라는 의구심이 솟아오르고 있었다. 하지만 운풍자가 굳이 거짓말을 할 이유가 없다. 게다가 내공이 통하지 않는 격공섭물을 직접 보았다. 그럼 믿어야 할까? 정말 부당파에 신선이 나타났다는 말인가? 강호에 신선이…….

"나도 같이 가세!"

"예?"

"나도 농사나 지으며 은거해 볼까 해서."

운풍자가 무표정한 얼굴로 추걸개를 바라보았다. 본래 개방의 거지들은 은퇴하면 낙향하여 구걸로 산다.

“…선배께서는 거지가 아니십니까?”

“흐, 흠흠. 거지는 농사지으면 안 된다는 법이라도 있나?”

“…….”

운풍자가 표정 변화 하나 없이 추걸개를 바라보았다. 추걸개는 왠지 민망해졌다.

“…어, 험험. 그래! 대신 내가 괜찮은 농가를 골라주지! 개방의 정보력이 훌륭하니 아마 근처의 거지들은 인심 좋고 농사 잘되는 농가를 잘 알 걸세!”

“…괜찮습니다.”

운풍자가 고개를 저었다. 강호의 관심이라면 조금도 받고 싶지 않다. 추걸개가 의아한 듯 운풍자를 바라보았다.

“싫다고? 왜?”

“점소이라거나 토박이라거나… 정보를 얻을 곳은 많습니다.”

“으음, 지금 개방을 무시하는 겐가?”

운풍자가 고개를 저었다.

“말할 수 없는 사정이 있습니다.”

“그게 뭔가?”

추걸개의 말에 운풍자는 조용히 고개를 저었다.

“…으음… 뭐, 어쨌든 나도 농사나 지어볼까 생각 중이었으니 같이 움직이세. 멀리 갈 것도 없이 여기 점소이에게 물어보면 되겠구먼. 이봐, 점소이!”

경일이 화들짝 놀라 추걸개를 바라봤다. 나를 죽이려는 걸까? 아까 사람들을 따라 나갈걸.

경일의 눈이 후회로 물들어갔다. 경일이 주춤거리면서 다가오지 못하자 추걸개가 호통을 쳤다.

"아까부터 보니 게으르기 짝이 없구나! 얼른 오지 못할까!"

호통 소리에 놀란 경일이 머뭇거리며 천천히 걸어 추걸개의 앞으로 다가왔다.

"근처에 괜찮은 농가가 있나?"

"예?"

"근처에 괜찮은 농가가 있느냔 말이다!"

경일이 의아한 듯 추걸개를 바라보았다. 일단은 자신을 죽이지는 않을 예정인가 보다. 안심한 경일의 얼굴을 바라보던 추걸개가 고개도 돌리지 않고 운풍자에게 말했다.

"자네, 구리 몇 문만 꺼내보게."

"…예."

추걸개의 행동을 짐작한 운풍자가 주머니를 들어 구리 이십 문을 꺼내었다.

"옜다. 이거 받아라."

"아이쿠, 감사합니다!"

경일은 재빨리 돈을 챙겨 넣었다. 목숨은 목숨이고 돈은 돈이다. 그리고는 곧 섬소이의 성신을 발휘하여 생글생글―추설개가 보기엔 잔뜩 긴장해 입가에 경련이 인 것으로 보였다―웃으며 추걸개에게 물었다.

"한데 무슨 일로 농가를……?"

"이놈이!"

추걸개가 다시 손을 들었다. 깜짝 놀란 경일이 눈을 찔끔 감고 어깨를 웅크리자 추걸개가 한숨을 쉬며 다시 손을 내렸다.

"하아! 잠시 묵을 일이 있어서 그런다. 그저 농사나 지으며 며칠 묵으려는 거야. 그 농가에도 사례할 게다."

"아, 그럼……."

경일의 얼굴에 화색이 돌았다.

"저희 집은 어떠십니까?"

"뭐라?"

추걸개가 경일을 노려보았다.

경일은 다시 주춤하더니 이내 기세 좋게 말하기 시작했다.

"저희 집이 외진 곳에 있다지만 숙식하실 만한 방은 있습죠. 그리고 땅도 비옥하고요. 게다가 저희 아버님은 평생 농사를 지으신 분이랍니다."

"……."

추걸개가 운풍자를 바라보았다. 좋은 농가가 아니어도 그냥 조용히 농사지을 곳이면 괜찮다고 생각한 운풍자가 고개를 끄덕였다.

경일의 얼굴이 밝아졌다.

"사례는 그럼 얼마나……?"

"이놈!"

추걸개가 기어이 분을 참지 못하고 꿀밤을 날렸다.

"아, 왜 때리십니까?"

"돈만 밝히는 모습이 얄미워 그런다, 이놈아!"

"…그만 하시지요."

운풍자가 입을 열었다. 추걸개가 뚱한 표정으로 운풍자를 바라보았지만 운풍자는 무표정한 얼굴로 경일을 주시하며 입을 열 뿐이었다.

"일단 집을 둘러보고 결정해도 되겠나?"

"예, 물론이고 말굽쇼!"

"…그럼 안내를 부탁하네."

경일이 만면에 미소를 띠고는 고개를 끄덕였다.

"주인어른에게 말씀드리고 올 테니 잠시만 기다리시지요."

"……."

운풍자가 묵묵히 고개를 끄덕이자 경일이 날듯이 주방 안으로 사라져 갔다.

*   *   *

얼마나 지났을까?

선화객잔의 주인에게 허락을 받고 나온 경일이 객잔을 나섰다. 그 뒤를 따라 운혜와 청명, 운풍자와 추걸개가 걸어나오고 있었다.

밝은 모습의 청명과 운혜, 운풍자와 추걸개가 시장 밖으로 사라지자 청명이 사라진 시장 입구에서 검은 그림자 하나가 서서히 걸어나왔다.

귀곡자였다.

'…….'

귀곡자의 눈길이 깊어졌다. 소년 도사의 곁에 자신과 다투었던 개방의 고수와 무당의 도사가 둘이나 더 있는 것을 확인한 것이다. 하지만 이대로 놓쳐 버리기에는 이번의 기회가 너무 아까웠다. 본 교의 시선이 두려워 무당의 도사들을 함부로 잡아들일 수 없었는데 이렇듯 시선이 빗겨 나갈 때에 무당의 도사가 나타났으니 그대로 놓쳐 버릴 수만은 없었던 것이다.

귀곡자는 수염을 긁적거렸다.

바스락—

수염을 긁적거리는 귀곡자의 옆으로 수풀이 바스락거리는 소리가 들려왔다. 귀곡자는 무심한 표정으로 수염을 긁적거리며 시선을 옮겼다.

"왔느냐?"

"존명!"

"…흐음."

귀곡자는 수풀에서 시선을 옮겨 사라져 가는 청명의 뒷모습을 바라보았다.

"…가서 위치를 알아보고 오너라."

"존명."

귀곡자의 말이 끝난 직후 바람 한 점 없는데도 사르륵 하고 바람 부는 소리가 들려왔다.

그 소리가 사라지기 전 귀곡자는 다시 한 번 지나가듯 중얼거렸다.

"…알게 되면 내게 제일 먼저 보고하거라. 다른 이에게는 절대 말해서는 아니 될 게야."

사르륵─

무엇인가가 움직이는 것처럼 사르륵거리던 소리는 금세 멈추었다.

귀곡자는 잠시 시장의 입구를 바라보다 몸을 돌려 걸음을 옮기기 시작했다.

*　　　*　　　*

반 각 후.

평촌에 위치한 작은 장원의 지하실은 모처럼 북적대고 있었다. 장원의 주인이나 하인들은 모르겠지만 그곳에서는 마교염화대의 회의가 열리고 있었다. 당주가 왔으니 그간의 성과를 보고하는 자리가 필요했다.

어두운 지하실의 상석에 앉은 귀곡자가 얼굴을 찌푸리고는 수염을 긁적거렸다.

그 앞에는 일곱 명의 염화대원이 부복하고 있었는데 찌푸린 귀곡자의 시선이 오갈 때마다 긴장한 염화대원들의 눈빛이 흔들리고 있었다.

"그래서 결국에는 세 명의 아이밖에 구하지 못했단 말이냐?"

"…송구합니다."

마규상이 조용히 말했다.

"고작 세 명?"

"그렇습니다."

귀곡자가 한숨을 내쉬었다.

"하아! 이유는?"

"근골이 뛰어난 아이가 보이지 않습니다. 그저 범부로 지낼 것이라면 모르되 무인으로는 적합하지 않은……."

"시끄럽다! 본 교가 언제부터 그런 걸 계산하고 제자를 받았더냐!"

마규상의 말을 끊고 귀곡자가 호통을 쳤다. 마규상은 고개를 숙였다.

"…죄송합니다."

마규상이 조용히 읊조렸다. 한때 이 문제로 여러 번 말이 있었다. 근골이 뛰어난 아이를 모아 정예를 기르느냐, 어중이떠중이들을 모아 숫자를 늘리느냐……. 자신은 정예를 기르자는 쪽이었지만 귀곡자는 반대였다.

"에잉, 됐다. 그래, 그 셋은 훌륭하더냐?"

"상중하로 나누자면… 중중상(中中上)입니다."

"상품도 안 되는 애들 셋만 모아놓았다는 게냐?"

"속하의 책임입니다."

귀곡자가 짜증스럽게 수염을 긁적였다. 마음에 들지 않는다. 정예를 기르려면 이미 때가 늦었다. 구파일방의 성세가 나날이 커져 일반 제자 중에도 일류무인들이 가득한데 어느 세월에 정예를 길러 그들과 맞선단 말인가! 정파의 고수보다 마교의 고수가 못하다고 생각하지는 않지만 일반 병력을 논하자면 마교의 열세다. 그럼 숫자라도 많아야 하는데 지금은 이도 저도 되지 못한 상태.

마규상이 생각에 빠진 귀곡자를 바라보며 입을 열었다.

"하지만 오늘 상품으로 짐작되는 아이를 발견했습니다."

"상품? 그런 아이가 한둘이라더냐?"

귀곡자가 비아냥거리듯 중얼거렸다. 하지만 마규상은 꾸준히 말을 이어 나갔다.

"상중상(上中上)으로 구분될 만한 아이입니다."

"상중상?"

귀곡자가 눈을 가늘게 뜨고 마규상을 바라봤다.

"기재더냐?"

"그것은 자세히 보아야 할 듯합니다."

"으흠, 그럼 한번 알아보거라. 아니, 그냥 데려와. 무재가 뛰어나다면 가르칠 사부야 많으니까. 헐헐헐."

귀곡자가 웃음을 터뜨렸다. 저 엄격하기로 소문난 마규상이 상중상이라고 했다면 그야말로 기재라는 말이 어울릴 터. 그것 하나만은 커다란 성과라고 봐도 좋았다.

"존명!"

마규상이 굵은 목소리로 말했다.

말을 마친 귀곡자는 시선을 돌려 어두운 벽을 바라보았다. 아무것도 없는 구석의 으슥진 벽을 향해 귀곡자가 입을 열었다.

"헐헐… 비화대주도 그만 나오시게."

"……."

마규상도 무표정하게 벽을 바라보았다. 마규상 역시 무공 수위가 낮지 않아 구석에 무엇이 있었다는 것은 어느 정도 짐작하고 있었다. 하지만 구석에 무엇이 있으리라고는 전혀 상상하지 못한 염화대원들은 깜짝 놀라 벽을 바라보았다.

귀곡자가 다시 입을 열었다.

"나오지 않으실 겐가?"

"……."

귀곡자가 말을 마침과 동시에 벽이 스르르 녹아내리기 시작했다. 녹아내린 벽에서 안개처럼 혼몽한 연기가 새어 나오는 듯하더니 이내 사람의 형상을 갖추어갔다.

"……."

마규상은 그 모습을 무표정하게 바라보았다. 연기는 어느새 복면인으로 바뀌어 있었다. 복면인이 머리를 숙였다.

"비화(秘火) 일대주(一隊主) 일영(一影)이 염화당주를 뵙습니다."

귀곡자가 너털웃음을 터뜨렸다.

"헐헐헐, 비화당주가 알려주던가?"

"그렇습니다."

일영이 고개를 끄덕이자 귀곡자가 잠시 헐헐 하고 웃더니 다시 입을
열었다.

"그럼 내가 왜 왔는지도 알겠구먼!"

"……."

"가서 쓸 만한 애 두 명만 구해 오시게. 직접 무당으로 갈 예정이
니."

일영이 귀곡자를 바라보았다.

"방법은?"

"은거 기인 흉내라도 내볼 참일세. 마침 백의협(白義俠)이 죽었다
지?"

"……."

일영은 조용히 고개를 끄덕였다. 백의협 서문중휘(西門重輝)는 자신
이 직접 제거했다. 물론 죽이기 전에 인피면구를 떠놓는 것도 잊지 않
았다. 하지만 그 일은 비화대의 일로 비밀에 붙여진 일이었는데 염화
당주는 그 사실을 대체 어떻게 알았을까.

의아해하는 일영의 시선을 눈치챈 귀곡자가 헐헐 웃었다.

"헐헐… 그 친구 껍데기나 빌려주시게. 제자랍시고 몇 명 끌고 들어
가야겠으니 애들도 두엇 빌려주고."

일영이 고개를 끄덕였다.

"…그리하겠습니다. "

귀곡자가 수염을 긁적였다. 무당의 도사가 이런 시골 마을에 와 있
다는 것을 비화대는 알고 있을까?

하지만 굳이 말해줄 필요는 없다. 그 일은 자신의 수하들, 염화대의
아이들에게도 알리지 않을 계획이었다. 기왕 교주의 명을 받았으니 그

일은 스스로 하는 것이 좋다. 교주의 신임을 얻는 데에도, 그리고 공을 얻는 데에도 그 편이 훨씬 이로운 것이다.

공에는 관심이 없으나 공으로써 얻을 수 있는 일에 관심이 많다.

잠시 비화대에게 무당의 정보를 알려줄까 말까를 고민하던 귀곡자는 아무렇지도 않게 입을 열었다.

"그것도 그렇고, 균현에는 비화대가 몇이나 있나?"

"…넷입니다."

귀곡자가 눈을 가늘게 떴다.

"고작?"

"무당의 눈을 피하기가 수월치 않아……."

"으흠……."

귀곡자가 다시 수염을 긁적였다. 그리고는 이내 고개를 끄덕이며 말했다.

"알겠네. 흐음, 인피면구는 나중에 내가 찾으러 가지. 일단 며칠은 여기 묵을 계획이니."

"그리하시지요."

고개를 끄덕여 보인 일영이 공손히 읍하고는 다시 벽 속으로 천천히 사라져 갔다. 하지만 귀곡자는 상념에 빠져 일영이 읍하는 것도 사라지는 모습도 보지 못했다.

'무당에 고작 네 명의 비화대밖에 잠입하지 못했다고?'

무림맹에도 열여섯이 잠입에 성공할 수 있었다. 소림이나 남궁세가에도 비슷한 숫자가 잠입했다. 그런데 무당은 고작 넷뿐이라…….

귀곡자의 눈이 깊어졌다. 머리 속에는 어리숙해 보이는 소년 도사의 얼굴이 떠돌고 있었다.

　　　　　　*　　　　　　*　　　　　　*

　청명과 운혜, 운풍자와 추걸개는 경일의 집으로 걸어가고 있었다. 경일의 말 중에서 '비록 외진 곳에 있긴 하지만…' 이라는 말이 운풍자의 마음에 쏙 들었던 탓이다.

　운풍자는 한 번 둘러보고 만약 괜찮다면 그곳에서 묵으면서 농사를 지을 계획이었다.

　하지만 경일의 집으로 향하는 일행의 걸음은 계속 늦춰지고 있었다. 시골길의 정취에 빠져든 청명은 신기한 것을 볼 때마다 걸음을 멈추고 탄성을 내뱉었다.

　경일은 그런 청명을 심각한 눈으로 바라보았다. 비록 나이가 어려 보인다지만 무섭기로 따지자면 염라대왕보다 더 무섭다는 것이 무림인이다. 저잣거리에서 가장 악명 높은 건달 화저(貨狙)조차 무림인을 만나면 상대가 되지 않을 것이라 했다.

　그런데 그런 무림인이 시골 아이처럼 이것저것 구경하고 있으니 그야말로 이해가 되지 않는 것이다.

　경일은 심각하게 주위를 둘러보았다. 저렇게 태평한 몸짓 속에 무림인답게 무엇인가가 있을 것이다.

　하지만 무림인의 일행조차 소년 도사를 이상하게 바라보고 있었다.

"……."

　경일의 시선을 받던 청명이 환호성을 지르며 자리에 쭈그려 앉았다.

"저기 개구리가 있어요!"

　운혜는 지루한 얼굴로 청명을 바라보았다.

"…그렇군요."

청명은 개구리를 보며 헤헤 웃었다.

개구리는 몇 번 눈을 끔뻑거리며 개굴개굴거리다 이내 펄쩍 뛰어 다른 곳으로 사라졌다. 그러더니 이내 다시 개굴개굴거리며 다른 개구리가 나타났다.

청명이 다시 중얼거렸다.

"와, 가위벌레도 있어요."

"…가위벌레요?"

운혜가 고개를 갸웃거렸다. 가위벌레라는 것은 처음 듣는다.

운혜가 그게 뭔지 궁금해하는 기색이자 청명이 그것도 모르느냐는 듯 뽐내며 말했다.

"운혜 사손, 이렇게 생긴 벌레 말예요. 팔에 심술궂은 가위를 매달고 있는 거요."

청명이 뽐내듯 말하며 사마귀를 가리켰다.

"그건 당랑이라는 벌레예요."

운혜가 중얼거렸다.

청명은 쪼그려 앉은 채로 고개를 몇 번 끄덕이고는 다시 사마귀를 바라보았다.

"아아, 저것을 당랑이라고 부르는구나? 그런데 당랑은 가만히 서 있기만 해요. 와, 이번엔 나비예요!"

청명이 가리킨 곳에서는 과연 나비가 훨훨 날고 있었다.

나비는 잠시 어지럽게 날아다니더니 곧 우아한 자태를 뽐내며 꽃 위에 앉았다. 꽃줄기에 가만히 서 있던 사마귀의 몸놀림이 조심스럽게 변했다. 사마귀는 이내 천천히 꽃 위로 걸어가더니 불현듯 번개 같은 손놀림으로 나비를 움켜잡았다.

나비가 부질없이 날개를 몇 번 흔들어보았지만 이내 기운을 잃어버리고 사마귀의 날카로운 턱에 분기되기 시작했다.

그 모습을 바라본 청명이 고개를 끄덕였다.

"당랑이 나비를 먹어요."

"……."

청명의 말에 운혜는 징그럽다는 듯이 사마귀를 바라보았다. 보기에 좋은 모습은 아니었던 탓이다. 하지만 순진해 보이던 사조께서 저렇듯 평온하게 말을 하니 어색한 기분이 들었다.

"……."

운혜가 의아하다는 듯이 청명을 바라보았다. 청명은 여전히 평온한 얼굴로 사마귀를 바라보고 있었다.

저것은 스스로 그러함[自然]의 이치를 따르는 것이다. 사마귀는 다른 곤충을 잡아먹게 되어 있다. 그것을 거부하는 것은 인위로 도에서 벗어난다.

하지만 나비는 꿀을 먹고 꽃가루를 다른 꽃에 옮기며 살게 되어 있다. 그것을 거부하는 것도 인위다.

두 개의 자연지도가 부딪칠 때 결과는 하나의 생명은 끝이 되어버린다.

청명의 평온한 얼굴이 조금 침울해졌다. 사실 사마귀도 나고 나비도 나인 탓이었다. 청명은 쪼그린 자리에서 일어나며 중얼거렸다.

"무릇 산 생명은 다른 생명을 취할 수 있지만 얻음은 곧 잃음이니[得卽失] 자신의 생명을 잃을 수도 있답니다."

"네?"

뜬구름 잡는 청명의 목소리에 운혜가 의아한 얼굴로 청명을 바라보았다.

"당랑은 스스로 그러함의 이치를 따르지만 인간지도는 따르지 않아요."

청명이 다시 중얼거렸다. 청허 사제의 말이 떠오른 탓이었다.

청허 사제는 인간만이 다른 것에 자신을 투영할 수 있다고 했다. 만약 사마귀가 나비에 자신을 투영했다면 어떻게 되었을까.

하지만 그것은 인위다. 도가 아니다.

아무것도 알 수 없게 된 청명이 다시 몸을 일으켰다.

"자, 이제 가요."

"…예."

운풍자가 얼른 짧게 읍하여 머리를 조아렸다. 하지만 머리 속은 복잡해질 만큼 복잡해진 후였다. 청명 사조가 지나가듯 깨달음을 말한다는 것을 이미 알고 있는 것이다. 운풍자는 조용히 청명의 말을 되뇌었다. 얻음은 잃음이라……. 남의 생명을 얻으면 내 생명을 잃을 수도 있다. 혹시 이 말은 인과응보(因果應報)나 업보(業報)를 말하는 것일까?

운풍자의 옆에 서 있던 추걸개의 눈도 전에 없이 심각해져 있었다.

경일은 다시 앞장서서 걸었다. 방금 무엇인가 엄청 멋신 소리가 지나간 것 같았는데 도통 뭔 말인지 모르겠다.

다시 뒤를 돌아보니 소년 도사는 가끔 신기한 것이 나타나면 탄성을 지르고는 했지만 기분 탓인지 아까처럼 주저앉아 구경하거나 하지는 않았다.

소로의 끝에 위치한 모옥은 투박하고 제멋대로 만들어져 있었다. 하지만 나름대로 큼직하고 방문도 몇 개 있는 것이 제법 묵을 만한 곳일 것 같았다. 마당 밖에 있는 외양간이 낡은 것으로 보아 오래 농사를 지었음도 알 수 있었다.

운풍자는 농가를 이리저리 둘러보았다. 무엇보다 외진 곳에 있다는 것이 마음에 들었다. 소로를 따라 걸어오는 길에 사람이 몇 보이지 않았으니 그야말로 금상첨화. 무림인은커녕 양민도 쉽게 보이지 않는다.

운풍자는 무표정한 얼굴로 경일을 바라보았다.

"괜찮군. 여기서 묵겠네."

"예? 그러시겠습니까?"

경일이 반색하며 말했다. 객잔에서 한번 보기나 하자라는 말이 나왔을 때는 걱정스러웠는데 이렇듯 쉽게 허락을 하니 기쁘기 그지없다.

운풍자가 다시 입을 열었다.

"춘부장(椿府丈)께서는 안에 계신가?"

"아니요. 지금은 시장에 가 계십니다."

"그럼 기다리지."

운풍자의 말에 경일이 얼른 집으로 달려갔다.

"예. 그럼 방으로 들어가 기다리시지요."

"그렇게 하지."

경일이 방문을 열자 청명과 운혜, 추걸개가 방 안으로 걸어 들어갔다.

뒤에 남은 운풍자는 다시 집을 둘러보았다. 안전한데다가 낡고 볼품없지만 정갈한 것이 집주인의 됨됨이가 나쁘지 않을 것 같다. 다만 가장이 자리를 비웠으니 제법 오랜 시간을 기다려야 할지도 모른다.

사르륵—

집을 둘러보던 운풍자의 귓가에 수풀이 스치는 소리가 들려왔다.

운풍자의 무표정한 얼굴이 딱딱하게 굳어갔다. 바람도 없는데 수풀이 저들끼리 스치고 있었다.

"……."

운풍자는 검을 들어올렸다.

보통 이런 소리는 인기척이거나 아니면 동물이 내는 소리다. 동물이 내는 소리라면 괜찮겠지만 만약 누군가의 인기척이라면…….

운풍자는 천천히 소리가 났던 지점으로 걸어가 무표정한 시선으로 수풀 아래를 응시했다.

곧 소리가 사라졌다.

'…묘하군.'

운혜의 일로 너무 신경이 날카로워졌나 보다. 별다른 것이 보이지 않자 약 반 각 동안 주위를 경계하던 운풍자는 다시 몸을 돌려 방 안으로 걸어 들어갔다.

"……."

운풍자가 사라진 조용한 농가에 바람이 불었다.

2장

제3화 **부자지정(父子之情)**

청명 일행이 묵게 된 집의 주인 삼득은 한숨을 내쉬며 자리를 정리했다. 기껏 가져온 야채며 채소들을 하나도 팔지 못했다. 의도현으로 넘어가는 채소는 보통 쉽게 팔리기 마련인데 벌써 며칠째 하나도 팔지 못한 날이 이어지고 있었다.

삼득은 우울한 얼굴로 짐을 꾸려 작은 수레에 챙기고는 저린 허리를 두드리며 수레를 끌었다.

하지만 저잣거리를 채 벗어나기도 전에 삼득은 수레를 멈출 수밖에 없었다. 앞의 작은 좌판에 꼬장꼬장하게 생긴 문사가 책을 늘어놓고 팔고 있는 것이다. 글을 배우게 되었다고 기뻐하던 효원이 생각난 삼득은 꾸물꾸물 수레를 끌어 그쪽으로 다가갔다.

"험, 험……."

삼득을 발견한 중년문사가 못마땅한 듯 헛기침을 했다.

고풍스러운 거절이지만 그것을 알아보지 못한 삼득은 고개를 움직여 책을 이리저리 둘러보며 말할 뿐이었다.

"저기, 책은 얼마나 하오?"

"…무지렁이에게는 안 판다네."

삼득이 멋쩍게 웃었다.

"나야 무지렁이라지만 우리 아들은 무지렁이가 아니라우. 영재라고 칭찬이 자자한 아인데…….."

"…아들 줄 책도 없네."

중년문사가 냉정한 얼굴로 말했다. 사실 중년문사는 가난한 학사로 몇 번이나 관직에 진출하려 했으나 매번 낙방하기에 이르렀다. 괜찮은 유림이 있으면 몸담아보려 했지만 유림에서 공부하는 것도 나이가 들어 만만치 않았다. 결국 고향으로 내려왔건만 벌어놓은 돈은 없고 일도 할 줄을 모르니 결국 책을 팔게 된 것이다.

그래도 자신은 문사, 책을 볼 줄도 모르는 무지렁이에게는 책을 팔수 없었다.

"우리 아들 주게 한 권만 파시오."

"……."

중년문사가 조용히 삼득을 바라보았다.

삼득 역시 애원하는 눈으로 중년문사를 바라보았다. 비록 가난하고 어렵지만 효원이 글을 배우게 되었다고 기뻐하는 걸 보니 책이라도 한 권 사주고 싶었던 것이다.

삼득의 눈을 바라보던 문사가 백수문(천자문)을 내주었다.

"아이라니 이 정도 책이면 될 듯하네."

"…이게 뭔데 그러오?"

"그냥 그리 알고 가져가게!"

중년문사의 호통에 머쓱해진 삼득이 책을 쥐어 들었다. 사실 효원은 이미 다 뗀 백수문이었지만 글을 읽지 못하는 삼득은 이것이 백수문이라는 것도 모르고 새 책을 줄 수 있게 되었다며 기뻐했다.

"아이구, 정말 고맙소. 우리 아들도 좋아할 거요. 그런데 이건 얼마요?"

"구리 5백 문만 주게."

"어이쿠! 뭐가 그리 비싸오?"

중년문사가 냉정히 고개를 저었다.

"그럼 사지 말게."

"아니, 주시오, 주시오!"

삼득이 얼른 고개를 절레절레 저으며 주머니를 꺼냈다. 구리 몇 문이 주머니에 들어 있었다. 세어보니 한 3백 문 정도 된다.

삼득은 한숨을 내쉬었다.

"하아, 조금만 깎을 수는 없겠소?"

"…자식을 가르친다니 내 좀 깎아줌세. 4백 문만 주게."

사실 5백 문이라는 액수도 책치고는 많이 싼 편이었지만 그걸 모르는 삼득은 너무 비싸다고 생각하고는 입을 열었다.

"그러지 말고 내게 야채가 있으니 그거 가져가시고 책을 주시면 안 되겠소? 내 3백 문은 드리리다."

"……."

중년문사가 한숨을 내쉬었다. 그리고는 고개를 끄덕이자 삼득이 기뻐 웃으며 수레에서 당근이며 청경채 따위를 꺼내놓았다.

"으하핫! 정말 고맙소, 정말 고맙소! 복 받으실 거요!"

“됐으니 그만 가게.”

“고맙소. 내 아들놈한테 할 말이 생겼다오.”

“…….”

대꾸도 없이 중년문사가 고개를 끄덕였다. 거듭 머리를 조아린 삼득이 책을 고이 품에 넣고는 다시 수레를 끌었다.

뉘엿뉘엿 져가던 해는 어느새 서산 끄트머리에 걸려 미약하게 노을을 만들고 있었다.

삼득은 허리가 아픈 듯 잠깐 멈추어 쉬며 허리를 두드리고는 다시 수레를 끌며 천천히 앞으로 향했다.

저만치서 작은 그림자 하나가 보였다.

삼득은 그림자가 누군지 알아보고는 얼굴 가득 미소를 품었다. 둘째 아들 효원이다.

효원 역시 얼굴 가득 미소를 품고는 삼득에게로 달려왔다.

“아버지!”

“하하! 오냐, 효원이로구나!”

“네. 저… 많이 파셨어요?”

“응?”

삼득이 수레를 돌아보았다. 하나도 팔지 못했다. 하지만 그렇게 말할 수는 없다.

“하하핫! 오늘은 제법 팔았느니라! 그래서 네게 줄 선물도 하나 준비했지!”

“예?”

효원은 아버지의 장사가 잘되었다는 말에 기뻐하다가 자기 선물을 샀다는 말에 침울해졌다. 이렇게 힘들 때에 자신의 선물이 웬 말인가!

"돈도 없는데……."

"예끼, 이놈아! 큰일할 사람은 작은 걱정은 하지 않는 법이니라!"

"…예."

"네게 줄 것이……."

삼득이 품 안을 뒤적거렸다. 품 안에서 책자 하나를 꺼내 든 삼득은 자랑스럽게 웃으며 효원에게 그것을 넘겨주었다.

"이거다. 배우는 사람이 읽기에 좋은 책이라고 하더라."

효원이 책을 들어 펼쳤다. 어느새 조금씩 어두워지고 있었지만 그래도 글자를 못 볼 정도로 깜깜해지지는 않았기에 글자를 읽을 수는 있었다.

백수문.

효원이 예전 글 선생을 만났을 때 배웠던 것이다. 하지만 효원은 얼굴 가득 미소를 지었다.

"우와! 너무 고마워요, 아버지! 새 책이라니……! 그런데 이거 비싸지 않아요?"

"비싸긴, 마음씨 좋은 문사님을 만나 거의 거저 얻었다. 한데……."

삼득이 말을 늘이자 효원은 의아한 듯 삼득을 올려다보았다. 삼득이 주저주저하며 입을 열었다.

"혹여 본 책은 아니더냐?"

책을 살 때부터 내심 걱정하던 것이 그것이었다. 본시 까막눈인지라 혹여 보았던 책을 다시 산 것이면 낭패를 보는 것이다.

그런 아버지를 보는 효원의 얼굴이 씁쓸하게 굳어갔다. 하지만 아버지가 자신의 마음을 눈치챌까 싶어 효원은 얼른 얼굴을 밝게 폈다.

“아니에요, 아버지. 이 책은 처음 보는 책이에요.”

다행이다.

삼득의 얼굴로 다시 미소가 피어올랐다.

“허허, 그렇구나. 그래, 이 아비가 책은 모자라지 않게 가져다줄 테니 너는 열심히 글을 읽어야 하느니라. 본시 우리 집안이 뿌리가 없는 집안은 아니니 배우기만 하면 과거도 볼 수 있을 게야.”

“…예.”

삼득은 효원의 얼굴을 보고 자신도 흐뭇한지 미소를 지었다.

“자, 이제 얼른 집으로 돌아가자.”

“네.”

효원이 미소를 지으며 대답했다.

삼득이 집에 도착하자마자 본 것은 경일이었다. 무림인들과 한 방에 있으려니 몹시 민망하고 찜찜했던 경일은 방 밖에 나와 서성이며 눈치를 살피고 있었다.

경일은 아버지를 보고는 다급히 달려갔다.

“아버지! 아버지!”

“왜 그렇게 호들갑이냐?”

“지금 여기에…….”

경일이 다급한 어조로 속삭였다. 하지만 채 말을 끝내기도 전에 인기척을 느낀 운풍자와 추걸개가 방문을 열고 방 밖으로 걸어나왔다.

아버지께 사정을 말씀드리지도 못했는데 무림인들이 걸어나오자 당황한 경일은 안절부절못했다.

“저분들은 뉘시냐?”

"아, 무당파의 도사 분과 어느 거… 어느 노인 분이세요. 우리 집에 묵으신다고 합니다."

차마 거지란 말은 못하겠다.

경일이 대충 말을 얼버무리자 삼득의 얼굴에 희색이 돌았다. 무당파의 도사님들이시라니! 호북성에 살면서 무당파의 신선들을 모르는 사람은 없다.

"무당파의 도사님들이시로군요! 저는 성가의 사람으로 이름은 삼득(三得)이라 합니다."

하지만 기대와는 달리 삼득의 말에 대답한 것은 추걸개였다.

"그렇구려. 노개는 개방의 거지로 막현우라 하외다. 강호의 친구들은 나를 추걸개라 부른다오."

추걸개가 자랑스럽게 말했지만 삼득의 관심을 끌지는 못했다. 웬 거지가 나타나 하는 말이니 귀담아 들을 필요가 없다. 게다가 저잣거리의 파락호들처럼 강호가 어쩌구저쩌구 하는 것을 보니 겉멋만 잔뜩 든 노인네인 것 같아 마음에 들지 않았다.

옆에 있던 경일이 불안한 몸짓으로 저들은 무림인이라는 것을 알리기 위해 애썼지만 그것을 모르는 삼득은 추걸개를 무시하고는 뒤를 바라보았다.

추걸개의 뒤에서 소년, 소녀 도사가 자신을 바라보고 있었다. 삼득이 얼굴 가득 미소를 지었다.

"저는 무당파의 제자로 도명은 운혜라 합니다."

"아, 그렇군요. 저는 삼득이라 합니다."

"무량수불."

운혜는 짧게 진언을 읊조리며 읍했다. 삼득 역시 마주 머리를 조아리고는 운혜의 옆을 바라보았다. 옆에는 청명이 즐거운 표정으로 노리개를 만지작거리고 있었다. 어떻게 인사라도 해야 하는데 소년 도사는 다른 데에는 전혀 신경 쓰지 않고 있었다.

“……”

노리개를 만지작거리느라 정신이 없던 청명은 운혜가 툭툭 쳤을 때에야 정신을 차리고 삼득을 바라보았다.

청명은 미소를 지으며 머리를 숙였다. 순박한 심성이 눈에 보이는 듯했다. 비록 도를 공부하지는 않았으나 도에 가장 가까운 사람이다.

“청명이에요.”

“아, 그러시군요. 어려 보이시는데 어린 나이에도 도사가 되시다니 정말 대단하십니다.”

이제야 원하는 반응을 얻은 삼득이 호들갑을 떨었다. 잘하면 축문이나 복을 부르는 의식 같은 것을 해줄지도 모른다. 나이가 어려 보이긴 하지만 그래도 무당산에서 나왔으니 그 도력은 낮지 않을 것이다.

“어, 어리지 않아요.”

청명은 볼을 부풀렸다. 자신은 나이가 많은데 다들 어리다고 말하니 왠지 불만스러웠다.

볼을 부풀린 채로 토라진 사조를 바라보던 운풍자는 무표정한 얼굴로 시선을 옮겨 삼득을 바라보았다.

삼득은 운풍자가 자신을 바라보자 고개를 숙였다.

그 눈빛이 냉엄한 것이 절로 기가 죽었다. 하지만 자식 앞에서 기죽는 모습을 보이기는 싫어 억지로 무덤덤한 목소리를 내어 말했다.

“안녕하십니까? 저는 성가의 사람으로 이름은 삼득이라 합니다.”

“그러시군요. 저는 무당의 도사로 도명은 운풍자라고 합니다. 성 도우의 댁에서 며칠 묵었으면 합니다."

삼득이 다시 입을 열었다. 무당의 도사님들이 자신의 집에서 묵는다는데 절대 반대할 이유가 없었다. 오히려 붙잡고 싶은 심정이었다. 다만 목소리가 조금 떨리는 것이 알게 모르게 긴장이 되었나 보다.

"예, 그리하시지요."

"무량수불."

추걸개가 운풍자를 뜨악하게 바라보았다. 살면서 많은 무당의 도사들을 사귀어봤지만 저렇듯 진언을 무미건조하게 하는 도사는 처음이다.

진언을 읊조린 운풍자가 다시 입을 열었다. 묵는 것뿐만이 아니라 해야 할 일이 하나 더 있다.

"그리고 괜찮으시면 농사도… 짓고 싶습니다."

"예?"

삼득이 당황한 얼굴로 운풍자를 바라보았다. 이게 무슨 귀신 흙장난하는 소린가? 무당파의 신선님이 농사를 짓다니? 도력이 높으신 분이 농사 같은 평범한 일을 할 리가 없는 것이다.

당황한 삼득이 중얼거렸다.

"노, 농사요?"

"…그저 뜻이 있어 그러니 해량하여 주십시오."

삼득이 떨떠름하게 중얼거렸다. 뜻이 있다는데 더 할 말이 없었다.

"정히 그러시다면야……."

"그럼 오늘부터 신세를 지겠습니다."

운풍자가 머리를 숙였다. 별다른 감정 표현이 없는 운풍자로서는 머리를 숙이는 것이 가장 큰 예우를 한 셈이다.

운풍자가 머리를 숙이자 삼득도 따라 머리를 조아렸다. 그리고 문득 생각해 보니 저녁 때가 다가오고 있었다. 손님들이 오셨으니 없는 살림일지라도 뭔가를 내와야 한다.

"끼니는 하셨는지요?"

"아직입니다만……."

"아, 그럼 잠시만 기다리시지요. 곧 끼니를 지어 올리지요."

삼득이 호들갑을 떨었다. 상처한 지 오래니 직접 끼니를 지어야 하지만, 그렇다고 가만히 있을 수만도 없는 노릇이었다. 손님에게 아무것도 내가지 않는 것은 법도가 아니다.

삼득의 호들갑에 운풍자가 난감한 듯 웃었다. 입꼬리가 살짝 위로 올라갔지만 아무도 알아보지 못했다.

"…천천히 준비하셔도 됩니다만……."

"아니지요. 끼니를 거르셔야 되겠습니까. 잠시만 기다리시지요."

"그럼."

운풍자가 짧게 목례를 했다. 삼득은 서둘러 수레에 든 몇 가지 채소를 꺼내어 부엌으로 달려갔다. 그 모습을 바라보던 운풍자는 조용히 방 안으로 걸어 들어갔다.

무림인 일행이 사라지자 경일은 재빨리 효원의 허리를 툭툭 쳤다.

"야, 효원아, 글 선생은 구했니?"

경일의 얼굴에는 숨길 수 없는 호기심이 드러나 있었다. 만약 글 선생을 구했다면 그동안 시무룩했던 동생의 얼굴에 다시 웃음이 돌 것이다.

"응."

"이야, 가르쳐 주신대?"

경일의 얼굴로 미소가 떠올랐다. 동생이 드디어 빛을 볼 날이 온 것
이다.

"응. 나더러 똑똑하다고도 했어."

효원은 자랑스럽게 미소 지으며 말했다. 하지만 오히려 그 말에 경
일의 목소리는 조금 조용해졌다.

"잘난 척하지 말고 너, 열심히 해야 한다? 너 똑똑한 건 알겠는데 자
만하면 될 것도 안 돼."

효원은 고개를 끄덕였다.

"응, 잘할게."

"그래, 그럼 내일부터 공부하러 가는 거냐?"

"응."

경일의 얼굴에 미소가 떠올랐다. 그런 형의 얼굴을 보는 효원의 얼
굴에도 미소가 떠올랐다.

다음날 새벽.

운풍자는 도인답게 묘시에 눈을 떴다. 그리고는 평소처럼 도복을 갖
춰 입으려다 한숨을 내쉬었다. 이곳은 무당이 아니니 삼궤구고를 할
일도 없다. 그서 속세로 나온 도인답게 조만공과정을 읽고 나서 규율
만 조심하면 되는 것이다.

운풍자는 도복을 갖춰 입었다. 그리고는 주위를 돌아보니 청명 사조
께서 주무시는 것이 보인다.

"푸~ 푸~"

괴상하게 코를 골며 잠을 자는 청명을 본 운풍자는 고개를 돌렸다.
아직은 새벽이니 벌써부터 깨울 필요는 없다.

운풍자는 도복을 입고 방을 빠져나갔다.

오전 일을 하기 위해 졸린 눈을 비비며 자리에서 나오던 삼득이 운풍자를 바라보고는 얼른 고개를 숙였다.

"안녕히 주무셨는지요?"

"예, 덕분에 잘 잤습니다."

운풍자가 짧게 목례하자 삼득은 슬슬 운풍자의 눈치를 살폈다. 무표정한 얼굴 사이사이에서 냉엄한 빛이 흘러나오는 것만 같아 왠지 무서웠다.

운풍자의 눈치를 살펴도 아무 반응이 없자 안심한 삼득은 한숨을 내쉬고는 뒤편의 방으로 걸어 들어갔다. 아직까지 자고 있을 경일과 효원을 깨우려는 것이다. 이른 시간이긴 하지만 경일은 일을 하러 나가야 하고 효원은 글공부 하러 가야 한다.

삼득이 사라지자 운풍자는 무표정한 얼굴로 집 앞의 작은 평상에 자리를 잡고 앉아 눈을 감았다.

일 다경이나 되었을까?

운풍자의 명상은 이내 깨어지고 말았다. 자식들을 깨우고 난 삼득이 뭔가 할 말이 있는 듯 어물쩍어물쩍 걸어오고 있었다.

"저……."

"예."

삼득의 부름에 운풍자가 무표정한 얼굴로 삼득을 바라보았다. 삼득은 민망한 듯이 몇 번이나 말을 끌더니 마침내 입을 열었다.

"저… 정말로 농사를 지으실 생각이십니까?"

"그렇습니다만."

"…그럼 도복을 입으시고……?"

운풍자가 자신의 옷을 바라보았다. 생각해 보니 과연 도복을 입고 농사를 지을 수는 없는 노릇이다. 하지만 행낭 안에는 온통 도복과 도관뿐이니 뭘 입어야 할지도 난감하다.

"별다른 옷이 없습니다."

"그래도 옷이 쉬이 더러워지실 텐데……."

걱정스러운 듯 중얼거리는 삼득의 말에 운풍자는 삼득을 바라보았다. 삼득이 잠시 주저주저하더니 민망한 듯 중얼거렸다.

"저, 괜찮으시면 저나 제 자식놈 옷을 빌려드릴까요?"

"……."

"저, 그저 저는 옷이 더럽혀질까 걱정되어서 그럽니다."

삼득이 민망한 어조로 말했다. 도사님들의 옷이 더럽혀지거나 하는 것보다는 자신들의 옷이 더럽혀지는 것이 낫다. 아마 빨기에도 자신들의 옷이 훨씬 수월할 것이다.

운풍자의 머리 속이 잠깐 복잡해졌다. 규율에 다른 옷을 입어서는 안 된다는 것은 없다. 다만 머리카락을 송곳같이 모은 도가 특유의 상투는 기가 빠져나간다 해서 풀 수 없으니 그것만 조심하면 다른 옷은 입어도 무방하다.

운풍자가 고개를 끄덕이며 말했다.

"괜찮으시다면 빌리고 싶습니다."

"아, 예. 잠시만 기다리십시오."

삼득이 후닥닥 방 안으로 걸어 들어가더니 이내 마의 두어 벌을 꺼내어 가져왔다. 차곡차곡 개어져 있는 것이 미리 준비해 놓은 모양이다.

"감사합니다."

“…아, 아닙니다. 감사라니요. 그보다 정말 농사를 지으시려는 모양이군요?”

혹시 몰라 옷을 준비했지만, 그것은 도사님들이 정말로 농사를 지으실 경우를 대비했을 뿐이었다. 그런데 이리 일찍 일어나는 것을 보니 정말로 농사를 지으려나 보다.

삼득의 말에 운풍자가 무표정한 얼굴로 고개를 끄덕이더니 입을 열었다.

“물론입니다. 언제부터 농사를 시작합니까?”

삼득이 멋쩍은 얼굴로 말했다.

“그야 물론 지금쯤 일어나 일해야 하지만 손님까지 그러실 필요는…….”

운풍자는 무표정한 얼굴로 삼득의 멋쩍은 얼굴을 바라보았다. 지금부터 일어나서 일을 해야 한다고 했다. 사조께서는 진정으로 농사를 지으실 요량이시니 그렇다면 사조님도 지금쯤은 깨워야 할 것이다.

운풍자가 다시 입을 열었다.

“혹시 옷이 더 있습니까?”

“예, 물론 있습니다만…….”

“여성용 옷도 있습니까?”

삼득이 약간은 씁쓸한 얼굴로 입을 열었다.

“예, 죽은 제 처가 입던 옷이 있긴 합니다만…….”

“…빌릴 수 있습니까?”

조금은 미안한 얼굴로 운풍자가 말했다. 하지만 이번에도 역시 삼득은 무표정한 얼굴이라고 생각했다.

“있습니다.”

운풍자가 고개를 끄덕였다.

"준비해 주십시오."

잠시 후,

더 자고 싶다고 잠투정을 부리는 청명과 무당에서도 잠꾸러기로 유명했던 운혜는 마당에 나와 있게 되었다.

그 앞에 선 운풍자는 여덟 살 이후로 벗어본 적이 없던 도복을 벗고 평범한 마의를 입고 있었다.

낡은 마의를 입고 근엄하게 서 있는 운풍자의 모습에 운혜는 웃음을 터뜨렸다.

"풉!"

운혜는 재빨리 입을 가리고 고개를 모로 돌리고는 전신을 부들부들 떨어대기 시작했다. 하지만 청명은 너무 졸리워 운혜의 그런 반응을 알아채지 못했다.

눈을 반쯤 감고 비틀비틀 서 있던 청명이 눈을 비비며 말했다.

"운풍 사손, 나는 더 자고 싶어요."

"농사를 지으려면 지금 일어나셔야 합니다."

"……."

더 자고 싶은데……. 청명의 볼이 부풀었다.

곧 운풍자를 보고 웃던 운혜의 볼 역시 부풀기 시작했다.

"입어라."

운풍자가 무표정한 얼굴로 마의로 된 치마와 상의를 운혜에게 건네주었던 것이다.

"싫어요!"

운혜는 굳은 각오를 한 표정으로 말했다. 저 옷은 극단적으로 수수하다. 다르게 말하면 정말 멋없는 옷이었다.

"입어라."

저 옷보다는 도복이 낫다고 판단한 운혜는 애처로운 눈으로 운풍자를 바라보았다.

"도복을 입으면 안 되나요?"

하지만 운풍자의 굳은 얼굴은 바뀌지 않았다.

"도복을 버릴 확률이 높다. 입어라."

"버려도 돼요. 여분의 옷이……."

'있어요' 라고 말하려던 운혜는 곧이어 이어진 운풍자의 말에 금세 시들어 버리고 말았다.

"마보 세 시진."

"…입을게요."

운혜는 우울한 얼굴로 옷을 집어 들고 방으로 들어갔다. 곧 평범한 마의와 치마를 입은 운혜가 나타났다.

청명도 옷을 갈아입고 마당으로 걸어왔다.

소란에 잠에서 깬 추걸개가 방 안에서 뒹굴뒹굴거리며 웃음을 터뜨렸다.

"으하하하, 도사들이 나보다 더 거지 같구먼! 언제 그렇게 입고 개방에나 한번 놀러 오게나!"

청명이 추걸개를 노려봤다. 무슨 말인지는 모르겠지만 왠지 모르게 불쾌했다.

"돼지."

"…예?"

청명의 중얼거림을 듣지 못한 추걸개가 의아한 표정을 지었다. 하지만 청명은 고개를 획 돌려 버릴 뿐이었다.

곧 주방에서 삼득이 상을 차려가지고 나왔다.

"식사하고들 갑시다!"

"무량수불."

운풍자가 짧게 읊조렸다.

음의 높낮이가 없는 진언을 읊는 운풍자의 모습―마의를 입고 있다―에 운혜는 다시 웃음을 터뜨렸다.

"풉!"

운혜는 웃음을 감추며 소반 앞에 앉았다.

"……."

한편, 운혜의 옆에 앉은 청명은 시무룩한 표정을 짓고 있었다. 객잔에서와 달리 또 밥상이 풀밭이 되어 있다.

하지만 입맛을 쩝쩝 다시며 걸어온 추걸개가 미친 듯이 음식을 먹기 시작하자 청명은 음식의 맛은 둘째치고 일단 더 많이 먹기 위해 불타올랐다.

"그건 내가 찜해둔 당근인데……."

생당근을 조금 썰어 내온 것이 달고 시원해 마음에 들었던 청명은 당근을 먹으면서도 새로 당근을 먹기 위해 눈독을 들이고 있었다. 하지만 추걸개의 손이 더 빨랐다.

곧 추걸개가 당근을 우물거리며 입을 열었다.

"그런 게 어디 있소이까, 먹으면 그만이지."

당근을 씹어 삼킨 추걸개가 껄껄 웃으며 삶아 간한 청경채를 입가로 가져갔다.

“그래도 찜해둔 건데…….”

청명은 중얼거리며 무채를 집어 들고는 밥과 함께 입에 우겨 넣기 시작했다. 추걸개보다 더 많이 먹기 위해서였다.

하지만 욕심은 대가를 불러오는 법. 식사를 끝낸 청명은 곧 과식의 고통에 허덕이기 시작했다.

“우, 운풍 사손, 나는 배가 너무 불러요.”

“일하러 가셔야 합니다.”

“쉬었다가 가면 안 되나요?”

“사조께서 원하시면 그러실 수 있습니다.”

청명이 해맑게 웃었다. 일을 하러 가지 않아도 된다니. 그럼 조금은 더 잘 수 있을 것이다.

하지만 곧바로 이어진 삼득의 말에 웃음은 이내 멈추어지고 말았다.

“그럼은요. 저희 같은 평범한 농민이야 일해야 한다지만 도사님이야 조금 쉬셔도 됩니다요.”

“…….”

청명의 얼굴이 단숨에 우울해졌다. 평범한 사람은 일을 해야 한단다. 청명은 조용히 몸을 일으켰다.

상을 치운 삼득이 가래니 호미니 하는 것을 들고 걸어나왔다.

“저… 이제 일을 하러 가야 되는데 정말 같이 가실 겁니까?”

“네.”

기운없는 표정으로 청명이 중얼거렸다.

“평범한 사람은 일을 해야 하니까요.”

우울한 얼굴로 말하는 청명의 얼굴을 보고 삼득 역시 걱정스러운 얼굴로 말했다.

“오늘은 풀을 매야 해서 많이 힘드실 텐데…….”

몇 해 전부터 세금이 높아져 벼농사를 지어봤자 많은 양을 세금으로 내야 했던 삼득은 작년부터 밭농사를 시작했다. 토양이 비옥하니 작물도 금방금방 자라 겨우내 채소는 이미 수확했지만 이번에 새로 심은 들깨나 생강 따위의 작물은 슬슬 꽃을 피울 이때쯤에 한 번 더 풀을 매야 한다.

그 작업은 몹시 고된 작업이 될 터, 눈앞의 도사들이 쉬이 버틸 수 있을지 의문이 든 것이다.

하지만 운풍자가 무표정한 얼굴로 고개를 끄덕이자 삼득은 별수없이 밭으로 향할 수밖에 없었다.

삼득이 걸어가는 소로는 구불구불했다.

소로의 밑에는 물이 대어져 있는 곳도 있었고, 물이 대어져 있지는 않지만 질퍽질퍽거리는 곳이 많아 자칫했다가는 빠져 버릴 위험이 높았다.

청명은 조심스럽게 삼득을 따랐다. 비틀비틀거리다 몇 번이나 넘어질 뻔했지만 뒤에서 잡아주는 운풍자 덕택에 한 번도 넘어지지 않고 무사히 삼득을 따라길 수 있었다.

얼마 걷지 않아 꽤 널찍한 밭이 나왔다. 물론 아주 넓지는 않았지만 그래도 제법 땅이 되는 것이 혼자 농사를 하기엔 몹시 힘들었을 것 같았다. 사실 삼득 혼자 그 논을 추스르기에는 많은 어려움이 있었다. 오늘 이렇듯 많은 인원이 왔으니 어쩌면 더 잘된 일인지도 모른다.

청명이 밭을 바라보고는 탄성을 내질렀다.

“우와!”

삼득이 자랑스럽게 웃으며 청명을 바라보았다.

밭에서는 여러 가지 작물이 자라고 있었다. 대지의 보살핌 아래 무럭무럭 자라고 있는 작물들을 바라보는 삼득의 얼굴이 뿌듯함으로 가득 찼다.

하지만 청명의 뒤에 서 있는 운혜의 얼굴은 어두워져 있었다.

'강호의 여협(女俠)이라니, 꿈도 컸지.'

정말 꿈도 컸다. 이제는 그냥 농사꾼이 되어버린 것이다. 새삼 사조가 미워 보여 운혜는 원망스러운 얼굴로 사조를 바라보았다.

하지만 안타깝게도 청명은 운혜의 눈짓을 알아보지 못했다.

운혜는 다 포기한 얼굴로 삼득을 바라보았다.

"오늘은 풀을 매야 합니다."

"풀을 매요?"

"그러니까… 기르고 싶은 작물 외의 잡초들을 뽑는 것이지요."

"그렇구나."

청명이 고개를 끄덕였다. 그리고선 밭을 바라보았으나 어느 것을 뽑아야 하고 어느 것을 가만히 둬야 하는지 모르겠다.

"저, 그런데 뭘 뽑아야 되는 거지요?"

"…조금 있다가 설명을 드리겠습니다."

삼득의 얼굴이 조금은 걱정스럽게 변했다.

"저… 그리고 뽑을 때는 힘을 줘서 그냥 뽑아버리지 마시고 꼭 호미로 긁어 뽑으셔야 합니다."

"왜 그런가요?"

"그렇게 하면 작물도 상하지 않고 땅도 부드러워지고… 여하튼 여러 가지 이유가 있습니다."

청명이 고개를 끄덕였다.

"그렇군요. 알겠어요."

"그럼 이걸로……."

삼득이 호미를 꺼내 들었다. 청명은 신기하다는 듯 호미를 바라보며 그것을 받았다.

"이게 호민가요?"

"예."

"우와!"

청명이 감탄하며 호미를 이리저리 훑어보았다.

삼득이 청명의 뒤에 서 있는 운풍자와 운혜에게 호미를 내밀었다. 운혜는 어두운 얼굴로 호미를 받아 들었다.

"그럼 노인장도……."

"엥? 나도?"

추걸개가 당황한 얼굴로 말했다. 사실 농사를 짓는다고 청명 일행을 따라오긴 했지만 절대 농사지을 생각은 없었다. 강호의 친구들이 그 사실을 안다면 어떻게 되겠는가! 그야말로 놀림거리가 될지도 모른다. 자신의 명예가 땅에 떨어질지도 모르는 것이다.

"나… 난……."

청명이 추걸개를 노려보았다. 자신들을 따라오지 않았으면 모르되 따라왔으면 농사를 지어야 한다. 그런데 하기 싫은 모습인 것을 보니 과연 얄미운 생각이 들었다.

"돼지."

청명이 볼을 부풀리며 말했다. 얄밉다는 듯 자신을 바라보는 청명의 얼굴에 추걸개가 난감한 얼굴로 호미를 쥐어 들었다.

"험, 험……."

"그럼 저쪽부터 시작합시다."

생강이 가득 심어져 있는 밭으로 삼득이 기운차게 걸어갔다.

인간 세상에 내려온 신선과 무공으로는 강호의 초고수라고 불리는 개방의 장로, 차기 무당제일검을 노리는 운풍자와 강호의 여협이 꿈인 운혜가 그 뒤를 따랐다.

이제 무림맹의 군사나 문파의 장문인 같은 사람이 아닌 삼득의 지휘에 따라 풀을 매야 하는 것이다.

풀을 맨다는 것은 다른 말로 말하면 잡초를 뽑는다는 것이다. 그저 쭈그려 앉아 잡초를 뽑으면 된다.

농사의 초보자들을 향해 삼득은 엄숙한 어조로 입을 열었다.

"일단 호미로 부드럽게 땅을 긁어 잡초를 뽑습니다. 뽑으면 뿌리에 묻어 있는 흙을 떨어낸 후 근처의 생강에 흙을 두둑이 덮어줍니다. 그 다음에 뿌리가 하늘로 향하게 잡초를 깔아둡니다."

"예?"

"……."

삼득이 다시 자세히 설명해 주었다. 청명은 주의 깊게 삼득의 설명을 들었다.

"그런데 왜 그래야 하는가요?"

"호미로 땅을 파야 땅이 부드러워지는 까닭에 잡초를 뽑을 때 호미로 땅을 파는 것입니다."

"생강에 흙은 왜 덮나요?"

삼득은 한숨을 내쉬고는 하나하나 다시 설명해 주었다.

생강에 흙을 두둑이 덮는 것은 북주기라는 것으로 작물이 더 튼튼하게 자라게 하는 역할을 한다. 잡초는 뿌리를 하늘로 해서 놓으면 천천히 썩어 거름이 되는데 그 안에는 벌레도 살고 해서 여러 가지로 이득이 많다.

"와, 그런 거군요! 대단해요!"

"아니… 뭐… 대단할 것까지야 있겠습니까."

삼득이 옅게 미소를 지었다.

"이제 시작합시다."

"……."

우울한 얼굴의 운혜와 더 우울한 얼굴의 추걸개가 고개를 끄덕였다.

곧 고랑을 따라 자리를 잡은 사람들은 잡초를 뽑고 땅을 두둑이 하는 일을 시작했다.

반 각 동안은 무사히 일을 할 수 있었다.

제일 먼저 사고를 친 것은 청명이었다. 잡초인 줄 알고 생강을 뽑은 것이다.

"아, 저… 죄송해요."

"…괜찮습니다."

삼득이 괜찮다는 듯 고개를 끄덕였다. 하시반 일 다경도 지나지 않아 청명은 또 울상을 지었다.

"저… 저… 또 뽑았어요."

울상이 된 청명이 말했다. 삼득이 씁쓸한 얼굴로 고개를 끄덕였다. 이러다가 작물이 남아나지 않겠다.

"…괜찮습니다. 하지만 이제부터는 조심하십시오."

"네."

추걸개가 고개를 끄덕이며 청명을 바라보았다.

"……."

사실 추걸개는 청명보다 청명이 뽑은 작물을 바라보고 있었다. 최대한 안력을 돋워 청명이 뽑은 작물을 바라보고 자기가 뽑은 잡초를 바라보니 똑같이 생겼다.

'이런 망신이 있나!'

무림의 고수라는 사람이 농사도 하나 제대로 못 짓다니. 강호의 선배로서 후배들 보기가 민망스러웠다.

이 일을 어찌하나 하고 잠시 고민하던 추걸개는 삼득의 눈치를 살살 보며 작물을 다시 땅에 파묻기 시작했다. 하지만 그 옆에서 바지를 걷어 올리고 검 대신 호미를 들고 땅을 파던 운풍자와 눈이 마주치고 말았다.

"……."

"……."

운풍자는 무표정한 표정으로 추걸개의 손에 들린 잡초를 바라보았다. 그 시선에 괜히 민망해진 추걸개가 헛기침을 했다.

"험, 험, 이건 잡초야. 보기에는 생강 같아 보이지만 잡초라네."

"…예."

운풍자가 고개를 끄덕였다. 추걸개의 얼굴이 붉어졌다. 하지만 자세히 보니 운풍자 역시 손에 생강을 뽑아 들고 있다.

"…아마 그것도 잡초일 테지?"

운풍자가 무표정한 얼굴로 입을 열었다.

"이것은 생강입니다. 어렵군요."

"……."

얼굴이 붉어진 추걸개가 조용히 고개를 숙이고는 다시 잡초들을 찾아 헤맸다.

운혜와 함께 운풍자의 맞은편에서 일하던 청명은 이제 슬슬 겁이 나기 시작했다. 어쩌면 잡초랍시고 생강을 다 뽑아버릴지도 모른다.

주위를 둘러보며 삼득의 눈치를 살살 보던 청명은 운풍 사손이 제법 규칙적으로 일을 한다는 것을 알아채고는 그의 흉내를 내기 시작했다. 운혜와 추걸개는 이미 그렇게 하고 있었다.

결국 넷 모두 규칙적으로 생강을 뽑게 되었다.

"……."

삼득이 어이없다는 듯 도사들을 바라봤다. 농사를 모두 망치고 있다. 이러다가는 남아나는 생강이 없겠다.

"잠시 멈추시지요."

"…예?"

삼득이 한숨을 쉬었다. 열심히 일한답시고 옷과 얼굴에 흙을 묻혀가며 땅을 헤집는 것을 보니 뭐라고 탓할 수도 없다. 더군다나 무당파의 도사님들을 탓하기는 더욱 어려운 것이다.

"…잠시 쉬었다가 하시지요."

"예!"

청명이 보람찬 얼굴로 외쳤다.

잠시 쉬었다가 하지는 말에 운풍자 역시 허리를 폈다. 내공을 쓰지 않았기에 허리에 피로가 가중되는 것을 느꼈지만 무인인지라 크게 무리가 오지는 않았다.

단정하게 자리에 앉은 운풍자는 밭 너머에 있는 수풀을 바라보았다.

어제 느꼈던 느낌이 다시 돌아왔다.

운풍자의 날카로운 시선이 계속 수풀을 주시하자 옆에 있던 운혜가 의아한 표정으로 운풍자를 바라보며 입을 열었다.

"사형, 왜 그래요?"

"…아무것도 아니다."

느낌이 사라졌다.

아무래도 운혜 때문에 너무 긴장한 탓인 것 같아 운풍자는 조용히 고개를 돌렸다.

잠시 앉아 하늘을 바라보며 쉬던 삼득이 우울한 얼굴로 다시 몸을 일으켰다. 더 이상 이 사람들에게 농사를 맡겼다간 생강이 모조리 뽑혀 나가게 생겼다. 아무래도 풀을 매는 것은 자신이 다시 해야 할 듯했다.

"자, 이제 다시 일을 합시다! 잡초는 제가 나중에 한 번 더 손볼 테니 여러분은 북주기에 좀 더 신경 써주십시오!"

"예?"

청명이 어리둥절한 얼굴로 삼득을 바라보았다. 삼득이 다시 한 번 친절하게 입을 열었다.

"잡초를 뽑아 생강 위에 덮기 전에 흙을 두둑하게 덮어주는 것을 북주기라고 합니다."

"아아… 네!"

아까 들었던 설명이다. 북주기라는 말을 알아들은 청명은 고개를 끄덕였다.

"그럼 다시 갑시다!"

삼득은 기운차게 외치고는 밭으로 걸어갔다. 생강 밭으로 걸어간 삼득은 도와준답시고 망쳐 놓은 밭을 바라보곤 한숨을 내쉰 다음 바로 그 뒤로 이어진 들깨 밭으로 걸어갔다.

"이번엔 이곳에서 일을 할 겁니다. 들깨는 흙이 부드러워야 잘 자라니 너무 꽉꽉 흙을 덮어주면 안 됩니다. 다만 촘촘하게 덮어주셔야 하니 주의하십시오."

"예!"

청명이 기운차게 대답했다. 운혜와 운풍자 역시 고개를 끄덕였다.

들깨 밭의 끄트머리로 걸어간 삼득은 잡초를 뽑고는 그것을 땅에 내버려 두고 걸어갔다. 그럼 그 뒤를 청명이 따라가며 흙을 뒤덮고 덮은 흙 위에 잡초를 얹었다.

운풍자 역시 같은 방식을 따랐다. 운풍자가 허리를 숙인 채로 가며 잡초를 뽑으면 그 뒤를 추걸개가 따르며 흙을 덮었다.

추걸개의 무시무시한 내공은 이번에도 발휘되었다.

흙을 덮어준다는 것이 그야말로 흙을 쥐어짜듯이 해버린 것이다. 아마 그 안의 들깨도 쥐어짜졌으리라.

삼득이 그 모습을 보고 경기를 일으켰다.

"그렇게 하시면 안 됩니다! 그저 부드럽게 덮어주시기만 하면……."

"…엥?"

이미 늦었다. 흙을 무슨 돌처럼 만들어 덮어버렸다.

삼득은 분노로 가득 찬 시선으로 추걸개를 노려보았다. 무당파의 도사도 아닌 영감이 감히 남의 밭을……

삼득의 불타는 듯한 시선에 추걸개는 당황한 얼굴로 삼득을 바라보았다. 아무래도 선인을 따라왔다가 많은 낭패를 보는 듯싶다. 강호에

서 뒹굴며 밥을 빌어먹은 지 어언 사십 년이 다 되어가는데 그동안 이런 낭패는 당하지 않았었다.

"그, 그토록 부드럽게 덮으라고 말했는데……."

"험, 험, 미안하오."

추걸개가 헛기침을 하며 고개를 돌렸다. 저만치서 고소하다는 듯 자신을 바라보는 청명이 보였다.

추걸개는 다시 헛기침을 하며 반대로 고개를 돌렸다. 운풍자의 무표정한 얼굴이 기다리고 있었다.

"아, 미안하네. 미안다니까!"

신경질적으로 추걸개가 말했다. 운풍자는 고개를 끄덕이고는 다시 일에 전념했다.

분노에 찬 눈으로 추걸개를 바라보던 삼득은 시선을 돌려 청명이 덮은 땅을 보고 입을 열었다.

"…들깨 줄기까지 다 덮으셨군요. 그저 뿌리만 두둑이 덮으시면 됩니다."

"아, 저… 죄송해요."

"괜찮습니다. 천천히 따라오시지요."

청명이 고개를 끄덕이고는 그 뒤를 따랐다. 운풍자의 뒤를 따라가지도, 그렇다고 삼득의 뒤를 따르지도 못하고 남은 잡초나 골라야 했던 운혜는 다행스럽다는 듯 한숨을 내쉬었다. 자칫 저 아저씨의 농사를 모두 망칠 뻔했다.

이제 청명의 일행 손에도 제법 일이 붙었다. 서서히 요령이 생기자 청명도 운풍자도 실수를 적게 하면서도 일에 속도가 붙기 시작했다.

특히 운풍자나 추걸개, 운혜는 무인의 끈기를 발휘해서 별다른 피로

함을 느끼지 않고 일을 할 수 있게 되었다.

하지만 청명은 달랐다.

'히, 힘들어……'

청명은 한숨을 내쉬었다. 태어나서 이렇게 힘들어본 것도 오랜만이다. 무당산에서 살 때는 그저 자라는 것을 뽑아 먹기만 하면 되었는데 왜 이곳에서는 이렇게 힘들게 가꿔야 하는지 모르겠다. 무엇보다 계속 굽히고 있었던 허리가 아팠다.

"서, 성 도우님, 힘들어요……."

"하핫, 힘들 때가 되었지요. 이제 모두들 일이 붙었으니 들깨 밭만 추스르고 나면 다시 쉬실 수 있을 겝니다."

삼득이 흐뭇하게 웃으며 말했다. 예상보다 훨씬 일이 빨리 끝날 듯했다. 의외로 도사들은 한 번 배운 것은 잊어버리지 않는 훌륭한 일꾼들이었다.

하지만 청명은 죽을 맛이었다. 지친 청명은 기운없는 몸짓으로 쪼그려 앉았다.

그때 불현듯 좋은 생각이 떠올랐다.

청명은 잠시 히죽 웃고는 쪼그려 앉은 채로 땅을 토닥거렸다.

"토시신님, 토시신님."

"……?"

삼득이 의아한 얼굴로 청명을 바라보았다.

"지금 뭐 하시는……."

"토지신님, 토지신님."

잠시 땅을 바라보며 기다리던 청명이 원하던 반응이 없자 다시 땅을 토닥였다.

곧 땅이 울렁거렸다. 마치 물결이 치듯 땅에 파문이 일었다.

삼득이 입을 벌리고 그 모습을 바라보았다. 운풍자나 운혜 역시 마찬가지였다.

곧 울렁이던 땅이 솟구쳐 올랐다. 솟구쳐 오른 땅은 조금씩 사람의 형상을 갖추어가더니 이내 작은 노인의 형상으로 변했다.

"누가 나를 부르느냐? 어이쿠, 선인님!"

"헤헤."

청명이 작은 노인의 모습을 보고 헤헤 웃었다. 사실 신선이 된 이후 지신을 불러보는 것은 처음이었다.

"안녕하세요?"

"아, 예. 소관이 선인을 뵈옵니다."

작은 노인이 재빨리 머리를 숙였다.

"헤헤, 반가워요."

"예."

청명은 작은 노인의 앞에 쪼그려 앉아 헤헤 웃고만 있었다.

아무 말 없이 웃으며 자신을 바라보는 모습에 작은 노인은 몹시 당황한 상태였다. 빨리 무슨 일이라도 시켜주면 좋으련만 고작 소관급 지신에게 선인이 나타나 아무 말도 없으니 부담이 가중되는 것이 절로 느껴졌다.

긴장한 토지신이 조심스럽게 입을 열었다.

"…저……."

"네?"

작은 노인을 부르고 난 후 본래 목적을 까먹은 청명이 고개를 갸웃했다. 토지신이 다시 입을 열었다.

“저… 부르신 이유가 무엇인지…….”

“아, 저는…….”

“예.”

“저는… 그러니까…….”

본래의 목적을 떠올린 청명이 침을 꿀꺽 삼켰다. 그리고는 긴장한 얼굴로 골똘히 뭔가를 생각하기 시작했다.

반면 그 광경을 바라보는 추걸개는 경기를 일으키기 직전이었다. 말도 되지 않는 일이 일어났다. 실제로 세상에 토지신이 있었구나! 그런 것은 전설 속에나 있는 줄 알았는데! 하지만 더 생각해 보니 신선도 있다. 솔직히 말하면 그것도 전설 속에서나 나오는 사람인 줄 알았다.

한 번도 상상해 보지 못한 일을 목격한 추걸개는 입을 쩍 벌리고 운풍자를 바라보았다. 이런 놀라운 장면에도 운풍자는 무표정한 얼굴을 하고 있었다. 설마 이런 일이 자주 있었던 것일까? 그래서 저렇듯 태평하게 있을 수 있는 것일까?

추걸개는 잘 나오지 않는 목소리를 쥐어짜 내며 말했다.

“…자… 자… 자네는…….”

“예.”

“아, 일… 일고 있었나 보구… 먼 ?”

“아니오, 몰랐습니다.”

“…….”

추걸개가 멍하니 운풍자를 바라보았다. 운풍자는 변함없는 무표정을 유지하고 있었다.

“그럼… 왜 그… 렇게…….”

“저도 놀라고 있는 중입니다.”

“…….”

조용히 운풍자를 바라보던 추걸개가 다시 시선을 돌렸다. 헤헤 웃던 청명이 심각하게 고민하는 것이 보였다. 저 신선은 도대체 뭘 고민하는 것일까! 아니, 무엇보다 정말 신선이 맞구나!

삼득은 조금도 놀라지 않은 차분한 기색으로 청명을 바라보고 있었고, 운혜는 추걸개와 입 크기를 자랑하기라도 하듯 입을 크게 벌리고 청명을 바라보고 있었다.

주위 사람들이 자신을 어떻게 바라보고 있는지 전혀 모르는 청명은 심각한 고민 중이었다.

신선은 능력껏 호풍환우를 할 수 있지만 마음껏 하지는 않는다. 마음 좋는 대로 해도 도에서 어긋나지 않으니 언제든 호풍환우하여도 괜찮겠지만 자칫 자연의 조화를 무시하는 결과가 나올 수도 있다. 때문에 신선들은 그 지역을 관장하고 있는 대관, 소관급 신들에게 요청하여 자연을 바꾸는 것이다. 토지신이 거부하면 마음대로 지형을 바꿀 수도 없다.

부탁을 들어주지 않을까 봐 청명은 걱정이 되었다.

“저… 그러니까… 저는…….”

“예.”

청명이 드디어 입을 열자 토지신이 공손히 시립한 채로 고개를 끄덕였다.

청명의 본래 목적은 바로 이것이었다. 잡초를 뽑고 들깨에 흙을 두둑이 덮어주세요.

긴장한 청명은 토지신을 바라보며 군침을 꿀꺽 삼켰다.

“그러니까… 흙을…….”

“예.”

토지신이 시립한 채로 고개를 끄덕였다. 내심 과한 요구가 나오면 들어주지 않을 속셈이었다. 비록 소관급 지신이지만 그래도 지신이니 아마 선인님도 자신을 벌주지는 않을 것이다.

토지신 역시 침을 꿀꺽 삼켰다.

그사이 청명은 마음을 정했다. 마음을 정한 청명은 눈을 질끈 감고 긴장된 목소리로 외쳤다.

“저, 잡초를 뽑아주세요!”

“예?”

“드, 들깨에 흙도 덮어주세요!”

“…….”

이게 무슨 헛소린가! 선인이 지신을 불러놓고 천지조화를 부리는 게 아니라 고작 잡초를 뽑고 흙을 덮어달라니! 그쯤은 직접 해도 될 텐데 뭣 하러 지신을 부른 것일까.

토지신은 난감한 얼굴로 청명을 바라보았다. 긴장한 듯 자신을 바라보는 청명의 얼굴에 토지신은 조용히 고개를 끄덕였다. 별일 아니니 들어줄 수밖에.

“소관이 선인의 명을 따릅니다.”

“우와! 고마워요!”

청명이 쪼그려 앉아 있던 자리에서 박차고 일어났다. 얼굴에는 해맑은 웃음이 가득했다. 이제 힘들게 일하지 않아도 풀 매기와 북주기가 끝난다.

“너무 고마워요, 토지신님.”

“예.”

"정말 고마워요!"

"…예? 예……."

호들갑스러운 청명의 반응에 당황한 토지신은 일단 청명에게 길게 읍했다. 시키면 억지스러운 일이라도 해야 할 판인데 고작 그 정도 가지고 저리 고마워하는 것을 보니 어색함이 밀려들어 왔다.

"험, 험."

토지신은 멋쩍은 듯 헛기침을 두어 번 하고는 발을 들어 땅을 굴렀다.

토지신이 발을 구른 곳부터 시작해 땅이 울렁거렸다. 마치 물결처럼 원을 그리며 울렁임이 넓어져 갔다. 토지신으로부터 시작된 울렁임이 지나갈 때마다 들깨를 제외한 잡초들이 뽑혀져 나갔다. 저절로 잡초들이 쑥쑥 뽑혀 나가 들깨 밭에 잡초가 남지 않게 되자 토지신은 다시 발을 들어 땅을 굴렀다.

토지신이 발을 구르자 세 군데에서 땅이 뱀처럼 솟구쳤다. 솟구친 흙은 뱀처럼 들깨 사이사이를 기어가기 시작했다.

세 마리 흙뱀이 들깨 사이사이를 기어가고 나면 들깨에는 두둑이 흙이 덮였다. 곧 모든 들깨에 두둑이 흙이 덮였다.

"……."

그 모습을 무심한 표정으로 멍하니 바라보던 삼득이 눈을 까뒤집으며 기절했다. 마찬가지로 멍하니 서 있던 추걸개가 화들짝 놀라며 삼득을 부축했다.

"아니, 이보게! 이보게!"

추걸개가 얼른 삼득의 맥문을 쥐었다. 사실 자신도 기절하고 싶은 심정이었다.

추걸개는 조금씩 삼득의 몸 안에 내기를 흘려보내기 시작했다.

그 모습을 바라보던 운풍자가 한숨을 내쉬었다.

"하아!"

운풍자가 한숨을 내쉬었지만 청명은 그것도 듣지 못한 채 일을 하지 않아도 된다는 기쁨에 몹시 신이 나 있었다. 그동안 허리도 쑤시고 다리도 욱신거려 괴로웠는데 이제는 얼른 돌아가 쉴 수 있게 되었다.

청명은 해맑게 웃으며 입을 열었다.

"이제 흙을 덮는 일이 모두 끝났어요!"

"…예."

운풍자가 조용히 고개를 끄덕였다. 일이 기왕에 이렇게 되었으니 이제 수습할 방도는 없다. 한숨이 재차 터져 나오려 했지만 운풍자는 그저 조용히 고개를 끄덕이기만 했다.

선인의 말씀대로 모두 수행한 토지신이 어색하게 청명의 눈치를 살폈다. 이제 일이 끝나 돌아가도 될 듯하니 서둘러 돌아가고 싶었다.

기뻐하는 청명을 바라보며 토지신이 천천히 입을 열었다.

"아, 저… 이 부근의 들깨를 제외한 모든 풀은 뽑아버렸습니다. 이제 가도 되겠는지요?"

"네! 너무 고마워요, 토지신님!"

청명이 해맑게 웃으며 말했다.

"그, 그럼……."

허락을 받은 토지신이 길게 읍했다. 기뻐하던 청명도 고개를 끄덕였다.

하지만 운풍자는 고개를 끄덕이지 못했다.

'이 부근?'

이 부근이 도대체 어디까지란 말인가? 운풍자가 재빨리 주위를 둘러보았다. 들깨에는 흙이 두둑이 덮여 있고 들깨 주위의 잡초는 모두 뽑혀 있다. 그럼 들깨 밭 너머에는…….

이상하다는 것을 깨달은 운풍자가 다급히 외쳤다.

"사조님, 잠깐만!"

"그럼 이만 들어갑니다."

"네!"

토지신의 말과 운풍자의 말이 동시에 울려 퍼졌다. 청명이 대답한 것은 토지신의 말에 대해서였다.

토지신이 땅속으로 꾸물꾸물 기어들어 가 사라졌다.

운풍자가 당황한 얼굴로 청명을 바라보았다.

"사조님, 다시 불러 올리십시오!"

"네?"

청명이 어리둥절한 얼굴로 운풍자를 바라보았다. 운풍자는 나름대로 다급한 얼굴로 눈썹이 약간 위로 올라가 있었다.

"이 부근 밭에 들깨만 남고 다 뽑혔습니다!"

"네?"

청명이 당황한 얼굴로 운풍자를 바라보았다. 운풍자가 들깨 밭 너머를 가리키자 청명이 시선을 돌려 그곳을 바라보았다. 과연 생강이 다 뽑혀 있다.

"앗!"

청명이 깜짝 놀라 비명을 내질렀다. 그리고는 재빨리 땅에 주저앉아 땅을 두드렸다.

"토지신님! 토지신님!"

“…….”

운풍자가 조용히 그 모습을 바라보았다. 과연 다시 땅이 솟아 오르더니 토지신의 얼굴이 빼꼼히 나와 청명을 바라보았다.

“저를 또 부르신 게 맞습니까?”

“네!”

맞다는 청명의 대답에 토지신이 꾸물꾸물 땅을 기어올라 와 옷을 툭툭 털었다. 그리고는 다시 시립했다.

“또 무슨 일이……?”

“저는 잡초라고 했는데!”

“예?”

청명이 다급한 목소리로 말했다. 하지만 앞뒤를 다 잘라놓고 말하니 도저히 알아들을 수가 없다.

“저는 잡초라고 했는데!”

“예, 들깨와 잡초 이야기를 하시기에 저는 들깨를 빼고 잡초만…….”

토지신이 고개를 갸웃거렸다. 인간의 기준이란 이상하기 짝이 없다. 도대체 어떤 식물이 잡초이고 어떤 식물이 잡초가 아니란 말인가! 인간들은 사신들에게 도움이 되지 않는 풀을 잡초라고 부르는 것 같은데, 저 선인님이 들깨와 잡초라는 말을 했으니 이 경우에는 들깨를 제외한 풀을 잡초라고 불러야 할 것이다.

선인의 명이라 큰맘 먹고 아까운 생풀을 모두 뽑아주었건만 저런 따지는 태도는 무엇이란 말인가!

청명이 다급하게 다시 말했다.

“생강이 다 뽑혔어요! 난 잡초랬는데!”

“……..”

토지신이 머리를 갸웃했다. 알아들을 수가 없다.

“예, 저는 들깨를 제외한…….”

“이잇!”

청명이 볼을 부풀렸다. 생강이 어떻게 생겼는지 아직 잘 알지 못하지만 생강 밭에 남은 것이 없으니 익히 망쳤다는 것은 짐작할 수 있다.

청명이 토지신에게 화를 내기 시작할 때쯤 삼득이 정신을 차렸다. 추걸개가 불어준 내공 덕택이었다.

정신을 차린 삼득은 어리둥절한 눈으로 잠시 주위를 둘러보다 토지신과 청명을 발견하고는 재빨리 일어나 땅에 넙죽 엎드렸다.

“시, 신선님!”

“…아, 저… 성 도우…….”

청명이 당황한 얼굴로 입을 열었다. 생강 밭이 다 망가졌다. 아니, 망가진 게 아니라 몽땅 뽑혔다. 자신들도 일을 그리 잘한 것 같지는 않은데 토지신이 끝장을 내버렸다.

“서, 성 도우…….”

“정말 감사합니다! 정말 감사합니다!”

“아, 저…….”

운풍자가 무표정한 얼굴로 조용히 고개를 돌렸다. 나름대로 삼득의 시선을 피해보고자 하는 것이다.

추걸개는 삼득을 무사히 깨우고서는 한숨을 내쉬며 몸을 일으키다가 주위를 보고는 입을 쩍 벌렸다.

삼득은 난감해하는 청명의 얼굴을 바라보고는 만면에 미소를 지은 얼굴로 밭을 돌아보았다. 올해의 농사는 신선의 도움을 받아 대풍년을 이루게…….

삼득이 비명을 질렀다.

"내 밭이!"

밭이 많이 망가져 있다.

"내 밭이……!"

"저…….."

"내 생강이… 생강이……!"

"저… 미안해요, 성 도우……."

청명이 잔뜩 겁먹은 얼굴로 삼득을 바라보았다.

삼득이 다시 청명을 바라보았다. 경일이 녀석한테 따뜻한 밥 한 술 먹일 생강이… 효원의 책값이…….

삼득은 눈앞이 깜깜해지는 것을 느꼈다.

"으앗! 성 도우!"

"이보게! 이보게!"

추걸개가 다시 삼득에게 달려갔다.

*　　　*　　　*

글공부를 마친 효원이 집에 도착했을 때는 어느새 해가 저물어가고 있었다. 선화객잔에 들러 형을 만나고 왔기 때문에 시간이 이렇게 늦은 것이다. 더군다나 선화객잔에서 손님이 남긴 요리도 조금 얻었다. 많이 남았다고 말할 수는 없지만 이렇듯 깨끗이 먹고 남긴 음식을 버리기는 아깝다. 마침 일을 마치고 난 경일도 효원과 함께 작은 소로를 걷고 있었다.

“공부는 잘돼가냐?”

“응, 책도 주셨어.”

경일의 얼굴이 미소로 가득 차 올랐다.

“이야, 그 선생, 대단하구나. 아버지랑 언제 찾아가 뵈야겠다.”

“응, 훌륭하신 분 같아.”

경일은 동생의 얼굴을 보고는 자랑스레 웃었다.

“우리 집이 이렇게 됐지만 우리… 그러니까…….”

“응?”

“그… 조상님 중에…….”

“현조부님?”

고조부의 아버님을 현조부라 한다. 하지만 경일은 그런 격식 어린 말을 잘 몰랐다.

“그래, 그… 현… 현조부께서는 그래도 한림원에 드셨던 분이다. 알지, 너?”

효원이 피식 미소를 지었다. 아버지로부터 수십 번도 더 들은 말이다. 하지만 효원은 다시 한 번 고개를 끄덕였다.

“응.”

“그러니까 너도 노력해야 돼, 임마. 그… 조상님의 뒤를 따라야지.”

“응…….”

경일이 효원의 어깨를 툭 쳤다.

“그리고 네가 잘돼야 나도 장가 한번 제대로 가볼 거 아니냐.”

“헤헤.”

효원은 미소를 지었다.

경일 역시 미소를 지었다. 자신의 동생이 이렇듯 똑똑하고 훌륭하니 언젠가 자신의 집도 다시 한 번 빛을 볼 것이다. 그렇게 되기 위해 자신이 할 수 있는 것은 뭐든지 다 해야 한다.

"책 모자라면 언제든지 형한테 말하고."

"안 그래도 아버지가 사주실 건데, 뭐."

경일의 얼굴이 살짝 굳어졌다. 동생에 대한 아버지의 기대를 잘 아는 탓이었다. 아버지는 효원을 너무 많이 사랑하고 있었다. 그럴 때는 가끔 소외감이 들기도 했다.

조금은 씁쓸한 얼굴로 경일이 중얼거렸다.

"…그래. 아, 다 왔다. 얼른 들어가자. 봄바람에 감기 든다, 너?"

"응."

"그런데 저분들은 왜 나와 계시대?"

어느새 다다른 모옥 앞에는 추걸개와 운풍자, 청명이 서 있었다. 효원이 걸어 들어오자 추걸개는 시선을 아래로 내리깔았고 운풍자는 무표정한 얼굴로 효원을 바라보았다.

청명의 얼굴은 그야말로 폭발할 듯 붉어져 있었다.

"저… 왜 들어가시지 않고……."

"아, 저……."

"험, 험……."

추걸개가 시선을 돌렸다.

"저는 그러니까……."

청명이 붉어진 얼굴로 입을 열었다.

망친 생강 밭은 수습하지 못했다. 토지신은 작물을 뽑거나 거부할 수 있지만 다시 심을 수는 없었다. 자고로 흙의 도움이 먼저 있는 법은 없다. 어떤 식물이든 스스로 뿌리를 내려야 비로소 흙의 도움을 받는 법이니 토지신도 어찌할 방도가 없는 것이다.

운풍자가 한숨을 내쉬었다.

"…춘부장께서 아프시오."

"예?"

효원의 눈이 동그래졌다. 경일 역시 마찬가지였다. 이내 둘은 급하게 튀어나가 삼득의 방으로 사라졌다. 곧 경일의 신음 소리가 터져 나왔다.

"아이구, 아버지!"

추걸개가 한숨을 내쉬었다. 그래도 이 중에 강호 경험이 많고 나름대로 무공이나 기초 의학에 자신이 있는 것은 운풍자와 자신뿐인데 운풍자의 무표정한 얼굴을 마주 보면 멀쩡한 사람이라도 경기를 일으킬 것이다.

자신이 움직여야겠다고 생각한 추걸개는 효원과 경일의 뒤를 따라 걸어갔다.

방 안에서는 경일과 효원이 누워 있는 삼득을 걱정스럽게 바라보고 있었다.

"아버지!"

"경일이 왔구나."

경일이 삼득의 앞에 앉아 한숨을 내쉬었다.

"또 허리 다치신 거요?"

"……."

삼득이 어두운 얼굴로 고개를 저었다. 경일이 걱정스러운 얼굴로 다시 말했다.

"그럼… 또 다른 데라도 아프신 거요?"

“아니다. 됐다.”

“의원이라도 모셔야 되는 거 아니요? 허리도 허리거니와 쓰러지기까지 하셨다면…….”

추걸개가 씁쓸하게 그 모습을 바라보았다. 경일과 효원의 걱정 어린 눈을 보아하니 마음이 좋지 않았다.

추걸개가 입을 열었다.

“춘부장께서는 몸이 안 좋으신 게 아닐세.”

“예?”

경일이 추걸개를 바라보았다. 효원 역시 재빨리 추걸개를 바라보았다.

“그저… 심적으로 조금 놀라서서 그런 것이니 너무 신경 쓰지 말게나.”

“그런 거… 노인장이 어떻게 아십니까?”

효원이 입을 열었다. 하마터면 거지라고 할 뻔했다. 추걸개가 고개를 끄덕이며 말했다.

“지닌 바 의술이 대단하다 말은 못하겠지만 그래도 기초 상식 몇 가지는 안다네.”

“…그렇군요.”

경일이 다시 삼득을 바라보며 말했다.

“아버지는 무엇에 그렇게 놀랐기에 병까지 들고 그럽니까?”

“그러게 말이다.”

삼득이 한숨을 내쉬었다. 괜히 자기가 민망해진 추걸개가 중얼거렸다.

“본시 사람이 놀라면 심장이 빨리 뛰면서 피가 빨리 돌게 된다네.

심장이 좋지 않은 사람이 놀라게 되면 결과는 더욱 안 좋지. 자네 아버
님이 오늘 너무 놀라셔서……."

"대체 뭐에 그리 놀라신 겁니까?"

"음… 그것은……."

추걸개의 목소리가 궁색해졌다. 사실 그대로 말했다가는 단숨에 노
망난 늙은이가 되게 생겼다. 세상 누가 토지신이 어쩌고 하는 이야기
를 곧이곧대로 믿겠는가!

추걸개가 우물쭈물하자 효원이 입을 열었다.

"아버지의 심장이… 좋지 않습니까?"

궁색하게 우물쭈물하고 있던 추걸개가 이번에는 재빠르게 말했다.

"간이 작고 심장이 빨리 뛰시는 것을 보아 마음이 편하지는 못하신
모양일세. 보통 마음이 불편할 때에 놀람이 찾아오면 평소보다 훨씬
더 긴장하게 되지. 최근에 뭐 심각한 일이 있었나?"

"……."

효원이 고개를 저었다. 최근의 풍년에 세금이 너무 높아졌고, 물가
가 내려가 쌀이든 뭐든 가격은 내려갔다. 장사도 잘 안 될뿐더러 이번
에는 자신의 학비까지 문제가 됐다. 아마 아버지의 마음이 편하지만은
않으리라.

경일 역시 같은 생각을 했는지 씁쓸한 얼굴로 고개를 저었다. 그리
고는 삼득을 바라보며 중얼거렸다.

"아버지 쉬세요. 저희는 나가볼게요."

"그래, 푹 쉬어라. 아, 효원아."

"네?"

삼득이 인자한 표정으로 말했다.

“공부는 잘돼가고 있느냐?”

“네.”

삼득이 그 와중에도 흐뭇한 듯 미소를 지었다.

“그래, 네가 몹시 영특하잖느냐. 송 문사님은 뭐라고 하시더냐?”

효원도 아버지를 바라보며 미소를 지었다. 사실 오늘은 공부를 했다기보다 여러 가지 학문에 관한 이야기만 나누었다. 그리고 나서 책을 펼쳐 들긴 했지만 왠일인지 곧 돌아가라 하셔서 수학을 하지는 못했다.

“그분은 제게 많은… 칭찬을 하셨습니다.”

“그래?”

삼득이 반색하며 웃었다. 곧 삼득이 이것저것 물어보기 시작했다. 앞으로는 뭘 배울 예정인지도 물어보고 송 문사님의 성격은 어떤지도 물었다.

옆에서는 경일이 조금은 섭섭한 듯 그 모습을 바라보고 있었다.

삼득의 말에 대답하는 효원은 또랑또랑하게 있지도 않은 송 문사의 칭찬을 만들어내었다.

“그래그래, 장하구나.”

초췌한 얼굴의 삼득이 미소를 지었다. 그 미소에 경일의 얼굴이 씁쓸하게 변해갔다.

추걸개는 조용히 방을 빠져나왔다.

추걸개가 밖으로 나오니 청명이 고개를 푹 수그리고 있는 것이 보였다. 하긴 민망하기도 할 것이다. 신선이 토지신을 불러 복을 준 것이 아니라 화를 주었다. 생강 값이 제법 비싸니 아마 운풍자도 난감할 것이다.

추걸개는 씁쓸한 얼굴로 운풍자를 바라보았다. 운풍자의 마음고생이 얼마나 심할지 짐작이 절로 간다. 운풍자의 표정은 무표정했지만 그 속은 전혀 그렇지 않으리라.

무표정하게 서 있는 운풍자의 앞에서는 운혜가 종알종알거리고 있었다.

"…그러니까 직접 몸으로 하셔야지 왜 이상한 걸 불러서 농사일을 망치고 그래요?

청명은 민망한 듯 고개를 푹 숙이고 있다가 '이상한 것' 이라는 운혜의 말에 고개를 살짝 들고 중얼거렸다.

"토, 토지신은 이상한 게 아닌데……."

"……."

운혜의 얼굴은 변함이 없다. 청명은 다시 고개를 수그렸다.

"말꼬리 잡지 마요! 성 도우님의 몸이 저렇게 되어버린 데다가 생강밭까지 망가졌으니 큰일났잖아요."

운혜가 청명을 흘겨봤다. 기껏 식객으로 머물러 있는데 그 집의 기업을 모두 망쳐 놨으니 당장 쫓아내도 할 말이 없다.

"…미안해요."

"……."

운혜의 얼굴이 실룩거렸다. 볼에 홍조를 띠고 민망한 듯 고개를 숙이고 있는 사조를 보니 절로 웃음이 나온 것이다.

하지만 모처럼 기세를 탔는데 웃어버릴 수는 없는 노릇. 운혜는 웃음을 참으며 입을 열었다.

"흐, 흡, 그러니까 사조께서는……."

그 모습을 바라보던 운풍자가 무표정한 얼굴로 입을 열었다.

"그만 해라, 사매."

“예?”

운풍자가 한숨을 내쉬며 중얼거렸다.

“하아! 돈으로 보상할 수 있을 거다.”

“하긴 그렇긴 하지요. 그러니까 왜 이상한 걸 불러서.”

운혜가 웃음을 멈추며 고개를 끄덕이고는 청명을 흘겨보았다.

청명이 다시 수그린 고개를 올리고는 빼꼼히 자신을 바라보는 것이
보인다.

“이상한 거 아니라니까요.”

기어들어 가는 목소리에 운혜의 얼굴이 다시 실룩거렸다.

하늘 같은 사조님께 하는 행동치고는 기사멸조도 이런 기사멸조가
없지만 운혜는 한때 사부에게도 검을 날리던 인물. 그러고도 어떤 벌
도 받지 않은 특혜를 입은 사람이다.

“푸, 흡…….”

웃음을 참느라 붉어진 운혜의 얼굴을 본 청명은 운혜가 더욱 더 화
를 내는 줄 알고 다시 한 번 사과를 했다.

“미, 미안해요, 운혜 사손.”

하지만 운혜의 대답은 들려오지 않았다. 운혜는 재빨리 고개를 돌리
고는 봄을 부들거리고 있었던 것이다. 운혜 대신 운풍자가 조용히 입
을 열었다.

“이제 쉬십시오, 사조님. 내일 또다시 일을 해야 하니 일찍 주무시는
게 좋을 겁니다.”

“…네.”

기운없는 표정으로 청명이 고개를 끄덕였다. 그리고는 다시 운혜의
기색을 살폈다. 운혜의 얼굴이 변함없이 자신을 꾸중하는 듯하자 실망

한 청명은 어깨를 축 늘어뜨리고는 꾸물꾸물 방 안으로 들어가기 시작했다.

청명이 사라지는 모습을 본 운혜는 웃음을 멈추었다. 왠지 모르게 가슴도 설레는 것 같았다.

"왜 이러지?"

운혜는 잠깐 고민을 해보았다. 순간 가슴이 콩닥콩닥 뛰었는데…….

운혜는 답이 나오지 않자 고개를 갸웃하고는 방 안으로 걸어 들어갔다.

방 안으로 들어온 청명은 자그마한 바닥에 쪼그려 앉았다.

청명의 머리 속은 복잡해질 대로 복잡해진 상태였다.

'일부러 생강 밭을 망가뜨리려 한 게 아닌데.'

정말로 일을 잘해보려고 했던 것뿐이지만 이미 밭은 망가져 버렸고 밭이 망가진 것에 놀란 성 도우는 크게 병을 얻어 누워버렸다. 게다가 운혜 사손이 저렇게 크게 화를 내는 모습은 처음 보았다.

운혜 사손의 화난 얼굴을 생각하던 청명은 시무룩한 표정이 되어버렸다.

"……."

모처럼 청명이 시무룩한 표정으로 앉아 있자 옆에 있던 추걸개의 얼굴이 당혹스러움으로 변했다. 만년 쾌활하던 선인께서 도대체 왜 저러시는 것일까?

추걸개는 힐끔힐끔 청명을 관찰했다.

잠시 동안 우울한 얼굴로 앉아 있던 청명은 갑자기 품 안에서 자그마한 노리개를 꺼내어 들고는 살포시 미소를 띠며 그것을 만지작거리고 있었다.

"……."

추걸개는 청명이 노리개에 달린 수실을 손가락으로 비비 꼬는 모습을 이상하게 바라보았다.

궁금증을 참지 못한 추걸개의 입이 마침내 열렸다.

"저, 선인께서 보시는 것은 무엇입니까?"

"이건 노리개예요."

"……."

그것이 노리개라는 것쯤은 자신도 안다. 물어본 것은 왜 노리개를 그렇듯 만지작거리고 있느냐는 것이다.

추걸개가 다시 입을 열었다.

"저… 노리개를 왜……?"

청명은 여전히 노리개를 만지작거리며 중얼거렸다.

"예뻐서요."

"……."

추걸개의 눈이 가늘게 떠졌다. 노리개가 예쁘니 가지고 논다는 거라면 할 말이 없다. 하지만 보통 사람이 아닌 선인이 저런 행동을 하는 것이니 이상해 보이는 것이 당연하지 않겠는가!

노리개에 뭔가가 있나 싶어 추걸개는 청명에게 한 손을 내밀었다.

"저도 좀 보여주십시오."

추걸개를 바라본 청명의 얼굴이 뾰로통해졌다. 안 그래도 미운 거지가 감히 자신의 장난감마저 달라고 한다. 추걸개의 손이 재빠르다는 것을 기억해 낸 청명은 노리개를 얼른 뒤로 감추었다.

"싫어요."

"……."

추걸개의 얼굴이 난감해졌다. 아무래도 저 선인은 자신을 미워하는 것 같다. 무슨 일인지는 모르겠지만 자신을 못마땅한 듯 쳐다보는 모습이 자주 보인다.

옆에서 그 모습을 바라보던 운풍자의 무표정한 얼굴 역시 조금씩 변해갔다. 한쪽은 문파의 사조가 되고 한쪽은 무림의 대선배가 된다. 사조를 애처롭게 바라보는 추걸개 막 선배의 얼굴을 보니 아무래도 중간에서 중재해야 할 듯싶었다.

운풍자는 조용히 입을 열었다.

"도인은 본래……."

"네?"

청명이 의아한 얼굴로 운풍자를 바라보았다.

운풍자는 말을 잇다 말고 금세 말을 멈추었다. 도인은 속세의 물건을 가까이 하지 않는 법이라고 말하려 했는데 사조께서는 신선이시니 도인의 법을 적용할 수 없었다.

"…아닙니다."

"네."

청명은 운풍자에게는 살포시 미소를 지으며 고개를 끄덕여 주고는 다시 얄밉다는 얼굴로 추걸개를 바라보았다.

추걸개는 우울한 얼굴로 청명을 바라보고 있었다. 왜 자신을 미워하는 것일까? 어제 객잔에서 음식을 빼앗아 먹은 것 때문에? 아니면 또 다른 실수가 있었을까?

생각을 이어가던 추걸개는 청명이 신선경에 올랐음에도 불구하고 음식에 집착했다는 사실을 기억해 냈다. 게다가 지금은 노리개에 조금의 집착을 보이는 듯싶었다. 만약 정말로 집착한다면 선인으로서의 자격이 부족한 것이 아니겠는가! 하지만 농사를 지을 적에는 토지신을 불러내었으니 믿지 않을 수도 없었다.

추걸개의 얼굴이 복잡다단해졌다.

"하나… 여쭈어도 되겠습니까?"

"네."

청명이 중얼거리자 추걸개가 다시 입을 열었다.

"선인께서는… 혹여 그 노리개에 집착하시는 것입니까?"

추걸개가 단호하게 말했다. 예의에 어긋나는 질문일 수도 있지만 이미 미움을 잔뜩 산 것, 이렇게 된 바에야 궁금증을 푸는 것이 낫다.

청명이 뾰로통한 얼굴로 중얼거렸다.

"아니오. 하지만 좋아해요."

"……."

집착한다.

추걸개의 얼굴이 미묘하게 구겨졌다. 진정으로 선인이 아닐 수도 있다는 의심이 마음속에서 피어올라 왔다. 어쩌면 농사지을 때 보았던 것은 좌도방문의 술수일지도 모른다.

"…선인시경에 오르신 분이 어찌……."

"제 마음이 이곳에 있으니까요."

"예?"

아무렇지도 않게 대답한 청명의 말에 추걸개의 얼굴이 단숨에 의아함으로 물들어갔다.

"그, 그게 무슨 말씀이신지……."

"마음이 흐르는 것을 막는 것이 바로 인위랍니다."

“…….”

이게 무슨 뜬구름 잡는 소린가! 추걸개의 얼굴이 당혹으로 물들어갔다. 만약 저 말대로라면 죽이고 싶다면 죽이고, 빼앗고 싶으면 빼앗으며 하고 싶으면 해야 한다. 그것을 막기 위해 예가 생기고 법이 생기지 않았던가. 그런데 그런 소리를 정면에서 뒤집고 있다.

“그렇다면… 마음이 내키면 무엇이든 할 수 있는 것입니까?”

청명의 고개가 갸웃거렸다. 도대체 무엇을 묻고 싶어하는 것일까? 저 거지는 무언가를 묻고 싶어하는데 도대체 그것이 무엇인지 모르겠다.

청명은 일단 추걸개의 질문에 답하기로 마음먹었다.

“도에 이르면 마음이 흐르는 대로 따라도 어긋나지 않아요.”

하지만 지금은 어긋나도 한참 어긋난 것처럼 보인다.

추걸개의 얼굴이 다시 구겨졌다.

“하지만 지금은 물질에 집착하지 않습니까?”

청명의 고개가 다시 갸웃거렸다.

“아니에요. 저는 집착하지 않아요. 저는 집착하지 않기에 가질 수 있답니다.”

“예?”

추걸개가 멍청히 반문하자 청명이 다시 중얼거렸다.

“무릇 집착하면 가질 수 없고, 집착하지 않으면 가질 수 있는 법이거든요.”

“…….”

추걸개의 얼굴이 심각해졌다. 집착하면 가질 수 없고 집착하지 않으면 가질 수 있다니?

청명은 다시 노리개를 바라보았다.

"비우고 비우면 채워지는 이치와 같지요."

"……."

추걸개가 청명을 바라보았다. 청명은 신비로운 얼굴로 노리개를 바라보고 있을 뿐이었다.

사실 청명의 머리 속도 그다지 편치는 않았다. 비우고 비워 큰 도에 이른 줄 알았건만 선계에서는 도리어 부족하다며 쫓아내었다. 선계에 오르든 말든 중요하지 않지만 중요하지 않기 때문에 자신은 인간지도를 배워야 했다.

"하지만… 저는 인간지도를 배워야 해요."

청명은 낮게 중얼거리고는 상념에 빠져들었다. 그리고 그것은 추걸개 역시 마찬가지였다.

'집착하지 않음으로 가질 수 있다……. 나는 무엇에 집착했던가.'

어쩌면 자신은 명예에 집착했을 수도 있고, 어쩌면 무공에 집착했을 수도 있다. 하지만 덕분에 얻은 명예라고는 '명예를 중시하는 개방의 장로' 정도밖에 되지 않았다.

혹여 명예를 버렸다면 어떻게 되었을까? 개방도의 본분에 맞추어 거시로서 자유롭게 살아왔다고 생각했던 추걸개의 얼굴이 깊은 사색 속으로 빠져갔다.

어쩌면 자신은 자유가 아니라 자유롭고 싶다는 마음에, 그리고 그것을 인정받고 싶다는 마음에 구속된 것인지도 몰랐다.

추걸개는 허탈한 미소를 터뜨렸다.

"허허허!"

웃음소리는 공허한 시골의 밤을 타고 퍼져 나갔다.

　　　　　　　*　　　　　　*　　　　　　*

　청명과 추걸개가 기묘한 문답을 나누는 사이 평촌의 장원에서는 한 복면인이 귀곡자의 앞에 부복하고 있었다.

　부복한 복면인의 앞에 서 있던 귀곡자는 전에 없이 무표정한 얼굴로 조용히 입을 열었다.

　"설마 지금 노부에게 장난을 치는 것은 아니겠지?"

　귀곡자의 앞에 조용히 부복하고 있던 복면인이 당황한 듯 귀곡자를 올려다보았다.

　"아, 아닙니다!"

　귀곡자는 신경질적으로 수염을 긁적거렸다.

　"그럼 정말 농사를 짓고 있다고?"

　"예, 진실로 그러합니다."

　복면인이 다시 한 번 머리를 숙였다. 귀곡자는 천장을 바라보았다.

　'이게 무슨 귀신 씻나락 까먹는 소린가!'

　무당의 도사가 농사를 짓고 있단다. 그것도 땅 주인의 분노에 찬 시선을 받아가며 농사를 짓고 있단다. 아마 이 이야기를 어느 누군가에게 들려준다면 자신은 대단히 재치있는 사람으로 기억될 것이다.

　잠시 곰곰이 생각하던 귀곡자가 헐헐 웃으며 입을 열었다.

　"그래, 그 사실을 다른 사람에게 말한 적이 있는고?"

　"없습니다."

　귀곡자가 너털웃음을 터뜨렸다.

　"헐헐, 잘했구나. 그 농가는 어디에 있느냐?"

"평촌의 시장을 벗어나 소로를 따라가다 보면 작은 마을이 나오는데 그 마을에서 좌측의 소로로 가시면 외진 곳에 농가가 나옵니다."

"…헐헐, 그래, 수고했느니라."

귀곡자가 헐헐 웃으며 복면인의 어깨를 두드렸다.

"……."

복면인이 환한 얼굴로 귀곡자를 바라보았다. 당주께서 직접 어깨를 두드려 가며 칭찬을 했으니 앞으로 어떤 승진이 있을지 몰랐다.

복면인은 설레는 마음을 접어두고는 새로 발견한 특이한 사항을 보고하기 위해 입을 열었다. 비록 당주께서 다른 이에게 말하지 말라기에 아무에게도 말하지 못했지만 무당의 도사가 묵는 곳은 대주께서 발견한 상중상의 아이가 사는 곳이다.

"다만……."

"다만?"

귀곡자가 뒤를 돌아보았다.

미소 띤 귀곡자의 얼굴을 바라본 복면인의 얼굴이 기묘하게 변했다. 당주의 눈은 웃고 있지 않았다.

당주의 눈을 바라보던 복면인은 누군가가 배를 간질이는 느낌을 받았나.

"…음?"

복면인이 고개를 숙여 자신의 몸을 훑어보았다. 하지만 배를 훑어보기도 전에 시선이 흐려지는 것이 느껴졌다.

"쿨럭!"

복면인이 피를 토했다. 독…….

"왜… 왜……?"

눈앞이 흐려졌다. 복면인은 흐린 눈으로 귀곡자를 주시했다. 하지만 몸을 움직일 수가 없었다.

곧 복면인의 숨이 멈추었다.

시체를 내려다보는 귀곡자의 얼굴이 굳어져 있다.

'다만……?'

귀곡자의 머리가 복잡해졌다. 마지막 한마디가 있는 줄 알았으면 이렇게 빨리 죽이지 않을 걸 그랬다. 귀곡자는 잠시의 상념에 빠져들었지만 뒤에서 인기척이 느껴지자 아무렇지도 않은 듯 웃음을 터뜨렸다.

"헐헐헐."

귀곡자는 천천히 몸을 돌렸다. 눈앞에서는 마규상이 무심한 눈길로 시체를 내려다보고 있었다.

"……."

시체를 내려다보던 마규상은 시선을 돌려 귀곡자를 바라보았다.

"헐헐, 그놈이 정파의 간세더구나."

"…그렇습니까?"

귀곡자는 마규상의 눈을 바라보았다. 무심한 눈이었다. 저 아이는 자신을 믿지 못하고 있다.

"그러니 시체나 치우거라."

"존명."

마규상이 짧게 부복하고는 다시 일어나 복면인에게로 걸어갔다. 뒤에서 귀곡자의 중얼거림이 들어왔다.

"참, 내일 상중상의 아이를 데리러 가는 게지?"

"예."

마규상의 대답에 귀곡자가 지나가듯 중얼거렸다.

“염화대의 아이들을 다 끌고 가거라. 기왕 하는 일, 제대로 해야지. 헐헐…….”

마규상의 얼굴이 단숨에 굳어졌다. 이해할 수 없는 명이다. 모든 염화대원을 데리고 가라는 명이라니. 그것은 총력을 기울이라는 소리가 아닌가!

하지만 당주께서는 변함없이 헐헐 웃고 있을 뿐이다.

결국 마규상은 머리를 숙일 수밖에 없었다.

“존… 명.”

“헐헐헐…….”

사실 귀곡자는 내일 무당의 아이를 납치하러 갈 예정이었다. 그 일은 마교에 알려져서는 안 된다. 자신의 수하들에게도 알려줄 수 없는 이야기였다.

백련교를 위해서, 아니, 어쩌면 자신을 위해서, 그리고 서희를 위해서…….

귀곡자는 다시 한 번 웃음을 터뜨렸다. 하지만 그 눈은 웃고 있지 않았다.

2장

제4화 도인은 다투지 않는다

다음날에도 삼득은 일찍 일어났다. 아직 팔다리가
부들부들 떨리는 것이 그리 좋은 상태는 아니었지만 아무래도 일을 하
지 않을 수는 없었던 탓이다. 생강 밭을 망쳤다고는 해도 어떻게는 수
습해 봐야 한다. 아무래도 상질의 생강은 나오지 않겠지만 다시 심으
면 어떻게 수가 날지도 모른다.

삼득은 한숨을 내쉬고는 옷을 주워 입었다.

운풍자 역시 묘시에 깨어 졸립다고 칭얼대는 청명을 깨웠다.

더 자고 싶다고 투덜대는 청명을 깨우고 난 운풍자는 조용히 집 뒤
로 걸어가 간단하게 소세하고 삼득에게 빌린 깨끗한 마의로 갈아입은
뒤 다시 마당으로 걸어나왔다.

삼득은 편안한 자세로 마당에 앉아 깨끗한 새벽 공기를 마시고 있

었다.

운풍자가 조용히 걸어와 삼득의 옆자리에 앉았다.

삼득의 뒤에 위치한 방문이 열리며 잠에서 깨어난 청명이 비틀거리며 걸어왔다.

"운풍 사손, 나는 너무 졸리워서 더 자고 싶은… 엇!"

청명은 졸린 눈을 비비며 걸어나오다 삼득을 발견하고는 깜짝 놀라 멈추었다. 큰일이다. 저 도우의 밭을 망쳐 놓자마자 저 도우께서 기절해 버려 별다른 사과도 못했다. 어쩌면 몹시 화를 낼지도 모를 일이다.

왠지 마주 대하기가 무서워 청명은 겁먹은 얼굴로 삼득을 올려다보았다.

겁을 먹은 것은 삼득 역시 마찬가지였다. 밭을 망쳐 놓은 신선이 자신을 바라보고 있다. 너무 무섭다.

"신선님!"

삼득이 재빨리 자리에 넙죽 엎드렸다. 하지만 몸이 좋지 않아서인지, 아니면 급하게 엎드러서 그런지 평소부터 좋지 않던 허리가 쑤시는 것을 느꼈다. 엎드린 자리에서 허리를 더 움직이지 못하겠다.

청명이 그 모습을 보고 당황한 듯 운풍자를 올려다보았다.

"우, 운풍 사손……."

"일어나시지요."

운풍자가 중얼거렸다. 하지만 삼득은 일어나지 않았다.

"일어나셔도 됩니다."

"…아, 저기… 도사님……."

"예."

삼득이 죽어가는 목소리로 말했다.

"못… 일어나겠습니다…….”

"예?"

"허, 허리가 아파서…….”

운풍자가 조심스럽게 삼득에게 다가갔다. 그리고 삼득을 부축해 조금씩 일으켜 올렸다. 삼득은 죽겠다고 신음을 지르고 있었다.

"아이구! 아야! 아야야!”

"…괜찮으십니까?"

"아, 예. 아야!”

허리를 다 펴자 치명적인 아픔이 엄습했다. 삼득의 입에서 비명이 저절로 터져 나왔다. 허리가 쑤시는 것이 보통이 넘는다.

운풍자가 무표정한 얼굴로 말했다.

"…댁에서 쉬셔야겠습니다.”

"예?"

삼득이 당황한 눈으로 운풍자를 바라봤다. 오늘은 장사를 해야 한다. 게다가 신선님께서 망쳐 버린 생강 밭도 훑어봐야 한다.

삼득이 입을 열었다.

"하지만 저는 생강 밭도 가보아야 하고 채소도 팔아야…….”

운풍자가 묵묵히 삼득을 내려다보았다. 삼득은 억지로 몸을 움직이고 있었다.

"어찌할 수가 없습니다. 으그극…….”

삼득이 허리의 통증을 참아가며 일으켰다. 하지만 허리가 완전히 수습되지는 않았는지 아직도 통증이 느껴진다.

운풍자가 다시 입을 열었다.

"제가 채소를 팔아오지요.”

“예?”

당황한 얼굴로 삼득이 입을 열었다.

“도사님이 어찌 장사와 같은 하찮은 일을…….”

“괜찮습니다.”

운풍자가 무표정한 얼굴로 말했다. 사실 사리사욕을 취하는 것은 규율에 어긋난다. 때문에 도사라면 장사도 금해야 한다. 하지만 이것은 자신의 사리사욕 때문이 아닌 남의 이득을 위한 장사니 크게 보면 규율에 어긋나는 것은 아닐 것이다.

처음으로 규율을 어길 각오를 한 운풍자가 다시 입을 열었다.

“제가 다녀오지요.”

“…아, 아무리 그래도…….”

그때 안절부절못하고 상황을 지켜보고 있던 청명이 끼어들었다.

“저도 팔게요!”

“…….”

운풍자가 무표정한 얼굴로 청명을 바라보았다.

“사조님도 가시겠습니까?”

“네!”

청명이 희망차게 대답했다.

“…….”

운풍자가 나름대로 걱정스러운 얼굴로 청명을 바라보았다. 하지만 그 미묘한 표정 변화를 알아보지 못한 청명은 여전히 기운찬 얼굴로 운풍자를 바라보고 있을 뿐이었다.

운풍자는 결국 고개를 끄덕일 수밖에 없었다. 내심으로 걱정이 절로 일었다. 사조께서 간다면 아마 추걸개 막 선배도 따라나설 것이다. 운혜를 혼자 둘 수는 없으니 그렇게 된다면 운혜도 데리고 나가야 한다.

그리고 그렇게 되었다.

일각 후.

운풍자는 평촌의 시장에 서 있게 되었다.

평범한 마의가 바람에 펄럭였다. 운풍자의 무표정한 얼굴과 손에 말아 든 멍석, 그리고 뒤에 위치한 수레에 가득한 야채가 묘한 부조화를 이루고 있었다.

운풍자는 굳은 각오를 다지고 시장을 둘러보았다. 시장 안의 사람들이 난데없이 나타난 날카로운 인상의 사내를 보고 긴장한 듯 침을 삼켰다.

하루 장사가 이루어질 장소를 찾는 운풍자의 예리한 시선이 시장 구석구석을 오고 갔다. 마침내 시장의 구석에서 작은 빈자리를 발견한 운풍자의 눈이 빛났다.

운풍자는 무표정한 얼굴로 시장 구석으로 뚜벅뚜벅 걸어갔다.

그 뒤에는 웃음을 참지 못하는 운혜와 다시 시장에 나왔다는 기쁨에 이곳저곳을 둘러보는 청명, 그리고 추걸개가 수레를 끌고 운풍자의 뒤를 따라가고 있었다.

운풍자는 굳은 얼굴로 멍석을 펼쳤다. 그리고는 절도있는 동작으로 청경채 세 단과 무 아홉 개, 당근 서른 개를 꺼내어 멍석 위에 진열했다.

그리고는 멍석 앞에 좌정하고 등을 꼿꼿이 세운 채 시장 앞을 바라보기 시작했다.

운혜가 웃음을 참지 못하고 큭큭대면서 운풍자에게 말했다.

“사, 사‥ 풉.”

웃음이 터져 나오자 운혜가 얼른 고개를 돌렸다.

운혜가 웃음을 참는 동안 청명은 얼른 운풍자의 옆에 앉아 시장을 둘러보았다. 이렇게 앉으니 자신도 제법 평범해 보인다. 이제 이 야채들을 팔면 되는데 자신은 돈을 얼마나 받아야 하는지 모르니 운풍자의 지시에 따르면 될 것이다.

추걸개도 슬그머니 운풍자의 옆에 앉았다.

청명이 앉을 때까지는 조용하던 운풍자가 고개를 돌려 추걸개를 바라보았다.

“잠시 자리를 비켜주시지요.”

“엥?”

추걸개가 의아한 듯 운풍자를 바라보았다. 곧이어 운풍자의 냉혹한 평가가 이어졌다.

“거지가 있으면 장사에 방해가 됩니다.”

“…….”

추걸개는 잠시 운풍자를 바라보더니 조용히 몸을 일으켰다. 도저히 반박할 거리가 없다. 몸을 일으킨 추걸개는 시장 주위를 두리번거렸다. 어제 선인께서 하셨던 말씀에서 무언가 얻은 게 있다면 자신은 지나치게 체면에 집착했다는 사실이다. 명예로운 개방도가 되고자 했건만 어쩌면 그 사실에 얽매여 자유라는 개방도의 본분을 잃어버린 것인지도 몰랐다. 오늘은 시장 구석에서 오랜만에 자신도 개방도의 본분에 맞추어 구걸이나 해봐야겠다.

추걸개는 시장의 반대편으로 걸어가 땅에 엎드렸다.

그 모습을 바라본 운풍자는 다시 시선을 돌려 앞을 주시했다. 가

부좌가 생활에 배어 있는 사람답게 절도있는 가부좌를 튼 운풍자는 양 무릎에 손을 지그시 얹고 시장을 돌아다니는 사람들을 둘러보았다.

그리고는 마침내 입을 열었다.

"채소를 사시오!"

운풍자의 무미건조한 목소리가 시장에 울려 퍼졌다. 운혜가 다시 웃음을 터뜨렸다.

"풉!"

운혜는 재빨리 입을 막고 고개를 돌렸다. 그리고는 전신을 부르르 떨어대기 시작했다.

청명은 그 모습을 걱정스럽게 바라보았다.

"저, 운혜 사손, 어디 아픈가요?"

운혜 사손의 얼굴이 붉어지고 전신이 부들부들 떨리자 청명의 얼굴이 울상이 되었다.

"마, 많이 아파요?"

운혜가 잠시 호흡을 진정하고는 청명을 바라봤다. 그때 운풍자가 다시 입을 열었다. 딱딱한 목소리가 다시 시장 안에 울려 퍼졌다.

"아… 저는 괜찮……."

"청경채가 구리 이십 문밖에 하지 않소!"

"풉!"

운혜가 다시 입을 막고 고개를 돌렸다.

차기 무당제일검이자 구궁검과 오행검의 고수이자 태극혜검의 전수자로서의 운풍자와 난데없이 나타난 사조를 따라 장사까지 하게 된 운풍자의 괴리가 운혜의 웃음을 참을 수 없게 했다.

청명은 걱정스럽다는 듯 운혜를 바라보며 등을 다독여 주었다.

해가 중천에 떠올랐다.

운풍자는 무표정한 얼굴로 좌판을 내려다보았다. 아직 하나도 팔지 못했다. 한참을 웃던 운혜도 정신을 차렸고, 청명은 걱정스러운 얼굴로 운혜를 바라보다가 좌판을 놓고 입을 헤 벌리고 있었다.

'당근 맛있는데……..'

청명은 사실 당근 하나를 몰래 까먹고 싶었다. 성 도우의 집에서 찬이라고 내놓은 풀뿌리 중 가장 달큰하고 입이 시원한 것이 당근이었다. 조리하지 않고 먹어도 맛있는 음식이니 하나쯤 까먹어도 될 것이다.

청명은 운풍자의 눈치를 살살 살폈다. 운풍자의 냉엄한 표정이 보였다. 청명은 시무룩한 얼굴로 다시 시선을 내리깔았다.

운풍자는 사실 청명이 당근을 먹을까 봐 표정을 굳힌 것이 아니었다. 근처에 있는 다른 좌판에 놓인 야채가 잘 팔리고 있는 것을 보고 마음이 심란해진 것이다. 왜 저쪽은 저렇듯 장사가 잘되는데 이쪽은 이렇게 장사가 되지 않는단 말인가!

저 좌판의 상술을 바라보니 끊임없이 말을 해대는 것이 주요 전략인가 보다. 과연 혀에 기름 칠이라도 했는지 말이 끝도 없이 이어지고 있었다.

"지나가는 아줌마, 여길 봐, 여길 봐! 당근 세 개에 내가 구리 십 문만 받는다! 십 문이면 거저야, 거의! 만약 돈 없으면 아줌마 물건 줘도 됩니다! 내가 가격만 맞으면 당근 몇 개쯤이야 그냥도 주지!"

"……."

운풍자가 그 모습을 보고 결심을 굳혔다. 아무래도 자신도 말을 많이 해야 할 듯하다. 운풍자가 입을 열었다.

“당근이 싸다오……!”

다음엔 뭐라고 해야 하는가? 운풍자가 말을 길게 늘이며 재빨리 머리를 굴려보았지만 할 말이 떠오르지 않는다.

운풍자는 장사에 맞는 말을 찾아 머리를 굴리기 시작했다.

청명은 고개를 돌리고 그 모습을 바라보았다. 운풍 사손이 저렇듯 열심이니 자신도 뭔가를 해야겠다.

주위를 두리번거리던 청명이 지나가던 아낙네를 발견하고는 입을 열었다.

“아줌마, 당근 사세요.”

“…응?”

맑은, 마음이 편안해지는 목소리가 귀에 들려오자 시골 아낙네는 얼른 시선을 돌려보았다. 어느 소년이 당근을 들어올리며 자신을 부르고 있었다.

“이 당근은 아주 싸요.”

“…어머나! 헛!”

아낙네는 미소를 지으며 좌판으로 걸어가다가 운풍자를 보고는 헛바람을 들이키며 걸음을 멈추었다.

“…아, 서…….”

“쌉니다.”

“저… 저는…….”

“정말 쌉니다.”

운풍자가 나름대로 친절하게 말했다. 하지만 아무래도 ‘널 죽이겠다’ 처럼 들린다. 아낙네가 얼른 걸음을 옮겼다. 다급해진 운풍자의 목소리가 들려왔다.

“쌉니다!”

‘빨리 꺼져라!’ 처럼 들리는 운풍자의 목소리에 더욱 초조해진 아낙은 재빨리 걸음을 옮겼다.

결국 당근을 들고 있던 청명과 나름대로 팔아보려 했던 운풍자만 허탈한 표정으로 남아야 했다.

뒤에서 모든 상황을 주시하며 웃음을 참고 있던 운혜가 키득키득거리며 입을 열었다.

“푸, 풉! 사, 사, 형… 저……..”

“왜 그러느냐, 사매?”

근엄하게 운풍자가 고개를 돌렸다. 운혜가 웃으며 다시 말했다.

“저… 차라리… 사조님과 제가 팔 테니… 풉… 사형은 뒤에 계세요.”

운풍자는 운혜와 청명을 바라보았다. 과연 그럴듯한 이야기다. 자신은 아무래도 장사에는 소질이 없는 것 같다.

“그러는 것도 좋겠군.”

운풍자가 천천히 몸을 뒤로 옮겼다.

운혜는 청명의 옆에 앉았다. 그리고는 명랑한 목소리로 입을 열었다.

“당근 사세요!”

청명도 운혜처럼 입을 열었다.

“당근 사세요!”

“신선한 야채가 구리 십 문밖에 하지 않아요!”

청명이 운혜를 한 번 보고는 다시 입을 열었다.

“신선한 야채가 구리 십 문밖에 하지 않아요!”

이번에는 제법 손님들이 좌판을 바라보았다. 지나가던 아낙이나 걸음을 옮기던 사내들조차 좌판을 둘러보았다. 맑은 목소리다. 마음이 편해지는 느낌이 드는 목소리가 시장 안을 울리고 있었다.

처음으로 어떤 아낙네가 천천히 걸어왔다.

"당근 얼마니?"

"네, 당근 두 개에 구리 십 문이오!"

"그러니?"

아낙의 얼굴이 곰곰이 생각하는 얼굴이 되었다. 두 개에 십 문이면 비싼 편은 아니다. 하지만 바로 앞에서는 당근 세 개에 구리 십 문이다.

그때, 청명의 목소리가 들려왔다.

"이 당근은 아주 맛있어요. 어떻게 아냐 하면 제가 먹어봐서 알거든요."

"……."

아낙은 청명을 바라보고는 천천히 돈을 꺼내었다. 왠지 사주어야 할 듯한 느낌이 든다. 정말 당근이 맛있게 느껴진다.

마침내 아낙에게 돈을 받자 운혜가 호들갑을 떨며 말했다.

"어머, 너무 감사해요!"

"고맙습니다."

청명도 머리를 숙여 인사했다. 그 모습을 보고 아낙이 미소를 지었다.

"그래, 많이 팔아라!"

"감사합니다."

아낙네는 미소를 지으며 총총걸음으로 걸어갔다. 마음이 편했다. 저 소년은 꼭 자신의 가족과도 같은 느낌이었다. 조금 비싸지만 당근을 산 것이 후회가 되지 않았다.

아낙네가 총총걸음으로 사라지자 운혜는 재빨리 뒤를 바라보고는 우월감에 가득 찬 미소를 지었다.

"훗."

"……."

무표정한 운풍자의 얼굴은 이번에도 변하지 않았다.

운혜와 청명은 다시 앞을 바라보며 당근이며, 무며, 청경채 같은 채소들을 팔아치우기 시작했다.

*   *   *

청명 일행을 떠나보낸 삼득은 방 안에 무료하게 누워 있었다. 조용한 방 안에 가만히 누워 있으려니 묘한 기분이 들었다. 그동안 매일 쉬지 않고 부지런히 일해왔는데 막상 이렇듯 쉬고 보니 좀이 쑤시는 것이 이 짓도 할 짓이 못 된다.

삼득은 멍하니 천장을 올려다보았다.

아무런 소리 없는 적막한 한 순간이 오고 갔다. 이대로 가만히 있으려니 갑갑해서 못살겠다.

"허이차!"

삼득은 기운찬 소리와 함께 몸을 일으켰다. 막상 몸을 일으키고 보니 또 할 일이 없다.

'오랜만에 청소나 해볼까?

삼득은 빙글빙글 웃으며 빗자루를 꺼내 들었다.

삼득은 마당을 천천히 쓸고는 경일의 방도 깨끗이 청소했다. 다음은 효원의 방 차례였다.

따악―

삼득은 효원의 방문을 열었다. 효원의 방은 깔끔하게 정리되어 있었다. 더 청소할 거리도 없어 보인다.

삼득은 미소를 지었다. 크게 될 놈은 뿌리부터 알아본다더니 과연 이 녀석은 뭔가를 해도 크게 할 놈이었다. 미소를 지으며 방 안을 둘러보던 삼득은 책장 위에서 책 한 권을 발견했다,

"허어, 이 녀석이……."

삼득의 입에서 한숨이 터져 나왔다. 이 녀석이 자신이 사준 책을 들고 가지 않은 것이다.

삼득은 가만히 쭈그려 앉아 책을 한 번 쓰다듬어 보았다. 책을 받고 기뻐하던 효원의 얼굴이 떠올랐다.

'더 사줘야 될 터인데…….'

삼득은 한숨을 내쉬었다. 집안이 가난하여 하고픈 공부도 제대로 못한다는 것은 아비로서 민망스러운 일이었다. 하고 싶은 공부는 제대로 시켜줘야 할 텐데…….

잠시 책을 물끄러미 바라보던 삼득은 한숨을 내쉬고는 마당으로 걸어나갔다. 그리고는 호미를 꺼내어 들었다. 아무래도 일을 해야겠다. 생강 밭이 망가졌다지만 지금쯤 수습하면 아무래도 돈은 될 것이다. 그래야 벌어먹고 살기도 살거니와 아들놈 책 한 권이라도 읽혀줄 수 있을 것이다.

"아부지, 허리 아픈데 또 어딜 가시려고 그러우?"

"응?"

깜짝 놀란 삼득이 뒤를 돌아보았다. 뒤에는 경일이 서 있었다.

"너, 일하러 가지 않았더냐?"

"다녀왔수. 오늘은 집에서 쉬라지 뭐요."

삼득이 미소를 지었다.

"으하하, 그것 잘됐다. 그럼 그 김에 아비나 좀 도와다오. 가서 생강을 좀 돌봐야겠다."

"그럽시다."

경일은 흔쾌히 고개를 끄덕이고는 삼득의 뒤를 따랐다. 사실은 오늘 객잔 주인에게 말해서 하루 쉬겠다고 말하고 온 참이었다. 객잔 주인은 하나밖에 없는 점소이가 쉰다는 말에 분노했지만 어찌어찌 굴리고 삶아 쉬기로 결정을 보았다. 객잔 주인을 꿈으로 삼고 있는 경일에게는 성실함에 금이 가는 대사건이었지만 그래도 아버지가 먼저니 어찌할 도리가 없었다.

"어? 너, 표정이 왜 그러냐?"

"아이구, 일할 생각을 하니 앞이 깜깜해서 그렇수. 이럴 줄 알았으면 저잣거리에서 놀다 올 것을."

"으허헛, 이놈아! 그럼 지금이라도 가서 놀다 오너라!"

경일이 다시 미소를 지었다.

"됐시다. 얼른 갑시다. 할 일도 많을 텐데."

경일은 크게 미소를 짓고는 앞장서 걸어가기 시작했다.

*　　　　*　　　　*

청명과 운혜가 한참 동안 장사에 열을 올릴 동안 운풍자는 뒤편에서 좌정하고 앉아 주위를 둘러보고 있었다. 날카로운 눈으로 주위를 훑어 보던 운풍자의 눈에 어딘가 익숙한 좌판이 들어왔다.

그 좌판은 다름 아닌 장신구를 파는 좌판이었는데 근처에 작은 공방이라도 있는지 허름하게나마 물건들이 또 놓여 있었다.

좌판을 바라본 운풍자의 얼굴에 미소가 걸렸다. 옥가락지를 사달라고 조르는 운혜 사매의 얼굴이 떠오른 것이다.

아무도 알아보지 못할 미소를 지으며 눈앞의 사매를 바라보니 사매는 전에 없이 열심히 물건을 팔고 있었다.

사실 운혜는 장사를 해서 돈을 번다는 속세의 일에 저도 모르게 재미를 느낀 것뿐이지만 운풍자가 보기에는 꼭 자신 대신 열심히 일을 하는 것처럼만 보였다.

운혜 사매의 얼굴에 걸려 있는 미소를 본 운풍자의 마음이 편안해졌다. 순음지체로서 갖은 고난을 겪어온 운혜 사매이다. 그리고 어쩌면 이 년 안에 죽어버릴지도 모르는 사매이다. 하지만 이렇듯 웃는 것을 보니 역시 세상에 나오기를 잘했나 보다.

사매를 생각하던 운풍자는 마음을 굳혔다.

"잠시 다녀올 곳이 있다, 사매."

"어? 사형은 어딜 가요?"

"너는 몰라도 된다."

운혜의 옆에 앉아 있던 청명이 어리둥절한 얼굴로 운풍자를 올려다 보았다. 운풍자는 무표정한 얼굴로 청명에게 짧게 목례해 보이고는 이내 몸을 돌려 어딘가로 걸어가기 시작했다.

청명의 얼굴이 갑자기 뾰로통해졌다.

"사조님은 또 왜 그러시나요?"

"아무것도 아니에요."

청명은 운혜에게 꾸중을 들은 이후로 마음을 훔쳐보는 행동 따위는 한 적이 없었다. 하지만 가끔가끔 마음이 저도 모르게 흘러나오는 경우가 있었는데 그때에는 본의 아니게 그 마음을 알 수 있게 되었다.

지금 운풍 사손의 마음 역시 그러했다. 운혜 사손을 생각하는 운풍 사손의 마음이 새어 들어온 것이었다. 본인은 아마 의식하지 못했겠지만 운풍 사손은 꾸준히 운혜 생각을 하고 있었다.

왠지 그 사실이 섭섭하게 느껴져 청명은 시무룩한 얼굴로 운혜를 바라보았다.

"왜 그러세요, 사조님?"

"…운혜 사손은 나빠요."

"예?"

운혜가 의아한 듯 반문했지만 청명은 그저 시무룩하게 고개를 돌릴 뿐이었다. 고개를 돌리니 웬 냉막한 얼굴의 사내가 자신을 바라보는 것이 보였다.

청명은 그 사내의 얼굴을 주시했다.

냉막한 인상의 사내 마규상 역시 청명을 바라보았다. 그리고는 신선한 충격을 받았다. 청명의 몸이 보통과 달랐던 것이다.

십오 세가 넘으면 보통 근골이 굳는다.

나이가 많아지면 많아질수록 몸의 유연성이 없어지고 근육이 굳어 힘이 세어지는 등의 일이 있는데 그런 일들이 벌어지기 전에 무공을 가르쳐 무공에 유리한 방향으로 근육을 키워 나가고 혈맥을 다독여야 하는 것이다.

때문에 각각의 무관에서는 어린아이들을 가르쳐 무공을 전수하기를 원하고, 그것은 마교에서도 마찬가지로 원하는 조건 중의 하나였다.

그런데 나이가 제법 많아 보이는 소년이 근골에 아무 이상이 없는 모습을 보이는 것이다.

신중하다는 마교 내의 찬사에 걸맞게 마규상은 다시 한 번 소년의 몸을 훑어보았다. 직접 건드려 보면 훨씬 많은 정보를 얻을 수 있겠지만 일단 눈에 보이는 것 하나만으로 보자면 상급, 그것도 최상급의 무골로 보인다.

마규상은 홀린 듯이 소년의 눈동자를 바라보았다. 또랑또랑한 눈동자가 자신을 주시하고 있다. 마규상은 소년의 눈에서 시선을 뗄 수 없었다.

소년이 먼저 시선을 돌리자 마규상의 눈동자가 다시 날카로워졌다. 언제고 저 아이도 납치해야겠다. 저 나이에 저 정도의 근골이면 가히 천품이라고 말해도 부족할 것이 없으리라.

마규상은 굳은 얼굴로 소년을 바라보다가 몸을 돌렸다.

그리고 마규상의 마음이 굳어짐에 따라 인연도 바뀌었다.

청명은 어리둥절한 표정으로 고개를 갸웃거리며 사내를 바라보다 이내 시선을 돌렸다. 인연이 변했다. 인연이 바뀌었다. 본래 운혜 사손, 운풍 사손과 함께 몇 달은 농사를 지어야 할 자신은 저 사내와 함께 이곳을 떠날 운명이 되어버렸다.

'그럼 운혜 사손과 떨어져야 되는데…….'

청명은 운혜를 바라보았다. 표정은 이미 침울해질 대로 침울해진 다음이었다.

“저, 사조, 왜 그러시나요?”

“…아무것도 아니에요.”

청명은 다시 고개를 돌렸다. 나중 일은 나중에 생각하자.

청명은 다시 당근을 들어올렸다.

“당근이 맛있어요!”

“……..”

운혜는 의아한 얼굴로 청명을 바라보다가 그가 고개를 돌리고 당근을 들어올리며 입을 열자 장사에 집중했다. 하지만 마음 한구석에 찜찜한 기운이 남아 꺼림칙한 기분이 들었다.

‘별일 아니겠지.’

왠지 모르게 꺼림칙한 기분을 느끼며 운혜는 지나가는 아낙에게 웃어 보였다.

마침내 해가 저물어갔다.

한참을 팔았지만 청경채 몇 단과 당근 몇 개는 미처 팔지 못했다. 하지만 이 정도라면 거의 다 팔았다고 말해도 무방한 수준이었기 때문에 운혜는 만족한 웃음을 흘릴 수 있었다.

“오호호호!”

“…….”

운풍자는 무표정한 얼굴로 운혜를 바라보았다. 운혜는 의기양양한 표정으로 운풍자에게 말했다.

“역시 사형은 할 수 있는 게 한정되어 있다니까요.”

“…….”

“사형은 기껏해야 ‘네 목을 내놓아라!’ 같은 것밖에 못할 걸요?”

“…이제 가자.”

운풍자가 고개를 돌렸다. 운혜가 그 모습을 보고 깔깔 웃으며 그 뒤를 따랐다.

“그런데 도대체 어딜 다녀오신 거예요?”

“몰라도 된다.”

“…뭔데요?”

운풍자의 무표정한 얼굴은 변하지 않았다. 세상을 구경해 보지 못한 사매를 위해, 순음지체로서 많은 고역을 치러야 했던 사매를 위해 옥가락지를 사왔지만 그와는 다른 이유로 쉽사리 말을 꺼낼 수 없었다.

하지만 운혜는 집요하게 캐묻고 있었다.

“뭔데요?”

“그만.”

“뭔데요?”

운혜와 운풍자가 실랑이를 벌였다.

운혜의 끈질긴 질문이 있었지만 운풍자는 무표정한 얼굴로 운혜의 질문을 막아냈다. 결국 운혜는 미심쩍은 얼굴로 운풍자를 바라보며 물러설 수밖에 없었다.

마침내 남은 낭근을 먹어느 좋나는 허락을 받은 청명은 당근을 깨작깨작 베어 먹으며 운혜와 운풍 사손의 실랑이를 바라보았다. 왠지 기분이 나빴다. 하지만 왜인지는 모르겠다.

청명이 눈을 가늘게 뜨고 당근을 베어 먹으며 운풍 사손을 노려보는 사이 저만치서 추걸개가 대소를 터뜨리며 걸어왔다.

“으하하하핫! 잘 봤네, 운풍자!”

“…….”

“ ‘쌉니다!’ 하고 절규하는 모습은 내 평생 잊지 못할 게야. 암, 그렇고말고.”

“…이만 가시지요.”

운풍자는 무표정한 얼굴로 멍석을 둘둘 말아 수레에 실었다.

뒤에서 운혜가 추걸개에게 수익을 자랑하는 소리와 오늘의 구걸 실적을 자랑하는 추걸개의 목소리가 들려왔다.

중간중간 깨작깨작 소리가 들리는 것을 보니 사조께서는 아직도 당근을 잡수시고 계신가 보다.

수레에 짐을 다 정리하고 난 운풍자가 무표정한 얼굴로 입을 열었다.

“이만 갑시다.”

“그래, 이만 가세.”

추걸개가 아직까지도 미소 띤 얼굴로 말했다. 일행은 곧 평촌을 벗어나 마을로 걸어가기 시작했다.

시장을 벗어난 지 얼마 되지도 못해 일행의 걸음은 멈춰지고 말았다.

“우, 운풍 사손, 저는 오줌이 마려워요.”

“……”

운풍자가 청명을 바라보았다.

청명은 바지춤을 움켜잡은 채 발을 동동 구르고 있었다. 하긴 그럴 만도 했다. 오늘 청명은 좌판에만 앉아 있었을 뿐 다른 장소로 움직인 적이 없었다.

운풍자는 고개를 끄덕였다.

“그럼 잠시 기다릴 테니 소변을 보고 오시지요.”

“네.”

청명이 고개를 끄덕였다. 그리고는 바지춤을 풀기 시작했다. 그 모습을 보고 당황한 운혜가 외쳤다.

“여기 말고요!”

“네?”

“저쪽에 가서 소… 어쨌든 저쪽에서 하고 오세요!”

“…네.”

청명은 어리둥절한 얼굴로 붉어진 운혜의 얼굴을 바라보고는 운혜가 가리키는 장소로 왔던 길을 거슬러 뛰어갔다.

*　　　*　　　*

효원은 하늘을 올려다보았다.

하루종일 쭈그려 앉아 글을 보느라 허리고 다리고 할 것 없이 이곳저곳이 쑤셔왔지만 스승께 칭찬도 받았고 진도도 제법 나갔다.

하늘 끝에 걸린 주황색 노을이 오늘따라 예뻐 보여 효원은 미소를 지었다.

바스락—

“…응?”

뒤에서 들려오는 자그마한 소리에 효원은 의아한 표정으로 뒤를 돌아보았다. 하지만 뒤에는 아무것도 없다. 해가 저무는 시장터의 적막함 속에 고요함만이 깃들어 있을 뿐이다.

효원은 고개를 갸웃했다. 무엇인가가 있는 것 같은데 보이지는 않는다.

‘귀신일까?’

“…….”

효원의 얼굴이 일그러졌다. 성현의 말씀을 공부하는 사람이 한낱 잡귀가 두려워 벌벌 떠는 것도 모습이 좋아 보이진 않는다. 설사 귀신이라고 해도 대인이라면 호통을 쳐서 쫓아 보내야 할 것이 아닌가!

효원은 당당하게 몸을 돌리고 천천히 걸음을 옮겼다.

효원이 걸음을 옮기자 뒤편의 구석에서 마규상이 얼굴을 드러냈다.

마규상은 효원의 움직임을 하나하나 훑어보았다. 당주의 명을 이해할 수는 없었지만 명대로 따르자면 이 아이 하나를 납치하기 위해 모든 염화대원들이 나서야 했다.

아이가 별다른 무림의 아이가 아니라 그냥 시골 아이라는 것을 생각하면 저 아이는 분에 넘치는 대우를 받는 셈이다.

마규상은 시장 구석의 어둠으로 전음을 날렸다.

“일호(一號).”

“존명.”

일호의 전음이 귓가를 울렸다.

마규상은 무표정한 얼굴로 효원의 뒷모습을 바라보며 다시 전음을 날렸다.

“…추적하라.”

“존명!”

바스락—

다시 한 번 자그마한 소리가 울려 퍼졌다.

마규상의 전음을 들은 염화대의 고수들이 바람처럼 몸을 움직인 것이다.

효원은 꺼림칙한 기분이 사라지지 않자 걸음을 재게 놀렸다. 머리 속에는 귀신 이야기부터 별별 옛이야기들이 하나하나 다 떠오르고 있었다.

바스락―

다시 뒤에서 자그마한 소리가 들려왔다. 이제는 꺼림칙한 것이 아니라 아예 섬뜩했다.

효원은 앞뒤 볼 것 없이 달리기 시작했다.

평소라면 형네 객잔에 들러 이것저것 먹을 것을 챙기거나 아니면 잠깐 이야기라도 나누고 돌아가겠지만 오늘은 도저히 그럴 정신이 아니었다.

“헉… 헉……!”

한참을 달리던 효원의 걸음이 늦춰진 것은 시장을 넘어 작은 소로에 다다랐을 때였다.

효원은 저만치서 수레를 끌고 가는 몇 사람을 발견했다. 자세히 보니 자신의 십에서 묵는 무당파의 도사님들 같다.

수풀 뒤로 길이 꺾이는 바람에 수레는 금방 모습을 감추었지만 조금만 더 달려가면 다시 수레가 보일 것이다.

쉬지 않고 달리느라 숨이 차 오른 효원은 잠시 무릎을 짚고 숨을 가다듬었다.

“후우… 후…….”

바스락―

다시 수풀 너머에서 인기척이 느껴졌다.

“…헉!”

효원은 짧게 숨을 들이켰다. 조금 전부터 느껴지던 인기척이 이번엔 앞에서 느껴지고 있었다.

“누… 구……?”

긴장했는지 목소리가 쉽게 나오질 않았다.

잠시 수풀이 바스락거리더니 마침내 인기척의 주인공이 얼굴을 드러냈다. 수풀 너머로 달려나온 것은 자신의 집에서 묵는 소년 도사였다.

안심한 효원은 한숨을 내쉬었다.

“하아! 도, 도사님이었군요?”

아는 얼굴을 발견하자 긴장이 풀어진다. 효원은 곧 얼굴 가득 미소를 띠며 인사를 했다.

“안녕하세요!”

“네!”

청명은 건성으로 얼른 대답하고는 재빨리 옆의 수풀을 향해 달려갔다. 그리고는 빠른 손놀림으로 바지춤을 풀어 젖히기 시작했다.

“……”

효원은 난감한 표정으로 조용히 몸을 돌렸다. 왜 저리도 급하게 달려오나 싶었는데 바로 소변이 보고 싶었던 것이구나!

아무리 소년이라지만 도를 배운다는 도사가 채신머리없이 달려오는 모습에 효원은 미소를 지었다.

“…헛!”

피식 웃으며 천천히 몸을 돌리던 효원은 깜짝 놀라 신음 소리를 내었다. 등 뒤에 난생처음 보는 누군가가 서 있는 것이다.

하지만 놀람도 잠시, 곧 효원은 정신을 잃었다.

"……."

효원의 혈을 짚은 낯선 사내 마규상의 얼굴에 미소가 걸렸다.

'…운이 좋군.'

마규상은 효원의 등 뒤에서 소변을 보는 소년을 주시했다. 다름 아닌 시장에서 보았던 천혜(天惠)의 근골(筋骨)을 지닌 소년이었다.

효원을 들쳐 업은 마규상은 천천히 청명에게로 걸어가기 시작했다.

뒤에서 누가 오는지 전혀 모르는 청명은 소변을 다 보고는 바지를 추스렀다. 바지를 모두 추스른 청명은 시원한 기분에 미소를 지으며 뒤를 돌아보았다.

"효원 도우… 응?"

효원을 부르던 청명의 얼굴이 단숨에 의아함으로 물들어갔다.

뒤에는 웬 사내가 서 있었다. 사내의 어깨에 효원 도우가 얹혀 있는 것을 발견한 청명은 고개를 갸웃했다.

'아까 시장에서 봤던 사람 같은데…….'

저 사내는 자신과 인연이 있는 사내였다. 저 사내 때문에 자신은 운혜 사손과 운풍 사손을 떠나게 될 것이다.

하지만 효원은 아니었다.

청명은 고개를 갸웃거리며 입을 열었다.

"효원 도우는 인연이 없는데……."

"……."

마규상은 아무런 대답 없이 조용히 청명에게 걸어왔다.

“그런데 왜 효원 도우를 업고… 헛!”

청명은 말을 하다 말고 깜짝 놀라 신음 소리를 내었다. 걸어오던 사내가 갑자기 사라진 것이다.

사실 마규상은 천마삼보(天魔三步)를 펼친 것뿐이었지만 청명에게는 자신에게 걸어오던 사내가 갑자기 사라진 것으로 보였다.

청명은 얼른 주위를 둘러보기 시작했다.

하지만 주변 어디에도 사내는 보이지 않았다. 그리고 사내를 찾지도 못했는데 갑자기 목 뒤에서 따끔거리는 느낌이 들었다.

청명은 괜히 따끔거리는 목을 쓸어 올리며 뒤를 바라보았다. 뒤에는 사라진 남자가 모습을 드러내고 서 있었다. 어디로 사라졌던 것일까? 그리고 목은 왜 꼬집은 것일까?

청명은 일단 자신을 아프게 한 행위를 탓하기로 마음먹고는 불만스러운 얼굴로 마규상을 올려다보았다.

“따가워요!”

“…….”

마규상의 얼굴이 구겨졌다. 이게 무슨 이상한 소리인가! 옥침혈(玉枕穴)을 짚었는데 따갑다니!

마규상은 이상한 눈으로 청명을 바라보았다. 변함없이 무공을 익힌 흔적이 없다. 하지만 무공을 익히지도 않았는데 어떻게 혈을 짚이고도 멀쩡하게 서 있는 것일까?

마규상은 다시 한 번 손을 들어 청명의 옥침혈을 짚었다.

“아야!”

청명도 다시 한 번 통증을 호소했다. 하지만 변함없이 쓰러지진 않았다.

“…….”

마규상의 머리 속이 복잡해졌다. 무공을 익혔나? 익히지 않았나? 익히지 않았다면 왜 혈을 짚어도 쓰러지지 않는 것일까?

마규상은 청명의 뒤를 바라보았다. 청명의 뒤에 은신술을 펼쳐 누군가가 숨어 있는 것이 느껴졌다.

뒤를 흘끔 본 마규상은 조용히 전음을 날렸다.

“일호!”

“존명!”

혈이 짚이지 않는 것은 이 아이의 신체 탓일지도 모른다. 나이가 있는데도 뼈가 굳지 않았고 근골 모양이 무공을 배우기에 부족함이 없었다. 그렇다면 어쩌면 혈도의 위치가 범인과 다를지도 모르는 것이다. 어찌 되었든 일단 이 소년을 데려가고 봐야겠다.

“데려가라!”

“존명!”

청명의 등 뒤에서 소리없이 복면인이 나타났다.

불쑥 나타난 복면인은 아무 말 없이 청명을 들어올렸다. 앞에서 대주께서 어떤 곤욕을 당하시는지 모두 보았으니 굳이 혈도를 찔러볼 필요가 없는 것이다.

갑자기 몸이 불쑥 들리자 청명은 깜짝 놀라 비명을 질렀다.

“으아아아앗!”

비명 소리는 곧 짧게 끊겼다. 어느새 안정적으로 복면인의 어깨 위에 얹힌 것이다. 어깨 위에 얹힌 청명은 불만스러운 얼굴로 중얼거렸다.

“놀랐잖아요.”

“…….”

청명의 항의를 무시한 마규상은 무표정한 얼굴로 다시 전음을 날렸다.

“퇴각(退却)!”

“존명!”

복면인들의 몸놀림이 바빠지기 시작했다.

하지만 짧게 울렸던 청명의 비명은 모퉁이 너머에 서 있던 운풍자와 추걸개의 귀에 똑똑히 들린 후였다.

*　　　　*　　　　*

“으하하핫! 자네는 언제 장사를 한번 제대로 배워보게!”

“…….”

무표정한 얼굴로 서 있는 운풍자 대신에 운혜가 입을 열었다.

“아니, 저렇게 못하는데 뭘 또 장사를 따로 배워요?”

추걸개는 배를 두드리며 호탕하게 웃어젖혔다.

“으하하하! 그러니까 배워야지! 구경 가면 재미있을 것 같지 않나?”

“호호, 그건 그래요!”

“…….”

운풍자는 묵묵히 자신을 놀리는 추걸개와 운혜를 바라보았다. 내심 그만 해줬으면 하고 바랐지만 추걸개는 다시 껄껄 웃으며 입을 열 뿐이었다.

추걸개 선배와 합류한 것 자체가 잘못이다 싶어 운풍자는 한숨을 내쉬었다.

"하아—"

"그러니까 아까 말이야, '쌉니다!' 하고 절규할 때……."

한숨 소리를 듣지 못한 추걸개가 신이 나서 지껄일 때였다. 갑자기 어디선가 비명 소리가 들려왔다.

"으아아아앗!"

운풍자는 날카로운 눈으로 뒤를 돌아보았다. 청명 사조가 사라진 귀퉁이에서 비명 소리가 터져 나왔다.

운풍자는 고개를 돌려 추걸개를 바라보았다. 추걸개 역시 운풍자를 바라보고 있었다.

"……."

"…가세!"

추걸개가 먼저 몸을 날렸다.

개방의 취팔선보(醉八仙步)가 펼쳐졌다. 비틀거리는 것처럼 대지를 밟는가 싶더니 이내 앞으로 나선다. 갈짓 자로 가는 것 같지만 나가는 속도를 보면 운풍자의 유운신법(流雲身法)에 전혀 뒤처지지 않았다.

곧 귀퉁이를 넘어 수풀 밖에 도착한 추걸개가 경호성(驚號聲)을 터뜨렸다.

"누구냐!"

"……."

내공이 실린 추걸개의 고함 소리에 복면인과 냉막한 인상의 사내가 뒤를 돌아보았다.

그들의 어깨 위에는 청명과 효원이 얹혀 있었다.

추걸개의 날카로운 눈이 자신들을 훑자 마규상의 얼굴이 당혹감으로 물들어갔다. 어깨에 매달린 저 결은 일반인이 알아볼 수는 없겠지만 무림인이라면 모두 아는 것이다.

개방(丐幫)!

마규상은 다른 복면인에게 효원을 넘기고는 천천히 앞으로 걸어나가며 전음을 보내었다.

"개방도다."

"……."

전음을 들은 일호는 차분한 눈으로 마규상을 바라보았다. 마규상의 눈에서 살기(殺氣)가 내비치고 있었다.

마규상의 눈을 바라보던 일호는 고개를 끄덕이고는 주위 수풀에 숨어 있던 복면인들에게 전음을 보내었다.

곧 수풀 너머에서 아홉 명의 복면인이 튀어나왔다.

복면인들을 바라보는 추걸개의 눈이 점점 더 복잡해졌다.

추걸개의 뒤에 서 있는 운풍자와 운혜 역시 마찬가지였다. 도대체 저들은 누구란 말인가! 이 시골 마을에 어찌 저렇듯 많은 무인들이 있는지 알 수 없는 일이었다.

반면 일호의 등 뒤에 업혀 나타난 추걸개와 운풍자, 운혜를 바라보던 청명은 겁을 집어먹은 상태였다. 운풍 사손이 혹시 오해를 할까 무서웠던 것이다. 청명은 일호의 어깨 위에서 크게 소리를 질렀다.

"운풍 사손!"

"예!"

무표정한 얼굴로 앞을 주시하던 운풍자가 외쳤다. 곧 운풍자의 귀에 청명의 애절한 외침이 들려왔다.

"제가 업어달라고 한 거 아니에요!"

“…….”

운풍자의 얼굴이 굳어졌다.

“알겠습니다!”

“…….”

운풍자의 옆에 서 있던 추걸개는 그 모습을 보고 짧게 실소하고는 곧 침착한 목소리로 중얼거렸다.

“무당의 신선은 참으로 태평하구먼.”

“…….”

운풍자의 무표정한 얼굴이 추걸개를 바라보았다.

추걸개는 다시 피식 웃고는 앞을 바라보았다. 내공 섞인 목소리가 곧 소로를 가득 메웠다.

“누구인지 대답하지 못할까!”

“…….”

‘일이 어렵게 됐다.’

마규상은 재빨리 주위를 둘러보았다.

평촌에 있는 염화대원은 고작 아홉 명.

마규상은 일단 효원을 안은 구호(九號)와 청명을 업고 있는 일호에게 전음을 보내었다.

“…먼저 피하라.”

“존명!”

조그맣게 울려 퍼지는 소리(전음)를 들은 청명의 얼굴이 다급해졌다. 아무래도 자신은 먼저 옮겨질 것 같았다.

하지만 그냥 떠나기엔 장내를 둘러싼 살기가 마음에 걸려 일호의 등 뒤에 있던 청명은 소리를 질렀다.

"운풍 사손! 싸우지 말아요! 도인은 다투지 않는 법이거든요[道人即
不爭]!"

이렇게 급할 때 무슨 귀신 씻나락 까먹는 소린가! 일호는 청명의 목
을 다시 눌러보았다. 하지만 역시 잠에 빠져들지 않는다.

아니, 도리어 비명이 튀어나왔다.

"아야! 따가워요!"

"……."

일호는 다시 마규상을 바라보았다.

마규상이 고개를 끄덕이자 일호는 곧바로 경공을 펼쳤다. 일호의 어
깨에 얹혀 있던 청명이 비명을 질렀다.

"아앗! 운풍 사손!"

추걸개의 뒤에서 달려오던 운풍자가 다급히 청명을 바라보았다.

"아직은 때가 아닌데!"

때가 아니라니, 도대체 무슨 소리인가? 하지만 더 생각할 여지도 없
이 청명 사조의 목소리가 점점 더 작아지고 있었다.

운풍자는 재빨리 청명을 업은 복면인에게로 달려갔다. 하지만 복면
인 둘이 그 앞을 가로막았다.

"무량수불!"

운풍자가 기합처럼 진언을 읊으며 장을 내질렀다.

부드러운 장이 파고드는 것을 확인한 복면인은 이를 악물고는 재빨
리 도(刀)를 뽑아 들었다.

챙!

어느새 뻗어진 운풍자의 손은 부드럽게 움직여 검을 타고 흐르듯 올
라가고 있었다.

면장(綿掌)!

운풍자의 손바닥이 부드럽게 원을 그리는가 싶더니 물결이 흐르는 것처럼 부드럽게 흔들렸다. 하지만 그 속도는 쾌속하기 그지없어 이내 도를 빼앗길 것만 같았다.

복면인이 이를 악물며 허리를 비틀어 도를 떨쳤다.

운풍자의 손은 부드럽게 움직여 허벅지로 다가오고 있었다.

"헛!"

복면인이 재빨리 다리를 옮겼다. 워낙 급하다 보니 무심코 마교의 기본공이 튀어나온다.

그 모습을 바라본 마규상은 비명처럼 전음을 보냈다.

"육호! 마공은 쓰면 아니……!"

"……!"

마규상과 대치하고 있던 추걸개가 놀란 듯 눈을 치켜떴다.

천마삼보(天魔三步)!

예전 마교와의 혈전에 참가했을 때 눈에 박히도록 보았던 보법이다.

"너희들은……!"

"……."

정체가 늘통났다는 것을 알아챈 마규상이 이를 드러내었다.

"필살(必殺)!"

"존명!"

추걸개의 앞에 선 복면인들이 도를 꺼내 들었다.

스릉—

맑은, 하지만 시골 마을에는 어울리지 않는 소리가 퍼져 나왔다.

도를 펼쳐 든 복면인들은 소리 하나 없이 검을 직선으로 세워 들었다.

"으하핫! 제법 기세가 서늘하구나!"

자신을 둘러싼 복면인을 향해 추걸개가 쌍장(雙掌)을 모아 앞으로 내뻗었다. 장심(掌心)을 넓게 펴고 앞으로 내어미는 단순한 동작이었으나 그 속에 실린 내기가 범상치 않았다.

장이 파고들기도 전에 강력한 내기(內氣)가 먼저 밀려들어 오자 복면인 둘은 도를 곧게 세워 추걸개를 겨누고는 재빨리 뒤로 몸을 뺐다.

"큭!"

밀고 들어오는 내기가 마치 태산처럼 느껴져 그것부터 해소해야 했다. 하지만 내기를 해소하기도 전에 추걸개의 장이 다가오고 있었다.

복면인은 재빨리 도를 들어 장에 마주쳐 갔다.

"합!"

"가소롭다!"

추걸개의 손이 빙글 돌아 도의 옆면을 후려쳤다. 내기에 복면인의 도가 휘어지고 말았다.

"……."

복면인의 얼굴이 당황으로 물들었다. 검을 후려친 추걸개의 손은 회수조차 하지 않고 다시 빙글 돌아 가슴으로 다가오고 있었다.

"쿨럭!"

피를 토하며 복면인이 날아가자 추걸개의 눈이 다른 복면인에게 향했다.

또 다른 복면인은 운혜를 상대하고 있었다.

추걸개는 눈에 이채를 띠었다. 운혜의 장이 나이에 비해 너무나 유

려하게 펼쳐지고 있는 것이다.

아직 강호 경험이 적어서인지 결정적인 한 수를 날리지 못하고 있었지만 뒤에 운풍자가 있으니 큰 문제는 없을 것이다.

추걸개는 마규상을 바라보았다.

너무도 손쉽게 나가떨어지는 복면인을 본 마규상의 얼굴이 당황으로 물들었다.

'제길, 일반 개방도가 아니다!'

마규상의 시선이 다시 추걸개를 향했다. 추걸개의 결은 일곱 개. 장로급의 배분이다.

'염화대원으로는 안 된다.'

마규상은 이를 악물고는 추걸개의 앞으로 달려갔다. 가장 무공이 높은 자신이 추걸개를 상대해 보려는 것이다.

그 모습을 바라본 추걸개는 크게 웃음을 터뜨렸다.

"으하하핫! 내가 개방의 장로가 된 이후로 먼저 덤비는 놈이 없었거늘!"

추걸개가 호탕하게 웃어젖히며 자신에게 달려오는 마규상에게 장을 날렸다.

강룡십팔장(降龍十八掌)!

개방의 독문 무공으로 장법으로는 천하제일을 다툰다는 장법.

추걸개의 손이 몇 번 움직이는가 싶더니 이내 마규상의 앞으로 손바닥이 밀려들어 왔다. 마규상은 크게만 보이는 손바닥을 향해 전신의 내공을 휘돌려 장을 마주쳐 갔다.

쾅!

사람의 손이 아니라 마차끼리 부딪치는 듯한 커다란 소리가 울려 퍼졌다.

"……."

추걸개가 한 걸음 뒤로 밀려났다. 마규상은 벌써 일곱 걸음이나 뒤로 물러선 후였다.

"…허어?"

추걸개는 당혹럽다는 듯 마규상을 바라보았다. 비교적 멀쩡해 보인다. 내공의 육 할 이상을 쏟아 부었거늘…….

"큭!"

잠시 호흡을 가다듬던 마규상이 가슴을 부여잡았다.

"쿨럭!"

마침내 참지 못하고 마규상이 기침을 내뱉었다. 내기가 몸속 깊숙이까지 진입해 들어왔다. 기식이 흐트러져 기침과 함께 피를 토할 뻔했지만 마규상은 이를 악물고 참아냈다.

"으음……."

추걸개는 놀란 얼굴로 마규상을 바라보았다. 아니, 이렇듯 젊어 보이는 청년이 어찌 자신의 장력을 막아낸단 말인가! 생김을 보아하니 이제 갓 이립이 된 것 같은데 평생 수련하기를 게을리 하지 않았던 자신의 장을 막아내다니.

도대체 이 사내는 누구란 말인가!

잠시 숨을 고르던 마규상이 이를 드러내었다.

이가 달빛에 요요롭게 빛났다. 이에는 선혈이 몇 방울 맺혀 있어 붉은 빛이 나고 있었다.

하지만 더 싸울 생각은 없었다.

마규상은 주위로 전음을 보내었다.

"퇴… 각!"

"존명!"

추걸개가 경호성을 내질렀다.

"어딜 가느냐!"

스슥!

복면인 하나가 추걸개의 앞을 가로막았다. 그 뒤로 마규상이 재빨리 사라지고 있었다.

"삼호, 칠호! 일단 뒤를 맡아!"

"존명!"

마규상의 퇴로를 복면인들이 가로막았다.

사라져 가는 마규상을 본 추걸개가 소리를 내질렀다.

"멈춰라!"

추걸개가 비명처럼 외치며 발을 내디뎠다. 하지만 또 다른 복면인들이 검을 들고 그 앞을 막았다.

"이잇!"

추걸개가 이를 악물고 앞을 바라보았다.

"비키지 못할까!"

추걸개의 장이 허공을 춤추기 시작했다.

＊　　　　＊　　　　＊

청명은 복면인의 어깨 위에 얹혀 정신없이 달려가는 상태였다. 청명은 걱정스러운 얼굴로 뒤에 남겨진 운풍 사손과 운혜 사손을 생각했다.

‘혹시 싸움을 하면 어쩌지?

청명의 미간이 좁아졌다. 아무래도 싸울 것 같지는 않다. 운풍 사손도 운혜 사손도 도사이니 도에 어긋나는 일은 하지 않을 것이다.

청명은 조용히 눈을 감았다.

인연의 그물이 촘촘히 얽혀 이리저리 어그러지고 있었다. 비록 앞날을 모두 알 수는 없지만 보이는 인연이 있다.

‘그대로 따라가야 할까?

청명은 처음으로 인연을 거부하는 마음을 품었다. 이렇듯 시시때때로 변화하는 인연에 있어 어찌 대처해야 하는지 감이 잡히질 않는 것이다.

청명은 일호의 어깨 위에서 부드럽게 손을 휘휘 저었다.

일호의 등 뒤로 작은 돌개바람이 일었다. 돌개바람은 주변의 먼지를 품고 부드럽게 하늘을 날아올랐다.

“운혜 사손과 떨어지기 싫다…….”

청명은 우울한 얼굴로 중얼거렸다. 곧 운혜 사손을 다시 만날 수는 있겠지만 곧 인연의 헤어짐에 따라 헤어지게 될 터이다. 하지만 그러기 싫었다.

그렇다고 무시할 수도 없다.

청명의 손짓에 따라 휘돌던 바람이 점점 강해졌다. 하지만 이내 청명의 손짓이 멈추어짐에 따라 바람은 쉽게 가라앉아 버리고 말았다.

“나는 바람이 될 수 있지만[我化風] 바람은…….”

청명이 마침내 손짓을 완전히 멈추자 바람이 가라앉아 휘돌던 먼지가 뽀얗게 땅으로 가라앉았다.

“…내가 될 수 없지요[風不化我].”

인간지도를 배우려면 인연에 충실해야 한다. 싫지만 잠시 운혜 사손과 떨어져야 할 때가 되었다.

위에서 청명이 무슨 고민을 하고 있는지 모르는 일호는 무표정한 얼굴로 다시 뒤를 바라보았다. 따라오는 염화대원이 하나도 없다. 옆을 돌아보니 효원을 업고 있는 구호도 씁쓸한 얼굴이다.

일호는 묵묵히 걸음을 옮겼다.

개방 장로뿐만 아니라 무당의 도인으로 보이는 강호인들이 둘이나 있었으니 아마 그들의 생사는 그야말로 바람 앞의 촛불과 같으리라.

일호는 경공을 펼치다 속도를 늦추었다. 뒤에서 인기척이 느껴졌다.

"정지."

"……."

구호 역시 속도를 늦추는 것을 확인한 일호는 뒤를 돌아보았다. 뒤에서 누군가가 경공을 펼쳐 달려오는 모습이 보였다.

"헛!"

"경거망동하지 마라!"

헛바람을 일으키는 구호를 본 일호는 냉정한 얼굴로 말했다. 달려오는 것은 대주였다.

"……."

일호를 발견한 마규상은 걸음을 멈추었다. 마규상은 입가에 묻어 있는 몇 방울의 선혈을 닦아냈다.

"괜찮으십니까?"

마규상은 고개를 끄덕였다. 개방의 늙은 거지의 손속이 매워 내상이 적지 않았다. 하지만 이대로 멈춰 있을 수는 없는 노릇. 일단은 달리고 봐야 했다.

“혹여 내상(內傷)이라도…….”

일호의 말을 끊고 마규상이 말했다.

“출발하자.”

“존명.”

일호의 고개가 숙여졌다.

*   *   *

휘익!

도가 추걸개의 얼굴 옆을 살짝 스쳐 지나갔다.

까닥 고개를 움직인 것만으로 도를 피해낸 추걸개의 손이 다시 한 번 춤을 추었다.

“제길!”

추걸개의 손이 바람처럼 복면인의 옆구리로 다가갔다.

복면인은 아슬아슬하게 추걸개의 장을 피했지만 추걸개의 손은 회전하여 상단으로 향하고 있었다.

“헛!”

대경한 복면인은 안력을 돋워 추걸개의 장을 바라보았다. 장은 쾌속하여 그림자만 남기고 있었다.

‘왼쪽!’

복면인이 이를 악물며 도를 왼쪽으로 가져갔다.

하지만 정답이 아니었다.

추걸개의 손은 다시 한 번 먼저 공격했던 우측 옆구리로 다가오고 있었다.

“큭!”

복면인의 전신이 크게 흔들렸다. 한 번 크게 흔들린 복면인은 곧 신음 소리 하나 없이 스르르 무너지기 시작했다.

“…험.”

추걸개의 얼굴이 굳어졌다. 바닥에 쓰러진 복면인은 미동도 하지 않고 있었다.

‘내상(內傷)이 있더라도 죽지는 않았을 터인데…….’

복면인은 죽어 있었다. 기식이 끊어진 것으로 보아 자결을 한 모양이다. 이자가 마지막까지 남아 있던 복면인이니 이렇게 되면 쓰러진 주위의 복면인들 역시 살아 있으리라 보기 힘들다.

추걸개는 씁쓸한 얼굴로 죽어 넘어진 복면인을 바라보고는 복면인들이 사라진 길목을 노려보았다.

“가세!”

“멈추십시오.”

하지만 운풍자는 움직일 생각을 하지 않고 있었다. 무표정한 얼굴로 운풍자는 추걸개를 주시했다.

“무슨 소린가!”

“사형, 무슨 소리에요?”

운풍자의 말에 운혜와 추걸개가 동시에 소리를 질렀다.

“멈춰야 합니다.”

“아니, 왜요? 사조께서!”

다급해진 운혜가 외쳤다. 서둘러 달려가야 겨우 잡을 듯 말 듯한데 사형께서는 너무 느긋하다.

“지금은 급하잖아요!”

운풍자가 무표정한 얼굴로 다시 입을 열었다.

"일단 멈춰야 한다."

"왜요?"

운혜가 신경질적으로 외쳤다. 또다시 규율 이야기나 하려는 걸 테지. 그렇다면 더 들을 이유가 없다.

운혜는 앙칼진 목소리로 외치며 홱하니 몸을 돌렸다.

"그럼 저 혼자라도 가겠어요!"

"멈춰! 저들은!"

운혜가 움직이려 하자 운풍자가 소리를 질렀다.

난생처음 들어보는 사형의 고함에 운혜가 놀라 운풍자를 바라보았다.

"…저들은… 마교도다."

다시 차분해진 목소리로 운풍자가 입을 열었다. 운혜의 얼굴이 삽시간에 굳어졌다.

"…그… 그럼……?"

"사매는 들켜서는 안 돼."

"……."

운혜의 얼굴이 당혹감으로 물들어갔다. 사부께서는 떠나기 전에 마교를 만나면 무조건 도망가라 하셨다. 만약 마교에 잡히면 자신은… 그리고 사부는…….

운혜의 얼굴이 굳어졌다.

운풍자는 조용히 몸을 돌려 추결개를 바라보았다.

추결개의 얼굴은 의아함으로 물들어 있었다. 운혜와 운풍자의 대화가 상식을 벗어난 탓이었다. 마교라는 사실이 멈춰야 할 이유가 되던가? 오히려 쫓아가 척살해야 하는 것이 아니던가?

추걸개의 얼굴을 바라보던 운풍자가 다시 입을 열었다.

"…추걸개 선배께 부탁드릴 것이 있습니다."

"험, 험…….'

추걸개는 헛기침을 했다. 무슨 부탁인지 뻔히 짐작이 간다.

아니나 다를까, 짐작했던 그대로의 말이 귀에 들려왔다.

"사조를 추적해 주십시오."

"…자네들은?"

운풍자의 무표정한 얼굴이 조금이지만 흔들리기 시작했다.

"저희도… 곧 쫓아가겠습니다."

사실 사조를 포기할 수는 없는 노릇이다. 운혜 사매를 안전한 곳, 어딘지는 모르지만 일단 안전하다고 짐작되는 곳에 숨길 수만 있다면 곧 사조의 뒤를 추적할 것이다.

추걸개가 다시 한 번 입을 열었다.

"아무래도 자네들의 일에 대해 알아야겠네."

"지금은 급하니 돌아오시면 말씀드리겠습니다."

추걸개의 얼굴이 굳어졌다. 하지만 운풍자의 말이 옳다. 급한 일이 있으니 사정은 나중에 듣는 것이 옳을 것이다.

추걸개는 고개를 끄덕였다.

"…밀마(密碼)는?"

"정무(定武)."

운풍자가 무표정한 얼굴로 입을 열었다. 정무는 무림맹의 밀마로 방향과 위치를 설명하는 것이다.

"좋네. 그럼 먼저 가지."

추걸개는 재빨리 몸을 날렸다. 개방의 취팔선보가 다시 펼쳐졌다.

술 취해 비틀거리는 것만 같은 몸짓으로 사라져 가는 추걸개를 확인한 운풍자가 천천히 운혜를 바라보았다.

"일단 성 도우의 댁으로 돌아간다."

"…네."

조금은 기운없어진 운혜가 대답했다.

하지만 운풍자가 모르는 것이 있었으니, 삼득의 집에 귀곡자가 있다는 것이었다.

*　　　　*　　　　*

"어이구, 허리야!"

삼득은 힘겹게 허리를 폈다. 작신작신 쑤셔대는 허리를 두드리며 삼득은 뿌듯한 눈으로 생강 밭을 바라보았다.

"하하, 제법 오래 걸릴 줄 알았는데 의외로 쉽게 되었구나."

삼득의 얼굴에서 숨길 수 없는 미소가 떠올랐다. 고된 일이 될 거라 예상했었는데 의외로 쉽게 끝났다.

물을 잔뜩 머금은 생강은 봄볕에도 마르지 않아 뽑혀져 나간 생강을 주워 땅에 심고 흙으로 다독여 주기만 하면 되었다.

옆에서 조용히 일하던 경일도 허리를 펴고 이마의 땀을 훔쳤다. 그리고 고개를 돌려보니 아버지께서 흐뭇하게 웃는 모습이 보인다.

경일은 미소를 지으며 입을 열었다.

"아버지, 이만 하면 내일 거름만 좀 주면 잘될 것 같수."

"하하. 그래, 이만 들어가자꾸나."

“그럽시다. 어이구! 나도 허리가 다 아프네.”

경일의 너스레에 삼득은 미소를 지었다.

“예끼, 이놈아. 젊은 놈이 벌써부터 허리가 아프면 어떻게 하느냐?”

“그러게 말이우. 아버지 때문에 이 다음에 장가나 제대로 갈지 몰라.”

경일이 꺼낸 농에 삼득의 얼굴이 다시 한 번 웃음으로 물들어갔다.

“으하핫, 장가도 못 가면 나가 죽어야지!”

“대가 끊기는 걸 보고 싶수?”

“대가 끊기긴, 효원이 있잖느냐.”

“……”

경일의 얼굴이 살짝 굳어졌다. 하지만 혹여 아버지께서 눈치채실까 두려워 경일은 얼른 얼굴을 펴고는 다시 농담을 꺼내었다.

“장남하고 차남하고 같나?”

“시끄럽다, 이놈. 얼른 가기나 가자.”

“알았수.”

삼득이 앞장서자 경일은 얼른 그 뒤를 따랐다. 잠시 조용히 걷는가 싶더니 경일은 또다시 농담을 해댔다. 모처럼 아버지 앞에서 재롱을 부려보는 경일의 얼굴에는 미소가 가시지 않았다.

두 부자의 농담은 집에 도착할 때까지 이어졌다. 하지만 집 앞에서는 더 이상 농담 따먹기를 할 수가 없었다. 집 앞에는 처음 보는 노인이 서 있었다.

“아버지, 저분은 누구세요?”

“글쎄다… 나도 처음 뵙는 분인데.”

삼득이 눈을 가늘게 뜨고 집 앞에 서 있는 늙은이를 바라보았다.

집으로 들어오는 삼득과 경일을 발견한 듯 노인은 고개를 빼고는 그
들을 바라보고 있었다.

"이 집 주인 되시오?"

삼득은 고개를 끄덕였다.

"그렇소만……."

"그렇구려. 이 집에 무당산의 도사들이 묵고 있겠지요?"

삼득의 집 앞에 서 있던 노인 귀곡자가 의미심장하게 웃으며 삼득을
바라보았다.

삼득은 무당산의 도사님들 이야기가 나오자 노인에 대한 경계심을
푼 듯 다시 싱글거리며 고개를 끄덕였다.

"예, 그렇습니다. 노인장께서는……?"

"그들과 아는 사이라오. 잠시 예서 도사들을 기다려도 되겠소이까?"

"아, 그렇게 하시지요."

삼득은 고개를 끄덕였다.

잠시 후,

삼득의 방 안에 앉은 귀곡자는 신경질적으로 수염을 긁적거리고 있
었다. 제법 오래 기다린 것 같은데 아직 무당의 도사는 모습을 드러내
지 않고 있는 것이다.

귀곡자의 앞에 앉은 삼득은 손님 접대를 한답시고 생강을 조금 우려
생강차를 만들어 내놓은 것을 홀짝거렸다.

"도사님들이 쉬이 오실 생각을 않는 것 같습니다."

"그렇구려."

따듯한 찻잔을 어루만지며 삼득은 걱정스러운 얼굴로 다시 입을 열

었다.

"도사님들뿐만 아니라 제 아들도 오질 않는군요."

"…그렇소이까?"

"예, 작은 놈이 들어올 때가 되었는데……."

삼득은 걱정스러운 얼굴로 찻잔을 바라보았다. 효원이 공부를 마치고 돌아올 때가 되었는데 아직도 모습이 보이지 않고 있었다. 시간이 지났는데도 오지 않으니 괜히 걱정이 되었다.

자식들을 생각하던 삼득은 미소를 지었다. 생각만 해도 웃음이 절로 나온다.

"첫째 놈이야 성실한 것이 고작이라지만 우리 둘째 놈은 똑똑하다고 이 근방에 소문이 자자하다오. 나이 넷도 되기 전에 천자문을 떼었지 뭐요."

귀찮은 듯 귀곡자가 고개를 끄덕였다. 가까이 보니 삼득은 웬 책을 한 권 놓고는 어루만지고 있었다.

"그렇소이까?"

"예, 그렇지요."

귀곡자는 삼득이 쥐고 있는 책을 바라보았다. 머리 속에는 도사들이 언세 들어올까 하는 생각밖에 없었지만 대꾸를 해주지 않을 수도 없는 노릇이니 의례적으로 아무 말이나 지껄여야겠다고 생각한 것이다.

"그것은 뭐요?"

삼득은 미소를 지으며 책을 펼쳐 들었다.

"아들놈 책이라우. 내가 까막눈이라 뭘 사와야 할지 몰라서 아무 책이나 한 권 사왔는데 이 녀석이 들고 다니질 않는군요."

귀곡자는 책의 표지를 바라보았다.

"…그건 백수문 아니외까?"

삼득이 멍한 표정으로 귀곡자를 바라보았다.

"예?"

"천자문… 말이오."

"아들놈은 천자문을 다 뗐다오. 호, 혹시 이것이 천자문이외까? 아들놈은 아니라고 했는데……."

효원은 새 책이라 했었다. 고맙다고도 했었다.

삼득은 의아한 얼굴로 귀곡자를 바라보았다.

"저, 노인장……."

"……."

귀곡자는 손을 들어 삼득의 말을 막았다. 방 밖에서 어떤 소리가 들려온 것이다. 무공을 모르는 촌무지렁이야 그 소리를 듣지 못했겠지만 무인인 자신은 듣고도 남을 큰 소리였다.

귀곡자의 얼굴에 미소가 걸렸다.

"도사들이 돌아온 것 같구려."

"예?"

의아한 얼굴로 삼득이 귀곡자를 바라보았다. 귀곡자는 천천히 미소를 지으며 몸을 일으켰다.

"왔으니 마중을 나가보아야겠지요."

"예? 예……."

귀곡자가 천천히 몸을 일으켰다.

삼득은 그 모습을 의아하게 보고 있었다. 어떻게 방 안에 앉아 사람의 오고 남을 아는지 짐작도 할 수 없었다.

하지만 귀곡자가 몸을 일으킴과 동시에 방문이 빼꼼히 열리더니 경일의 얼굴이 보였다.

"아버지, 손님… 도사님들이 돌아오셨습니다."

"헐헐, 나가봅시다."

주인장처럼 행세하는 귀곡자의 말에 삼득이 떨떠름하게 중얼거렸다.

"예."

방 밖에 서 있는 운풍자의 머리 속은 복잡한 상태였다. 추걸개 막 선배의 뒤를 쫓아야 하는 것은 물론이거니와 운혜를 안전한 곳에 숨겨두기도 해야 한다.

게다가 성 도우에게 둘째 아들이 납치되었다는 소식도 전해야 한다.

방문이 열리고 귀곡자와 삼득이 걸어나오자 운풍자는 무표정한 얼굴로 삼득을 주시했다.

"……."

운풍자는 침을 꿀꺽 삼켰다. 감히 뭐라 말할 수가 없다. 당신의 둘째 아들이 납치되었다는 말을 어떻게 해야 할까.

고민하던 운풍자는 천천히 진언을 읊조렸다.

"무량수불……."

"도사님 오셨군요?"

삼득은 얼른 머리를 조아렸다. 경일 역시 머리를 숙였다.

삼득의 뒤에 서 있는 귀곡자의 눈은 이곳저곳을 훑어보고 있었다. 개방의 장로는 물론이거니와 소년 도사도 소녀 도사도 보이지 않는다.

"흐음……."

"……."

진언을 읊조리던 운풍자는 삼득의 뒤에 서 있는 귀곡자를 발견했다. 호흡이 길고 안정되어 있다.

'무인(武人)…….'

운풍자는 삼득을 바라보며 입을 열었다.

"저분은 누구십니까?"

"아, 이분은 도사님들과 아는 사이라고……."

삼득이 입을 여는 동안 안에서 운혜가 도복 꾸러미와 짐, 검자루를 들고 걸어나왔다.

귀곡자의 눈이 깊어졌다.

개방의 늙은 거지가 없다. 무공이 고강해 보이던 적수 하나가 사라졌으니 일을 벌이는 데 크게 지장이 없을 것 같아 귀곡자의 얼굴에는 미소가 걸렸다.

개방의 거지와 함께 소년 도사도 없지만 비슷한 나이 대의 소녀 도사가 있으니 저 여도사를 납치하면 될 일이다.

귀곡자는 다시 날카로운 눈으로 운풍자를 바라보았다. 여도사를 납치하기 이전에 해야 할 일이 있다.

살인멸구(殺人滅口).

귀곡자의 기세가 조금씩 달라졌다.

운풍자는 귀곡자의 얼굴을 바라보았다.

"누구시오?"

"헐헐헐……."

수염을 긁적이며 귀곡자가 천천히 걸어 내려왔다. 운풍자는 흘끔 운혜를 바라보고는 입을 열었다.

"사매, 검을……."

“예?”

운혜가 멍청한 눈으로 운풍자를 바라보았다.

“빨리!”

운풍자가 다급한 어조로 말하자 운혜가 얼른 운검을 들어 운풍자에게 던졌다.

“여기요!”

“……”

운풍자는 조용히 날아오는 검을 낚아챘다. 검을 쥐게 해서 좋을 일이 없을 텐데도 귀곡자는 헐헐헐 웃으며 걸어올 뿐이었다.

“헐헐, 그런 장난감으로 뭘 할 수 있을꼬.”

“흐읍.”

운풍자는 이를 악물었다. 내기의 폭풍이라고 불러도 될 만한 것이 귀곡자의 한 보 한 보에서 뿜어져 나오고 있었다.

‘고수…….’

“헐헐, 그저 네가 운이 없었다고 생각해라.”

귀곡자는 웃으며 운풍자의 앞에 멈추어 섰다.

“후읍─”

운풍자는 숨을 크게 들이마셨다. 그리고는 잠시 숨을 고르며 내식을 조절했다. 청명 사조께서는 마음은 하나로서 존재하지만 꼭 변화한다고 하셨다. 두려움의 마음이 있으나 그 마음은 곧 변화하게 될 터이다.

그리고 지금 변해야 한다.

운풍자는 눈을 감고 심호흡을 하듯 크게 숨을 들이쉬었다.

“후읍─”

운풍자의 눈이 번쩍 떠졌다. 눈에서 은은한 빛이 맴돌고 있었다.

"후우—"

숨이 내어쉼과 동시에 운풍자의 검이 뽑아졌다.

운풍자의 기세에 귀곡자의 미소가 조금씩 지워졌다.

"허어?"

"…오시오."

운풍자가 검을 쥐고는 검세를 취했다.

"헐헐헐, 제법이로구나."

귀곡자가 잠시 헐헐 웃고는 뒷짐을 지고 있던 손을 풀었다. 귀곡자의 손은 조금씩 붉어지더니 이내 검붉은색으로 변해갔다.

귀곡자의 얼굴에서도 미소가 사라졌다.

마천혈귀조(魔天血鬼爪)!

귀곡자의 붉은 손이 운풍자의 목을 향해 쾌속한 속도로 날아왔다.

"흐읍—"

운풍자는 무심한 눈으로 검을 들고 둥글게 원을 그렸다. 하늘로 돌다가 땅으로 내려와 원을 그리던 운풍자의 검은 부드러운 곡선을 그리며 귀곡자의 손을 마주쳐 갔다.

다름 아닌 무당의 태극검(太極劍).

부드러운 원의 끝에 그려진 곡선은 귀곡자의 손을 부드럽게 타고 올라갔다.

"헛!"

귀곡자가 경호성을 내지르고는 재빨리 몸을 뒤로 떼었다.

"……."

하지만 면면부절(綿綿不絶)이라.

동시에 운풍자의 발걸음도 앞으로 몇 걸음 걸어와 귀곡자의 퇴로를 가로막았다.

"제법이로구나!"

귀곡자가 탄성을 내지르며 계란을 움켜쥔 듯 손을 그러쥐었다. 그리고는 운풍자의 어깨로 손을 뻗어가기 시작했다. 손에는 불그스름한 빛이 어린 것이 기세가 흉흉했다.

운풍자의 눈이 조금 더 깊어졌다.

"……."

검을 쥐지 않은 운풍자의 왼손이 빙글 회전하며 부드럽게 귀곡자의 맥문(脈門)을 쥐어갔다.

하지만 귀곡자의 손이 더 빨랐다. 귀곡자는 재빨리 몸을 떼어 몇 걸음 뒤로 물러나고는 웃음을 지었다.

"혈헐."

"큭."

운풍자의 신음 소리가 그 뒤를 이었다. 운풍자의 어깨가 마치 호조에 당한 듯 할퀴어져 있었다.

운풍자의 무표정한 얼굴이 조금 찡그려졌다. 찡그려진 운풍자의 얼굴을 보던 유혜가 비명을 질렀다.

"사형!"

"…오지 마라!"

"……."

운혜의 눈에는 어느새 눈물이 고여 있었다. 울먹거리던 운혜는 달려가던 자세에서 조금씩 뒷걸음질치고 있었다.

"오지 마."

운풍자는 다시 날카로운 눈으로 귀곡자를 바라보았다. 그리고는 어깨에 몇 번 손을 놀려 지혈을 시키고는 오른손으로 다시 검을 쥐어 들었다.

"……."

운풍자의 얼굴이 다시 무표정으로 돌아갔다. 그리고는 숨을 들이마셨다.

"후읍―"

그 모습을 바라보는 귀곡자는 여유로운 얼굴을 하고 있었지만 사실은 꽤나 당황한 후였다. 저 젊은 도사의 무공이 이렇게나 고강할 줄은 몰랐다.

사실 우연히 공격을 성공했지만 저 도사의 검로(劍路)는 끊기지 않았다. 검로가 끊기지 않았다는 것은 공격이 성공하지 못했다면 자신의 목숨이 위험했을 거라는 소리나 진배없다.

'죽이는 것은 무리…….'

개방 장로의 추적이 두려워 살인멸구를 하려 했건만 실력이 대단하니 그나마도 힘들 모양이다.

귀곡자는 재빨리 운혜를 바라보았다. 서둘러 저 여도사라도 납치해서 떠나야 한다.

운혜를 바라보던 귀곡자의 얼굴이 낭패감으로 물들어갔다.

다시 태극검이 날아오고 있었다. 운풍자의 검이 원을 그리며 앞으로 뻗어오고 있는 것이다.

귀곡자는 재빨리 손을 날려 검을 후려쳤지만 그대로 반대 방향으로 휘돌아 원을 그리며 귀곡자에게로 넘어오고 있었다.

"협!"

귀곡자의 얼굴이 변해갔다. 철판교의 수법으로 검을 피해 넘긴 귀곡자는 그대로 뒤로 피해 나갔다.

"헉!"

"아이구! 도사님!"

경일과 삼득의 비명이 이어졌다.

몸을 뒤로 피한 귀곡자는 그대로 몸을 날려 운혜에게로 쏘아져 나간 것이다.

기실 여도사를 납치하려던 것뿐이니 살인멸구가 불가능하다 해도 납치만 성공한다면 크게 어긋난 일은 아닌 것이다.

귀곡자의 머리 속에는 서둘러 본래의 목적을 이뤄야겠다는 생각뿐이었다.

반대로 운풍자의 눈은 커질 대로 커졌다. 사매는 순음지체고, 저자는 마교도다. 막아야 한다.

운풍자는 비명을 질렀다.

"…사매!"

갑작스레 달려드는 귀곡자의 모습에 운혜는 당황스러운 얼굴로 검을 뽑아 들었다. 자기보다 실력이 높은 무인과는 처음 싸워보는 것이니 당황한 것이다.

멍청히 서 있는 모습에 운풍자는 경호성을 내지르며 귀곡자의 뒤를 따랐다.

"큭!"

귀곡자가 재빨리 몸을 돌리고는 뒤따라오는 운풍자의 검을 후려쳤다. 검을 후려치고 난 뒤 또다시 빈 찰나가 생기자 귀곡자는 재빨리 몸을 돌려 운혜를 바라보았다.

하지만 그 찰나 무당산에서의 긴 수련의 영향으로 본능적으로 움직여진 운혜의 검이 귀곡자의 팔을 베어내고 말았다.

"흡!"

귀곡자가 얼른 팔을 감싸쥐었다.

'제길!'

귀곡자의 얼굴이 낭패감으로 물들었다. 여도사의 눈먼 검에 팔마저 상처를 입고 말았다.

귀곡자의 눈이 베어진 상처를 바라보았다.

팔은 천천히…….

"…허어……."

당황한 귀곡자의 눈이 운혜를 바라보았다.

팔은 천천히 얼어가고 있었다. 상처부터 시작되어 냉기가 서서히 위로 아래로 퍼져 나갔다.

귀곡자의 얼굴이 의구심으로 물들어갔다.

음화신녀는 무림맹, 아니면 무당에 있다.

무림맹에는 열여섯 명의 비화대원이 잠입했지만 무당에는 고작 네 명의 비화대원밖에 잠입하지 못했다.

그리고 무당 여도사의 검에 극음지기(極陰之氣)가 실려 있다.

"으… 음화……."

귀곡자는 멍청히 중얼거리며 운혜의 얼굴을 바라보았다. 운혜의 얼굴에서 옛날 알고 지내던 얼굴 하나를 떠올랐다.

"서희……."

귀곡자의 얼굴이 아프게 물들어갔다.

"무량수불! 사매는 즉시 자리를 피하라!"

“예?”

다급한 운풍자의 목소리가 울려 퍼졌다.

운풍자는 재빨리 오행검(五行劍)의 검로를 취했다. 방어 위주의 태극검보다는 공격 위주의 오행검이 훨씬 낫다.

“피해!”

운풍자가 재빨리 검을 날렸다.

운풍자의 검은 귀곡자의 정신을 차리는 데 일조했다. 귀곡자는 재빨리 몸을 날렸다.

“흡!”

운풍자의 신형이 바로 그 뒤를 이었다.

“난 이만 가야겠네!”

달려가던 귀곡자가 씹어 외치듯 말하고는 재빨리 품에서 무언가를 꺼내어 운풍자에게 날렸다.

“헛!”

운풍자의 신형이 흐트러졌다.

검을 들어 날아오던 것을 베어낸 운풍자의 얼굴이 당혹감을 물들어 갔다. 베어낸 것 안에서 흰 가루가 뿜어져 나온 것이다.

“독(毒)?!”

운풍자의 몸이 재빨리 뒤로 향했다.

그사이 귀곡자는 멀리멀리 사라지고 있었다.

*　　　*　　　*

삼득의 정신 상태는 그야말로 공황의 한가운데였다. 무당의 도사들을 잘 안다던 노인은 마귀 같은 기세로 손을 날리다가 도망갔고, 무당의 도사는 그야말로 신선 같은 검술로 마귀 같은 노인을 쫓아냈다.

하지만 무엇보다 마음에 걸리는 것이 있었으니, 다름 아닌 자신이 저 마귀를 자신이 집에 들였다는 것이다.

삼득은 재빨리 운혜에게로 달려갔다.

"도사님! 아이구, 도사님!"

운혜의 당혹스러운 얼굴이 삼득을 바라보았다. 삼득의 표정은 전에 없이 급해져 있었다.

"괜찮으십니까?"

"…예."

운혜의 얼굴은 아직까지도 멍했다. 살면서 이런 위기에 처해본 것은 처음이었다. 자신에게로 짓쳐 들어오는 귀곡자의 눈빛에 운혜는 아직도 마음을 놓지 못했다.

귀곡자를 쫓던 운풍자가 재빠른 걸음으로 돌아왔다.

"사매, 급하다. 서둘러 움직이는 게 좋겠다."

"예?"

"…서둘러……."

운풍자가 말을 끝맺지 못하고 삼득을 바라보았다. 생각해 보면 성도우에게 해줘야 할 가장 중요한 이야기가 있었다. 하지만 아직까지 그 말을 꺼내지 못했다.

"……."

"…저, 도사님, 괜찮으십니까?"

자신을 바라보는 운풍자의 시선에 삼득이 조심스럽게 입을 열었다.

자신을 보는 눈빛이 범상치 않아 보여 긴장이 절로 되었다.

"…다치신 곳은 괜찮으신지요?"

운풍자가 다시 어깨를 바라보았다. 어깨에서는 조금씩 피가 배어 나오고 있었다. 운풍자는 다시 삼득을 바라보았다.

삼득은 서둘러 경일을 바라보며 말했다.

"경일아, 너는 가서 깨끗한 천하고 씻을 물을 좀 얼른 떠오너라! 상처를 싸매드리기라도……."

삼득의 말을 끊고 운풍자가 입을 열었다.

"성 도우께 드릴 말씀이 있습니다."

"…예?"

운풍자의 얼굴이 조금 굳어졌다.

"둘째 아드님께서……."

"효원에게 무슨 일이라도 있습니까?"

"내 동생이 무슨……?"

삼득의 목소리가 급박해졌다. 경일의 목소리도 급박해지긴 마찬가지였다. 효원이 왜? 효원에게 무슨 일이라도 있는 걸까?

운풍자가 침울한 목소리로 입을 열었다.

"우리가 보기엔… 납치된 것 같습니다."

휘청.

멀쩡하게 서 있던 삼득의 몸이 비틀거렸다. 효원이 납치라니? 효원이 납치라니…….

근처에 있던 경일이 얼른 삼득의 몸을 부여잡았다.

"…효, 효원이 뭐… 뭘 당해?"

"…죄송합니다."

경일의 몸에 기대어 서 있던 삼득이 갑자기 놀랄 만한 힘으로 경일을 뿌리치며 일어났다. 삼득은 재빨리 걸음을 옮겨 운풍자에게 다가가 운풍자의 멱살을 쥐어 잡았다.

"효원이 어떻게 됐다고?"

"……."

운풍자가 무표정한 얼굴로 삼득의 손을 잡아 내렸다.

운풍자는 붙잡은 삼득의 맥문 사이로 내공을 넣어주고 있었다. 얼마 전 추걸개 선배의 진맥을 떠올린 탓이다. 그때의 심약한 심기를 생각하면 지금도 몸에 무리가 적지 않을 터이다.

삼득의 손은 아무 방해도 없이 천천히 내려왔다.

"…죄송합니다."

"…효원이… 효원이… 누구에게……?"

삼득이 두서없이 중얼거렸다.

"저희 사조님께서도 함께 납치를 당하셨습니다."

"그… 그럼……?"

삼득의 얼굴이 지푸라기라도 잡는 사람처럼 변해갔다. 그 모습을 바라보던 운풍자의 얼굴이 조금은 펴졌다.

"구할 겁니다."

삼득이 다급한 목소리로 입을 열었다.

"어떻게?! 어떻게 구할 거요?"

"…일행 중 한 명이 뒤를 추적하고 있습니다. 그 뒤를 따를 겁니다."

"…어쩌다 납치를 당한 건데요?"

조용히 서 있던 경일이 입을 열었다. 운풍자는 조용히 경일을 바라보았다.

"당신들은 막을 수 있었을 거 아녜요! 당신들은 무림인이잖아요!"

"…죄송하오."

경일의 얼굴이 구겨졌다.

"무림인이면서……."

경일의 머리 속이 복잡해졌다. 지금 자신의 동료를 구하기 위해서 어깨에 저렇게 큰 상처까지 입은 무당의 도사님은 자신의 동생이 납치 당했을 때는 멀쩡하게 걸어왔다.

급박하지 않은 것일 테다. 급박했다면 사생결단으로 달려들었겠지.

터무니없는 추측이었지만 흥분한 경일의 머리 속은 복잡해졌다.

경일의 옆에 있던 삼득의 얼굴이 각오로 물들었다. 효원이 납치 되었다면 구해야 한다. 내 목숨을 버리더라도 구해야 한다.

"나도 가겠소."

"……."

운풍자의 무표정한 얼굴이 삼득을 내려다보았다. 운풍자의 눈썹은 조금 치켜 올라가 있었는데 사실은 삼득의 말에 적잖게 당황한 탓이었다.

"…가실 수 없습니다."

"왜? 내 아들 일이오! 왜 갈 수 없소이까?"

"…가서봤자……."

운풍자가 조용히 입을 열었다.

"가서봤자 크게 도움이 되지 않습니다."

삼득의 얼굴이 일그러졌다. 조금 전의 싸움이 머리 속을 휘젓고 있었다. 마귀 같은 노인은 보이지도 않을 정도로 빠르게 움직였었다. 눈 앞의 도사 역시 신비로운 몸놀림을 보여 노인을 물리쳤었다.

저런 싸움에 감히 자신이 끼어들 수 있을까.

삼득은 조금씩 무너져 내렸다.

"…가야 돼……. 가야 합니다……. 나는 가야 하오……."

"일단은… 댁에 계십시오."

운풍자가 묵묵한 어조로 입을 열었다. 삼득은 어느새 조금씩 흐느끼고 있었다.

"효원아… 흑… 효원아……."

"……."

운풍자의 손이 조금씩 올라가 삼득의 어깨를 짚었다.

"걱정하지 마십시오."

"……."

운풍자는 무표정한 얼굴로 삼득을 내려다보았다. 그리고는 다시 입을 열었다.

"상황이 급박하니 이만 자리를 비워야 할 것 같습니다. 아드님은 꼭 구해보겠습니다. 그럼."

운풍자는 말과 동시에 짐 꾸러미와 검을 챙겨 들었다. 운혜 역시 짐 꾸러미를 챙겨 들고는 다시 한 번 고개를 돌려 경일과 삼득을 바라보았다.

"…무량수불."

운풍자가 마지막으로 진언을 읊조리고는 자리를 떠났다.

잠시 침묵이 흘렀다.

삼득은 슬픈 눈으로 땅을 내려다보았다. 머리 속이 하얗게 변해 버려 아무런 생각도 들지 않았다. 효원이가 납치되었는데 어떻게 해볼

방도가 없었다.

"경일아… 어떻게 해야 할까……."

아버지의 슬픈 얼굴을 바라보던 경일이 씁쓸한 얼굴로 고개를 끄덕였다.

"구해야지요, 아버지."

"어떻게……."

경일은 잠시 눈을 감았다. 조금 전에 보았던 무림인들의 싸움이 머리 속에 휘돌았다. 그런 싸움판에서 살아남을 수 있을까. 아니, 낄 수나 있을까.

하지만 그래도 구해야 했다. 동생이 잡혀갔는데 아무것도 하지 않고 가만히 앉아 기다릴 수만은 없는 노릇이었다.

게다가 저 무림인들만을 믿을 수만도 없는 노릇이다. 마귀 같은 영감도 쫓아낸 사람이 고작 동생이 납치되는 것을 막아내지 못했을 리가 없다.

"제가 가서 구해올게요."

삼득의 눈이 혼란스럽게 흔들렸다. 이러다가 장남까지 잃게 생겼다. 경일이 가서 살아날 확률은 너무나 적다.

"안 돼. 안 된다, 경일아, 니까지……."

경일은 씁쓸한 표정으로 입을 열었다. 아버지는 동생 없이는 살지 못한다. 자신이 없다면 또 몰라도.

"아버지는… 효원이가 없으면 안 되잖아요."

"…뭐라고?"

삼득의 얼굴이 굳어졌다. 경일의 얼굴이 너무나도 슬퍼 보여 삼득은 멍하니 그 얼굴을 바라볼 수밖에 없었다.

“아니에요.”

삼득이 반문했다. 왜 우리 장남의 얼굴이 저렇듯 씁쓸한 걸까?

“뭐라고 했더냐?”

“아버지는… 효원이를 많이 사랑하시잖아요.”

당연한 소리다. 효원이는 집안의 대들보고 막내둥이고 제 어미가 그렇게 신신당부했던 아이고…….

삼득의 눈이 조금은 다른 빛을 뿌렸다.

경일은 마치 아버지는 나는 좋아하지 않는다는 것처럼 말하고 있었다.

“아, 아비는 효원이뿐만 아니라…….”

“아버진 제 꿈이 뭔지 아세요?”

“……”

모른다. 둘째의 꿈은 아는데 첫째의 꿈은 모른다. 삼득의 얼굴이 먹먹하게 변해갔다.

그 얼굴을 바라보던 경일은 씁쓸한 미소를 지었다.

“…경일아.”

“다녀올게요.”

삼득의 눈에 습막이 차 올랐다. 왜 나는 첫째의 꿈은 몰랐을까?

“경일아…….”

간단하게 짐을 챙겨 들고 낫과 식칼을 챙겨 든 경일이 굳은 표정으로 앞을 바라보았다.

“그리고 아버지가 아니더라도… 저는 구하러 갈 거예요. 걔는 내 동생이니까.”

“……”

삼득은 조용히 얼굴을 감싸쥐었다. 눈에서는 슬픔과 안타까움이 맴돌았다.

하지만 서둘러 무림인들의 뒤를 따르던 경일은 그것을 보지 못했다.

한참 동안 삼득은 미동이 없었다.

경일이 자리를 비우고 한참 뒤에야 삼득은 얼굴을 감싸쥐었던 힘없는 손을 내렸다. 하늘은 어느새 어두워지고 있었다.

"마누라……."

삼득은 아내를 생각했다. 아내는 효원을 낳다가 죽었다. 효원을 잘 돌봐달라고 했었고, 경일을 맡겼다.

"내가 실수한 거요?"

귀신이라도 나타나지 않는 이상 죽은 마누라가 대답할 리가 없다.

"……."

삼득은 아내의 굳은살 배긴 손가락과 터버린 종아리를 생각했다. 열심히만 살면 될 줄 알았는데, 허리가 아플 때까지 일하고 장사도 열심히 했는데 지금에 와서는 둘째 아들을 빼앗기게 될 처지에 처하고 말았다.

삼득은 고개를 숙였다. 눈에서 다시 눈물이 차 올라 앞이 잘 보이지 않았다.

그때였다.

삼득의 눈에 아스라히 네모난 물건이 보였다.

책.

효원이 받아 든 책. 봤던 책인데도 처음 봤다며 받아 든 책이 보였다. 둘째의 마음, 둘째의 꿈…….

삼득의 눈이 깊어졌다. 잠시 멍하니 효원의 책을 바라보던 삼득은 후닥닥 몸을 일으켜 광으로 달려갔다. 광에서 나온 삼득의 손에는 낫이 들려 있었다.

둘째의 꿈은 안다. 어떻게든 구해내 아비로서 그 꿈은 꼭 이루어주고 말 것이다.

하지만 첫째의 꿈은 아직 듣지 못했다.

*   *   *

마규상이 걸음을 멈춘 곳은 평촌 근처의 야트막한 야산이었다.

본래 마규상은 효원을 납치한 직후 평촌으로 돌아가려 했지만 개방의 장로와 무당의 도인들로 인해 그럴만한 여유가 되지 않았다.

야산의 끄트머리에 도착한 마규상과 일호, 구호는 거친 숨을 골랐다.

잠시의 침묵이 흘렀다.

효원을 내려놓은 마규상은 천천히 청명에게로 걸어가더니 이내 매서운 눈으로 청명을 쏘아보았다. 도대체 이 소년은 누구란 말인가! 일단 정체를 알아야겠다.

"이름이 무엇이냐?"

"…예?"

아픈 엉덩이를 어루만지던 청명이 마규상을 올려다보았다. 마규상의 냉막한 얼굴을 바라보던 청명은 이내 밝은 웃음을 지었다. 이 사람도 자신과 인연이 있다. 길지 않은 인연이지만 아마도 나쁘지 않은 인연이 될 것이다.

청명은 밝은 웃음을 지으며 입을 열었다.

"저는 청명이에요."

마규상은 청명의 눈에서 시선을 뗄 수 없었다. 검은 눈은 깊고 현묘했다. 신비로운 빛을 발하는 청명의 눈이 또랑또랑한 빛을 내며 자신을 바라보고 있었다.

마규상은 천천히 입을 열었다.

"…무공을 배운 적이 있느냐?"

"아니요."

"……."

청명이 재빨리 대답했다. 무공이란 것은 꼭 익혀야 하는 것일까? 웬일인지 자신을 처음 만난 사람들은 마치 약속이라도 한 듯 무공을 익혔냐고 물어본다. 혹시 보통 사람은 무공을 모두 익히는 것일까?

"저… 원래 평범한 사람들은 모두 무공을 익하나요?"

"…아니다."

마규상이 입을 열었다.

청명은 미간을 찌푸리며 다시 고민에 빠져들었다. 보통 사람들이 무공을 익히는 것은 아닌가 보다. 그럼 내가 만난 사람들이 모두 보통 사람이 아니었던 것일까? 생각해 보니 성 도우는 자신이 도사라는 사실을 먼저 보았지 무공을 익혔는가, 익히지 않았나는 물어보지 않았다.

청명은 다시 마규상을 올려다보았다.

"당신은 무공을 익혔나요?"

마규상이 고개를 끄덕였다.

“익혔다.”

“음, 뭘 배웠는데요?”

“귀마심공(鬼魔心功)과 천마삼보(天魔三步), 마천혈귀도(魔天血鬼刀)를 배웠다.”

청명의 얼굴이 찡그려졌다.

“이름이 이상해요.”

“…너도 곧 배우게 될 게다.”

마규상이 찌푸려진 청명의 얼굴을 보고 살짝 미소를 지었다.

그런 마규상을 바라보는 일호의 얼굴은 당혹감으로 물들어 있었다. 아니, 당주는 무슨 생각으로 무당과 개방의 인물과 아는 듯한 사람에게 저렇듯 친절하게 말한단 말인가! 마교의 무공을 친절하게 설명해 주는 것은 물론 앞날에 대한 안내도 차분히 말해주며 미소까지 짓고 있다. 아마 당주를 아는 사람이라면 이 모습을 절대로 믿지 않을 것이다.

일호는 마규상에게 전음을 보내었다.

“대주, 그 아이는 무당의 인물들과 연관이 있어 보입니다.”

마규상의 얼굴이 굳어졌다. 마규상은 잠시 일호를 쏘아보더니 다시 시선을 내려 청명을 바라보았다. 생각해 보니 그것이 더 문제였다. 만약 무당의 인물들과 잘 아는 아이라면 그것은 그것 나름대로 문제가 아닌가!

마규상이 다시 냉막한 표정으로 돌아가 입을 열었다.

“…너는 무당의 무인들을 알고 있느냐?”

“네.”

청명이 시원스럽게 대답했다. 무당의 인물들이야 모를 리가 있겠는가! 자신은 다름 아닌 무당의 도사이다.

"무슨 관계냐?"

"저는… 음……."

청명의 머리 속이 복잡해졌다. 무슨 관계일까? 그냥 제자일까? 하지만 운풍 사손은 자신은 일반 제자가 아니라고 했다. 그때 불현듯 청명의 머리 속에 장문인의 말이 떠올랐다. 장문인은 분명히 '사백께서는 무당의 어른이십니다' 라고 했다.

"저는 무당의 어른이에요."

"……."

마규상의 얼굴이 당황으로 물들어갔다. 십칠 세의 소년이 당당하게 당금 무림을 휘어잡고 있는 무당의 어른이라고 말하는 것이다.

"……."

마규상은 잠시 아이를 내려다보았다.

"너는 무공을 모른다고 하지 않았느냐?"

"예, 저는 무공을 몰라요."

"……."

마규상의 얼굴이 조금은 묘하게 변해갔다. 무당의 어른이지만 무공을 모른다. 설마 예진부디 진해져 내려오는 깅호의 이아기처럼 무골이 워낙 뛰어나 전대의 무림 고수가 제자로 삼았던 것일까? 어느 무당의 전대 고수가 이 아이의 몸을 보고는 제자로 삼았을 수도 있다.

"스승이 있느냐?"

청명은 미소를 지었다. 그거라면 쉽다.

"아니요."

스승은 이곳에 없고 선계에 있으니 마땅히 없다고 말해야 할 것이다.

청명의 대답에 마규상은 고개를 끄덕였다. 그리고는 천천히 고개를 돌려 일호를 바라보았다.

"…어떻게 생각하느냐?"

"……."

일호 역시 고개를 끄덕였다.

"아닌 것 같습니다. 하나 그럼 아까 무당의 무공을 쓰던 사람은……."

"섬서(陝西)의 유화문(流化門)이 그와 같은 무공을 쓴다."

마규상의 말에 일호 역시 납득한 듯 얼굴이 환해졌다. 사실이 그랬다. 개방의 방도야 천하를 돌아다니다 보면 발에 치일 정도로 많으니 개방도가 보인다는 것은 별로 이상한 일이 아니지만 무당의 도사가 호북성에서 평범한 마의를 입고 있다는 것은 이상하다. 그 자존심 강하다는 무당의 도사가 그런 마의를 입고 장사를 할 리도 없다.

전음을 들은 청명이 불만스러운 얼굴로 입을 열었다.

"저는 정말 무당의 도사예요!"

"……."

마규상이 다시 청명을 내려다보았다. 청명은 전음을 듣고 말한 것이었지만 마규상은 별다른 의미를 두지 않고 고개를 끄덕였다. 만약 그 사실이 맞다면 더 더욱 마교로 데려가야 한다. 어떤 정보를 알고 있을지 모르는 것이다. 게다가 정말 무당의 어른이라면 무당의 명예를 한 순간에 망가뜨릴 수 있다.

마규상은 고개를 끄덕이고는 입을 열었다.

"그래, 일단 여기서 쉴 예정이니 가만히 있거라."

"…정말인데……."

청명이 불만스럽게 중얼거렸지만 마규상은 들은 척도 하지 않고 청명을 내려다보았다.

"이제 조용히. 더 말을 하면……."

본래는 죽이겠다고 하고 싶었다. 하지만 저 순진한 얼굴을 보니 그런 말을 하기가 쉽지 않았다.

"화를 내겠다."

다시 일호의 얼굴이 난감함으로 물들어갔다. 아무래도 대주께서 이상하다. 구호의 눈 역시 마찬가지였다. 구호는 해답을 구하는 마음으로 애타게 일호를 바라보았지만 마규상의 심산을 하나도 모르는 일호는 그 눈빛에 대꾸해 줄 수가 없었다.

하지만 마규상은 그렇게 말하고는 천천히 앉아 지친 몸을 쉴 뿐이었다.

마규상은 염화당주에 대해 생각하고 있었다. 당주께서는 혹시 이 일을 알고 계셨을까? 그렇기에 이렇듯 많은 인원을 데려가라고 한 것일까? 아무것도 알 수 없었다. 만약 설사 그 사실을 알았다고 한다면 그 아이를 납치하는 일을 포기하라는 명을 내렸어야 했다. 이 아이가 얼마나 중요하기에 마교의 인원을 포기하면서까지 납치하라고 했던 것인가.

마규상의 의구심은 점점 더 깊어졌다.

그때였다. 어디선가 바스락거리는 소리가 들려왔다.

마규상은 무거운 눈으로 도를 집어 들었다.

'적인가?'

긴장된 눈으로 마규상은 수풀을 바라보았다.

"……."

바스락거리던 수풀 너머에서 복면인 둘이 튀어나왔다.

마규상은 조용히 도를 집어넣었다.

“…나머지는?”

“전사.”

“…그래, 알았다. 쉬어라.”

마규상은 고개를 끄덕였다. 고작 다섯 명밖에 살아남지 못했단 말인가? 인원이 너무나 적다.

같은 생각을 하던 일호가 말을 걸었다.

“대주, 아무래도… 증원 신호를 보내심이…….”

“…….”

마규상의 눈이 깊게 물들어갔다. 지금 신호를 남긴다는 것은 어불성설이다. 마교도의 행사를 비밀로 하고자 갖은 수를 다 썼는데 공개적으로 보이게 될 신호를 보낼 수는 없었던 것이다. 하지만 일호의 말에 생각이 곧 바뀌었다.

“이미 저들은… 저희의 정체를 알고 있습니다.”

“…그렇군.”

마규상은 고개를 끄덕였다. 이렇게 된 바에야 비화대를 모두 부르는 한이 있더라도 살인멸구를 해야 한다. 개방의 고수도, 무당의 도사들도.

마규상은 주머니에서 작은 화탄을 꺼내어 들었다. 마규상은 자그마한 화섭자로 불을 붙인 후 화탄을 하늘로 곧게 세웠다.

곧 표식이 하늘 위로 짧게 솟아올랐다.

그 모습을 보는 마규상의 얼굴은 씁쓸하게 굳어 있었다. 비록 표식을 날리지만 그 표식을 발견하느냐, 발견하지 못하느냐는 마규상이 어떻게 할 수 있는 내역이 아니었다. 하지만 저 표식을 누구든, 근처의 비화대든 일반 교도든 한 명만 발견해 준다면 곧 비화대의 인원이 달려올 것이다.

마규상은 씁쓸한 눈으로 하늘로 올라가는 작은 불꽃을 바라보았다.

삐이익―

작은 휘파람 소리와 같은 것이 울려 퍼지고, 작은 불빛이 숨 몇 번 내쉴 동안 어른거리다 사라져 갔다.

마규상은 한숨을 내쉬고는 시선을 돌렸다.

*   *   *

"으으음……."

효원은 천천히 눈을 떴다. 다시 눈을 떴을 때는 눈앞에 모닥불이 지직거리며 타오르고 있는 모습이 보였다.

"…으음……."

효원이 천천히 몸을 일으켰다. 타오르는 모닥불 앞에 쭈그려 앉아 있는 소년 도사와 냉엄한 표정의 사내, 복면을 뒤집어쓴 사내들이 보인다.

잠시 멍하니 그들을 둘러보던 효원은 당황한 듯 뒤로 기어가며 주위를 훑어보았다.

"…어… 어……."

말이 쉽게 나오지 않았다. 기절하기 전의 상황이 조금씩 생각나기 시작했다. 소년 도사님이 소변을 보았고, 자신은 그 모습을 지켜보고 있기가 민망스러워 몸을 돌렸었다. 자신의 뒤에는 웬 사내가 서 있었고, 그 다음에는 정신을 잃었다.

잠시 뒤로 도망가던 효원은 재빨리 몸을 일으켰다. 일어나자마자 효원은 야트막한 산길 아래로 마구 뛰어가기 시작했다. 입에서 절로 비명이 터져 나왔다.

"으아아아아!"

"……."

마규상이 냉엄한 얼굴로 일호를 바라보고는 고개를 까딱하고 움직였다. 일호는 고개를 꾸벅 숙여 보이고는 천마삼보를 펼쳐 달려가는 효원을 낚아챘다.

"으아! 놔! 놔!"

일호의 품에 잡힌 효원이 발버둥을 치며 일호의 팔을 내려쳤다. 붙잡힌 팔에서 탈출하고자 발버둥을쳐 봤지만 탈출은 불가능했다.

결국 효원은 질질질 끌려 모닥불 앞에 내동댕이쳐졌다.

효원을 끌고 온 일호가 다시 무표정한 얼굴로 모닥불 앞에 앉았다.

"…먹어라."

마규상이 모닥불에 구워진 고기 몇 점을 집어 올려 효원의 입가로 가져갔다. 하지만 효원은 그것을 받아 들 생각은 전혀 하지 않고 마규상을 노려볼 뿐이었다.

"당신은 누구야?"

"……."

마규상이 냉엄한 얼굴로 바라보자 효원의 얼굴이 조금씩 겁에 질린 얼굴로 바뀌어갔다.

"…먹어라."

“…누… 누구… 십니까……?”

“…알 것 없다.”

마규상이 냉막한 표정으로 말했다.

효원은 마규상이 내어준 고기 몇 점을 집어 들었다. 하지만 차마 먹지는 못하고 고기 몇 점을 집어 든 채 조용히 앉아 있었다.

효원의 시선이 옆에 앉아 있는 청명에게로 다가갔다.

청명은 맛있게 고기를 먹고 있었다. 도사가 고기를 먹으면 안 되는 것 같은데 벌써 맛있게 먹고 있으니 뭐라 할 말도 없다.

“……”

누군가의 시선을 느낀 청명이 고개를 들고 효원을 바라보았다. 그리고는 해맑은 미소를 지으며 고기를 살짝 들어올렸다.

“맛있어요.”

“……”

혹시 이 도사님은 이 사람들과 한 패였던 걸까? 아무런 위화감 없이 무리 속에 앉아 있는 청명을 바라본 효원의 머리 속이 복잡해졌다. 자신은 아무래도 납치를 당했나 보다. 그럼 자신을 노리고 일부러 이 소년 도사가…….

효원은 고개를 설레설레 저었다. 그럴 리가 없다. 만약 그렇다면 일행이 있어야 했다. 그 일행은 내버려 두고 이렇듯 새로운 일행이랑 있을 리도 없지 않은가!

효원은 조금씩 움직여 청명의 곁으로 다가갔다. 엉덩이를 살짝살짝 움직여 청명의 옆에 붙은 효원이 조심스럽게 청명에게 속삭거렸다.

“저… 이 사람들은 누굽니까?”

“아, 백련교라는 곳의 교도들이래요.”

효원이 고개를 끄덕였다. 백련교라……. 무슨 종교인지는 몰라도 좋은 종교는 아닐 것이다. 좋은 종교라면 이렇듯 사람을 쉽게 납치하지는 않을 것이다.

효원이 다시 한 번 청명을 툭툭 쳤다.

"우리는……."

"백련교에 가야 한대요!"

"예?!"

조심스럽게 중얼거린 효원의 노력은 아무런 빛을 보지 못했다. 청명이 큰 소리로 백련교에 가야 한다고 말한 것이다. 하지만 곧 효원도 비명을 질렀으니 애초에 중얼거렸던 것이 필요가 없게 되었다.

"그게 무슨 소리예요!"

효원이 비명처럼 외쳤다.

효원의 목소리가 커지자 마규상의 눈이 날카로워졌다.

"조용히."

"…왜 저를… 저는 돌아가야 합니다!"

"…갈 수 없다."

마규상이 조용히 입을 열었다.

"왜 저를……?"

"알 것 없다."

"……."

아무리 물어봐도 어떤 확실한 대답이 나올 것 같지 않았다. 효원은 다시 조용히 고개를 숙였다.

옆에서 청명이 해맑은 어조로 입을 열었다.

"이 고기는 토끼 고기래요. 맛있어요."

“……”

효원이 천천히 청명을 바라보았다. 이 도사님은 뭘 믿고 이렇게 태평한 것일까?

“저… 우리는 가면 돌아올 수 있습니까?”

“있어요.”

“올 수 없다.”

청명의 대답과 마규상의 대답이 동시에 터져 나왔다. 고기를 맛있게 먹던 청명과 마규상이 동시에 대답한 것이다. 둘은 서로를 바라보았다.

“한 번 갔다가는 돌아올 수 없다.”

“돌아와요.”

“없다.”

“하지만 돌아오는 걸요.”

마규상이 천천히 고개를 돌렸다.

“아무도… 탈출하지 못했다.”

“…그래도 저는 돌아와요. 왜냐 하면 그렇게 될 거거든요.”

그게 무슨 알 수 없는 소린가! 청명의 목소리에 마규상의 얼굴이 난감해졌다. 그렇게 될 거라니? 미래를 알기라도 한 것처럼 말하는 것은 들어보지도 못했다.

“저는 아직도 운혜 사손과 인연이 있는 걸요.”

청명이 해맑은 목소리로 말했다. 하지만 말하고 나니 조금씩 우울해진다. 언제 다시 운혜 사손을 보게 될까? 분명히 다시 만나게 되긴 하지만 그것이 언제가 될지는 모르겠다.

청명이 조그맣게 중얼거렸다.

“저는 운혜 사손이 보고 싶어요.”

운혜 사손의 웃는 얼굴도 보고 싶고 뾰로통한 얼굴도 보고 싶다. 하지만 지금은 볼 수 없으니 그것도 참 답답한 노릇이었다.

청명은 한숨을 살짝 내쉬고는 품을 뒤적거렸다. 품 속에서 노리개를 꺼내 든 청명은 우울한 얼굴로 만지작거렸다.

*　　　　*　　　　*

운혜는 의외로 청명과 가까운 곳에 있었다. 운혜와 운풍자는 삼득의 집에서 나오자마자 바로 추걸개가 남긴 밀마를 따라 달렸던 것이다.

지금 운풍자와 운혜는 청명과 마규상이 숨어 있는 야트막한 야산 아래에 도착해 있었다.

운혜가 조심스럽게 입을 열었다.

“저건 무슨 뜻이에요?”

운풍자의 무표정한 얼굴은 나무에 새겨진 복잡한 문양을 바라보고 있었다. 눈동자를 굴려가며 밀마를 해석해 낸 운풍자는 인상을 찌푸렸다.

“…….”

“무슨 뜻인데요?”

무림맹에서 쓰이는 밀마, 정무는 보통 방향과 위치를 가리킨다. 하지만 지금 나무에 적힌 밀마에 적힌 방향은 현재 이곳을 말하고 있고, 위치 역시 이동 신호가 없이 고정되어 있었다.

“아마… 이곳에서 멈추라는 뜻 같다.”

"음······."

"그래··· 이곳일세."

뒤에서 추걸개의 목소리가 들려왔다. 운혜와 운풍자가 얼른 뒤를 돌아보았다.

뒤에서 천천히 걸어나오는 추걸개의 얼굴은 많이 피곤해 보였다. 추레해진 몰골의 추걸개가 천천히 입을 열었다.

"젊은 놈들이라 그런지 사람 하나를 업고도 재빠르더구먼. 게다가 뭘 그리 험한 길로만 가는지 나뭇가지에 수십 군데도 더 긁혔다네."

"···감사합니다."

추걸개의 몰골은 과연 흙투성이였다. 옷이 더럽혀진 것이 사조를 납치한 무리들이 과연 험로로만 걸어갔나 보다.

"허허, 그래도 끝까지 쫓았지. 저 위에 있다네."

추걸개가 가리킨 방향에는 자그마한 야산이 있었다. 결코 높지는 않았지만 제법 나무가 많아 보였다.

"지금 저들은 쉬고 있다네."

"···그럼 지금 가면······?"

운혜가 궁금하다는 말투로 입을 열었다.

"지금은 무리지. 저렇게 낮은 산은 퇴로가 많거든. 게다기 저들도 쉬고 있으니 내일 추적하는 것이 좋을 걸세."

"······."

운풍자 역시 고개를 끄덕였다. 보통 산의 경우 길이 험해 퇴로가 적지만 야트막한 산의 경우 퇴로가 한두 군데가 아니다. 그야말로 달리는 대로 길이 되는 것이다.

"그럼 저희도 이곳에서 쉬다가 내일 따라잡지요."

"그렇게 하는 것이 좋을 것 같네. 그래서 나도 더 쫓아가지 않았지. 허어, 힘들구먼."

추걸개가 운풍자의 말에 맞대꾸를 하며 땅바닥에 철퍼덕 주저앉았다.

그 모습을 바라본 운풍자가 고개를 숙여 보이며 입을 열었다.

"노고에 감사드립니다."

"허허, 뭘. 약속이나 지키게."

"……."

운풍자의 얼굴이 심각해졌다. 운혜의 일은 기밀이었다. 그 누구에게도 함부로 말해서는 안 될 기밀이었다. 하지만 이미 마교에 알려진 것 같다. 조금 전 결전을 벌였던 노인의 팔이 조금씩 얼어붙어 가고 있었다. 그리고 노인의 표정은 그야말로 무언가를 눈치챈 사람의 표정이었다.

무엇보다 추걸개 막 선배는 믿어도 될 만한 인물이었다. 지금껏 그것을 알면서도 비밀로 해왔지만 더 이상은 숨길 수 없을 것 같다.

"…말씀… 드리지요."

"……."

추걸개의 눈이 운풍자를 향했다.

운풍자는 단도직입적으로 입을 열었다.

"음화신녀를 아십니까?"

"으으으음……."

추걸개의 입에서 신음성이 튀어나왔다. 생각했던 사정보다 훨씬 심각한 이야기가 나올 것만 같은 조짐이 보인다.

추걸개가 신음성을 내자 운풍자가 다시 입을 열었다.

“아시는군요.”

“…그래, 나도… 그 회의에 있었지.”

추걸개가 씁쓸한 얼굴로 입을 열었다. 추걸개 역시 개방의 장로이자 현 방주의 사형제로서 음화신녀의 탄생과 음화신녀의 생사 문제를 놓고 벌어졌던 회의에 참석했었다. 그리고 그 갓난아이를, 순음지체의 갓난아이를 죽이자는 쪽에 섰었다.

그것은 추걸개에게 있어서는 아픈 과거였다. 정파인으로서, 하늘에 거리낌없이 살아왔던 사람으로서 강호의 안위를 위한답시고 아이를 죽이기로 했던 것은 기억하기 싫은 과거였던 것이다.

하지만 그 일의 심각성은 누구보다 잘 알고 있다.

“그러고 보니 음화신녀는 무당에 있군.”

추걸개는 자신의 눈앞에 음화신녀가 있으리라고는 상상도 하지 못한 채 입을 열었다.

운풍자의 얼굴이 조금 굳어졌다.

“예, 무당의 제자로 있습니다.”

“그래… 그래서?”

추걸개의 얼굴이 운풍자를 바라보았다. 운풍자는 씁쓸한 얼굴로 입을 열었다.

“저기 있는 사매가 바로 음화신녀입니다.”

“뭐라?”

자리에 앉아 있던 추걸개가 경기를 일으키듯 몸을 일으켜 세웠다.

“그게 무슨 소린가? 저 도사가 순음지체라고?”

“…예.”

“말도 되지 않네! 무당 장문인이 미치지 않고서야 어찌 이런 일을······!"

"······."

운풍자가 날카로운 눈으로 추걸개를 쏘아보았다. 추걸개의 얼굴이 조금은 머쓱해졌다. 하지만 흥분한 추걸개는 다시 입을 열었다.

"그래도 할 말은 해야겠네! 지금 호위 하나 없이 음화신녀가 강호에 나왔다고! 전 마교도의 목표인 음화신녀가!"

"…그렇습니다."

추걸개가 흥분한 듯 소리를 질렀다.

"그럼 지금 마교도들을 쫓아가서는 아니 되네! 당장 무당으로… 아니야! 이곳에서는 되려 안휘성(安徽省)이 가깝군! 천하제일가(天下第一家)로 가세!"

"…불가합니다. 저희는 사조를 구해야 합니다."

추걸개의 얼굴이 구겨졌다. 추걸개는 거친 손놀림으로 운혜를 가리키며 소리를 질렀다.

"저 도사는 음화신녀일세! 물론 청명 진인이야 자네 문파의 사조님이니 당연히 구해야겠지! 하지만 그분은 신선일세! 능히 홀로 살아오실 수 있단 말일세! 하지만 저 음화신녀는 아니야! 이건 전 무림이 걸린 일, 애초에 음화신녀는 세상 밖으로 나오면 아니 되었단 말일세! 내 말대로 따르게!"

추걸개의 손가락질에 운혜의 눈길이 어두워졌다. 좌절감이 물씬 밀려들어 왔다. 자신은 음화신녀가 아니다.

운혜의 반응을 보지 못한 운풍자는 추걸개를 바라보며 입을 열었다.

"…사조가 없다면······."

운풍자가 조용히 중얼거렸.

“사조가 없다면 사매도 죽습니다.”

“뭐?”

추걸개가 멍하니 운풍자를 바라보았다. 운풍자는 묵묵히 입을 열었다.

“청명 사조께서 이런 말씀을 남기셨습니다.”

“무슨 말?”

“사매가 무당에 있을 경우 마교에 납치되어 정혈이 빨리어 죽게 된다는 말씀이셨습니다.”

“으으음…….”

추걸개가 신음성을 내질렀다. 자신은 청명의 신선됨을 확실히 믿고 있다. 눈앞에서 토지신을 불러내었으니 어찌 다른 말을 더하랴! 그리고 그가 신선이 확실하다면 그의 말도 확실할 터였다.

추걸개가 천천히 입을 열었다.

“…그럼?”

운풍자의 머리 속이 복잡해졌다. 사실 청명이 해준 말은 여기까지가 전부이다. 자신이 어딘가에 납치된다거나 하는 돌발 상황에 대해서는 전혀 말이 없었던 것이다.

운풍자는 눈을 질끈 감았다. 지금은 어떻게 할 방도가 없나. 무당의 규율 중에 거짓을 말해서는 안 된다는 것이 있지만…….

운풍자가 조용히 입을 열었다.

“…운혜 사매와 사조께서는… 서로 떨어지시면 아니… 될 거라 하셨습니다.”

“…으으음…….”

어설프게 거짓말을 말하는 운풍자의 목소리가 조금씩 떨려 나왔다.

하지만 추결개는 흥분된 마음에 운풍자의 작은 변화를 감지해 내지 못했다. 사실 흥분하지 않았어도 몰랐을 것이다. 거짓말을 하는 운풍자의 표정조차 무표정한 얼굴 그대로였다.

추결개는 한숨을 내쉬었다.

"허어, 그럼 이 일을……."

"……."

운풍자도 한숨을 내쉬고 싶은 심정이었다. 다행히 추결개를 속어 넘긴 운풍자는 조용히 고개를 돌려 운혜를 바라보았다.

운혜는 슬픈 얼굴로 고개를 떨구고 있었다.

"……."

"그럼……."

추결개가 다시 입을 열고 무언가 말을 하려다가 운풍자의 시선을 따라 운혜를 바라보고는 입을 다물었다.

운혜의 표정에는 어딘가 처연한 데가 있었다.

운풍자가 천천히 입을 열었다.

"…사매."

"저… 전……."

운혜가 입을 열었다.

"음화신녀가 아니에요. 저는 운혜예요……."

"……."

추결개의 눈이 당황으로 물들어갔다. 저 여도사가 어릴 적에 자신은 그녀를 죽이자고 했다. 그리고 지금은…….

"…허어."

"흑… 저는… 운혜예요. 흑… 저는… 음화신녀가 아니라… 흑… 운혜예요……."

슬픈 표정으로 서 있던 운혜의 눈에서 눈물이 배어 나왔다. 자신은 음화신녀가 아니다. 그저 몸이 조금 좋지 않을 뿐인 무당의 도사였다. 음화신녀 같은 게 아니다. 자신의 도명은 운혜이다.

추걸개의 얼굴에 후회가 비쳤다. 저 아이는 강호를 해칠 음화신녀다. 하지만 그 속에도 인격이 있다. 저 아이는 생명도 없고 이지도 없는 아이가 아니라 인격체였다. 운혜라는 도명을 가진 사람이다. 하지만 자신은 그 인격을 무시하고 그냥 음화신녀로만, 강호에 위협을 가져올 음화신녀로만 취급했다.

"……."

추걸개가 찡그린 얼굴로 운혜를 바라보며 입을 열었다.

"미, 미안… 하네."

자신은 저 아이에게 얼마나 더 죄를 짓게 될까, 저 아이에게 얼마나 더 미안한 일을 하게 될까.

추걸개가 땅바닥에 천천히 주저앉았다. 주저앉은 추걸개는 손을 들어 얼굴을 감싸쥐었다.

운풍자는 천천히 운혜에게 걸어갔다.

운혜의 훌쩍거림은 조금씩 잦아들고 있었다.

"흑… 흑……."

"사매."

"…예."

운풍자가 억지로 미소를 지었다. 하지만 입꼬리가 조금밖에 올라가지 않아 조금은 어색한 표정이 되고 말았다.

운풍자는 그 상태 그대로 입을 열었다.

“알고 있다.”

“…흑……”

운풍자가 천천히 운혜에게 다가갔다.

“울지 마라.”

운풍자의 손이 살짝 움직였다. 마치 안아주려는 듯 손은 주저하며 위로 올라가다가 곧 다시 떨구어졌다. 운풍자는 규율을 생각했다.

“사매는 사매다.”

“…예……”

운혜의 울음이 조금씩 잦아들었다.

땅바닥에 주저앉아 얼굴을 감싸쥐고 있는 추걸개와 운혜의 앞에 서 있는 운풍자와 울음을 그치던 운혜 모두 입을 다물었다.

잠시 동안 침묵이 감돌았다.

얼마나 지났을까?

조금은 진정한 추걸개가 씁쓸한 얼굴로 다시 입을 열었다.

“…그럼 무슨 일이 있어도 내일 저 신선님을 구출해야겠구먼.”

“…그렇습니다.”

추걸개가 다시 운혜를 바라보았다. 운혜는 눈이 조금 부은 채로 멍하니 앉아 있을 뿐이다.

“그럼……”

“……”

운풍자가 추걸개를 바라보았다. 추걸개는 운혜를 바라보던 시선을 돌려 운풍자를 바라보았다.

“그럼 오늘은 이만 하세. 내일 공격하기로 하지.”

“그렇게 하지요.”

말을 마친 추걸개가 그 자리에 바로 드러누웠다. 천성이 거지니 더 더러워질 것도 없는 것이다. 그냥 아무렇지도 않게 드러누운 추걸개는 억지로 눈을 감았다.

머리 속에는 '저는 음화신녀가 아니에요' 라는 운혜의 말이 떠돌고 있었다.

2장

제5화 하늘의 검(劍)

다음날 묘시.

청명은 아직껏 잠에 취해 있었다. 한참을 달게 자고 있는 청명을 툭툭 쳐 깨운 건 마규상이었다.

"일어나라."

"…으음, 나는 더 잘래요."

"……."

마규상이 인상을 찌푸렸다. 당금 염화대의 업무가 마교의 동량들을 구하는 것이니 납치는 꽤 많이 해본 셈이다.

그 경험에 비추어볼 때 보통의 아이들이 두려움에 잠을 청하지 못하거나 노숙의 괴로움에 숙면을 취하지 못하고 일어나는 경우가 많았는데 이 소년은 너무나 달게 자고 있다. 마치 제 집인 양 추위도 느끼지 않고 더 자겠다고 조르는 것이다.

"…일어나라."

마규상이 다시 입을 열었다. 더 재울 수는 없다. 추적자의 손이 어디까지 미칠지 짐작도 하지 못하니 아무래도 일찍 출발해야 하는 것이다.

효원은 벌써부터 깨서 경탄의 눈으로 청명을 바라보고 있었다.

'정말로 이들과 일당이 아니라는 말인가!'

그렇게 보기엔 너무나 편하다. 마치 잘 알고 지내던 사람인 양 더 자겠다고 조르기까지 하고 있지 않은가.

"……."

효원이 의심의 눈초리로 청명을 바라보는 사이 청명이 부스스 잠에서 깨어났다. 평범한 마의가 청명의 뒤척임에 잔뜩 구겨져 있었다. 흙이 묻어 더러워진 것도 아랑곳 않고 청명은 크게 기지개를 켰다.

"으하암!"

너무 편해 보인다.

효원의 얼굴이 찡그려졌다.

청명은 기지개를 켜고는 씻을 생각도 하지 않은 채 자리에서 일어나 몸을 툭툭 털었다. 그리고는 기대감에 가득 찬 눈으로 마규상을 바라보았다.

"밥을 주세요."

"……."

마규상의 얼굴이 구겨졌다. 너무 당당하게 이야기하는 모습에 기가 질린 것이다.

"밥은 없다."

"예?"

"…지금 출발한다."

청명의 얼굴에 놀람이 차 오르기 시작했다. 아니, 일어나서 밥을 안 주다니! 세상에 나온 이후 모처럼 사람이 해주는 요리를 먹었건만……

청명의 얼굴은 놀람에서 서서히 우울함으로 변해갔다. 노숙을 끝내면 맛없는 벽곡단이라도 운풍 사손이 늘 챙겨주고는 했었다. 하지만 이 사내들은 아무래도 자신에게 밥을 주지 않을 모양인가 보다.

청명은 우울한 얼굴을 하고는 주위를 두리번거렸다.

"……"

효원이 이상한 듯 청명을 바라보았다.

"저… 뭘 찾으시나요?"

청명은 효원은 보지도 않고는 주위를 둘러보았다. 하지만 말소리를 듣기는 들었는지 청명은 우울한 목소리로 중얼거렸다.

"…밥이요."

산에서 수도할 때에 먹을 것이 떨어지면 산딸기나 싱아, 아니면 쑥 같은 식물을 뜯어 먹고 살았었다. 최근에는 맛있는 것을 많이 먹을 수 있었지만 이제는 그럴 팔자가 아닌가 보다.

청명의 말소리에 효원이 의아한 듯 고개를 갸웃거렸다.

'밥을 땅에서 찾다니……'

아무리 생각해도 조금은 이상한 도사님이다. 효원은 더 이상 신경을 쓰지 않기로 결심하고는 마규상을 바라보았다.

청명을 볼 때와는 다른 긴장감이 효원을 감쌌다. 지금 자신은 백련교라는 이상한 집단에 납치되어 이상한 곳으로 가고 있는 것이다. 왜 자신을 납치했는지는 모르지만 필시 좋은 의도는 아닐 터. 온갖 고생을 하게 될지도 몰랐다.

효원은 점점 더 슬퍼졌다. 아버지… 아버지는 뭘 하고 계실까.

"이만 출발한다."

"예?"

마규상의 말에 잠시 아버지를 생각하던 효원이 마규상을 올려다보았다.

마규상은 무표정한 얼굴로 천천히 걸어와 효원의 혼혈을 짚었다.

스륵—

쓰러지는 효원의 몸을 안아 든 마규상이 일호를 바라보고는 고개를 끄덕했다.

일호는 천천히 걸어와 마규상의 품에 쓰러진 효원을 들어올렸다. 그 사이 마규상은 청명에게로 천천히 걸어가 청명을 어깨에 들어 얹었다.

우물우물거리는 소리가 마규상의 귓가에 들려왔다. 어떤 풀인지는 모르지만 풀을 양손에 쥐어 든 청명이 조금씩 그것을 씹어 넘기고 있는 것이다.

의외로 반항없이 마규상의 어깨에 얹혀진 청명은 계속 먹기만 했다.

너무나 태평하다.

마규상은 자신이 부잣집 도련님에게 무등을 태우러 나온 하인 같다고 생각했다. 이런 분위기는 마음에 들지 않는다.

"출발한다."

"네엥—"

우물우물거리느라 이상한 발음으로 대답을 한 청명이 풀을 꿀꺽 삼키고는 마규상을 바라보았다.

"오늘은 좀 천천히 갔으면 좋겠어요. 어제는 너무 빨라서 불편했거든요."

"알았다."

"……."

일호가 마규상을 의심스러운 표정으로 바라보았다.

당황한 마규상은 얼굴을 굳혔다. 도대체 왜 이 아이에게는 계속 친절하게 되는 것일까?

마규상은 굳은 목소리로 청명에게 말했다.

"…어떻게 가든지 내 마음이다."

"……."

일호는 고개를 돌렸다. 저렇듯 어색하게 변명을 하는 대주를 더 이상 보고 있는 것도 고역이다.

"출발한다."

마규상이 다시 입을 떼었다.

마규상은 경공을 펼쳤다.

앞을 가로막는 것도 없었고, 누군가의 추적이 있는 것 같지도 않았다. 이렇게만 계속 갈 수 있다면 무한까지는 별다른 무리없이 달려갈 수 있으리라. 물론 시간은 제법 걸리겠지만 별다른 위험이 없다는 것만으로도 다행이었다.

아니, 별다른 위험이 없다는 것은 너무 이른 평가였던 것 같다.

마규상은 이를 악물고는 오른손을 곧게 펴 들었다.

"정지!"

"……."

마규상의 뒤를 따르던 네 명의 복면인은 굳은 얼굴로 걸음을 멈추었다.

일호의 눈이 심각하게 변해갔다.

"…대주."

"……."

마규상은 아무 말 없이 앞을 노려보았다.

평평한 평지 위로 이어진 작은 소로 위에 어제 보았던 개방의 장로가 웃음을 허허 흘리며 서 있었다.

"으하하! 제법 빠르기는 하다만 머리가 좋지 않아 그런가? 여기저기 흔적을 남기는구나."

"……."

마규상의 얼굴이 굳어졌다.

여태껏 도주하며 분명히 흔적을 지웠는데 도대체 어떻게 자신들을 쫓아왔단 말인가!

마규상의 시선을 받던 추걸개가 다시 웃음을 터뜨렸다.

"으하하! 강호의 친구들은 나를 추걸개라 부른다네! 내가 본래 누구 뒤꽁무니는 잘 쫓아다니거든."

마규상은 이를 악물었다. 상대의 정체를 확실하게 알았다.

만리추영(萬里追影) 추걸개(追乞丐). 정사대전(正邪大戰) 때부터 추적술로 유명한 개방의 장로이다.

마규상의 목소리가 잠겨 나왔다.

"…퇴각."

마규상의 명을 들은 일호는 얼른 몸을 돌렸다.

"……."

"제길."

뒤에는 검을 든 무당의 도인이 서 있었다. 저번에 보았던 것과 달리 마의 차림이 아닌 푸른 무당의 도복을 입고 있었다.

"무량수불……."

"……."

일호는 굳은 얼굴로 마규상을 바라보았다. 자신이 지금 업고 있는 이 소년은 예상과 달리 무당의 도사가 맞았다.

"…대주."

"제길."

마규상의 얼굴이 전에 없이 심각해졌다.

하지만 마규상의 어깨에 얹혀 있던 청명은 환한 웃음을 짓고 있었다.

"안녕하세요, 운풍 사손?"

"……."

운풍자는 대답없이 마규상을 노려보았다.

운풍자의 냉정한 반응에 청명은 주눅이 들어버렸다. 아무래도 이 사람들과 얽히게 된 것 때문에 화가 났나 보다.

"미안해요, 운풍 사손."

청명을 들쳐 메고 있던 마규상의 얼굴이 굳어졌다. 정말 무당의 어른이 맞았다. 이런! 기사가 있나? 고작 십칠 세 정도의 소년이 이십대 중반이 넘어 보이는 사람을 향해서 너무나 당연하게 사손이란 말을 붙이다니!

적들이 추적하는 이유를 확연히 알아챈 마규상이 이를 악물었다. 이를 악문 사이로 조그맣게 중얼거리는 소리가 들려왔다.

"…너 때문이로군."

"예?"

청명이 의아한 얼굴로 되물었다. 하지만 청명은 다른 말을 더 할 수 없었다.

마규상이 재빨리 청명을 내려놓고는 목에 단검을 들이댄 것이다. 아직 무공을 익히지 않은 일반인이니 별다른 반항의 위험 없이 인질로 삼을 수 있다.

'개방의 장로만 없었어도 추살할 텐데…….'

마규상은 냉막한 눈으로 운풍자를 노려보았다.

운풍자의 얼굴은 무표정했다.

운풍자는 언제나 변함없는 무표정한 얼굴로 마규상을 바라보며 생각했다.

'이런 낭패가……!'

운풍자의 무표정한 얼굴 사이에서 조금씩 긴장감이 흘러나왔다.

운풍자는 재빨리 마규상 너머의 추걸개를 바라보았다.

"……."

추걸개 역시 당황한 눈으로 마규상을 바라보고 있었다. 저 선인을 인질로 잡을 것이라고는 상상도 하지 못했다. 무인(武人)이라면 차라리 싸우다 죽을지언정 다른 길을 선택하지 않는다.

완전히 허를 찔린 것이다.

추걸개의 얼굴이 구겨졌다.

"…뒤로 물러서라."

"…허허, 무인이 어찌……."

"난 무인이 아니다."

마규상이 냉막한 얼굴로 중얼거렸다. 무인이기 전에 자신은 백련교도다. 여기서 죽을 수는 없었다.

마규상의 품에 안겨 있던 청명은 헤죽헤죽 웃고 있었다.

청명은 천진난만한 얼굴로 마규상을 올려다보았다.

"저, 지금 이게 뭘 하는 건가요?"

"……."

마규상의 얼굴이 굳어졌다. 설마 정말로 지금 자신이 뭘 하는지 몰라서 묻는 것일까, 아니면 자신을 놀리는 것일까?

마규상은 굳은 얼굴로 아무 대답도 하지 못했다.

청명은 잠시 고개를 갸웃했다. 아무래도 자신을 죽이려는 듯한데 그럴만한 기색은 보이지 않는다.

청명은 이내 아무래도 상관없다는 듯 빙긋 웃음을 지으며 운풍자를 바라보았다.

"운풍 사손, 운혜 사손은 어딨나요?"

"……."

운풍자는 말없이 마규상을 올려다보았다.

자신의 말이 무시되었다는 충격 때문인지 청명은 다시금 시무룩한 얼굴이 되어 있었다.

"운혜 사손은 나 없으면 자버릴지도 모르는데……. 운혜 사손은 음기(陰氣)가……."

"그만!"

운풍자가 다급히 소리를 질렀다. 저대로라면 순음지체의 비밀을 미주알고주알 다 말해 버리게 생겼다. 미처 존대를 할 새도 없이 반말로 터져 나온 운풍자의 고함에 청명의 얼굴은 시무룩해진 것을 넘어 울상이 되어가고 있었다.

"우, 운풍 사손… 화가 났나요?"

“그런 것이 아닙니다.”

운풍자가 굳은 얼굴로 입을 열었다. 말을 하고 보니 조금은 억울한 생각이 들었다. 청명 사조께서는 신선이다. 호풍환우를 할 수도 있고 검을 띄울 수도 있고 검을 사라지게 만든 다음 다시 나타나게 할 수도 있다. 그런데 아무런 조취도 취하질 않으니 억울한 마음이 든 것이다.

운풍자의 얼굴에 잠깐이나마 화색이 돌았다. 입꼬리가 살짝 위로 올라간 것이다.

‘…그렇군. 사조께서는 신선이셨다.’

운풍자는 미소를 짓고는 다시 입을 열었다.

“사조님.”

“예?”

울상을 지으며 운풍자를 바라보던 청명이 얼른 고개를 들어 운풍자를 바라보았다.

“운검을… 빌려드릴까요?”

운풍자는 과거 무당산에서의 일을 떠올렸다. 사조께서는 검의 예기에 취해 홀린 듯 검을 바라보다 하늘로 검을 타고 날아가 버렸었다. 그 모습을 다시 한 번 재현할 수만 있다면…….

청명의 얼굴이 빛났다.

“정말요?”

목에 검이 겨누어져 있는 상황치고는 너무 태평하게 이루어지는 대화였다.

“대주.”

잠시 멍하니 둘의 대화를 듣던 마규상은 자신을 부르는 일호의 전음에 화들짝 정신을 차렸다.

"…지금 뭣들 하는 거냐?"

마규상이 굳은 얼굴로 입을 열었다. 하지만 운풍자는 그 말은 들은 체도 하지 않고는 다시 청명에게 외쳤다.

"거기서 가져가실 수 있습니까?"

"예!"

청명이 얼굴에 미소를 띠고는 크게 대답했다. 평촌까지 걸어오는 동안 수십 번도 더 운검을 타고 싶다고 졸랐지만 한 번도 주지 않던 운풍자가 스스로 검을 빌려준다니 이보다 기쁠 수가 없었다.

운풍자 역시 마찬가지였다. 미리 이 계략을 떠올리지 못한 자신을 원망하며 크게 외쳤다.

"그럼 가져가십시오!"

"네!"

청명은 크게 외치고는 만면에 미소를 띠며 손을 들어올렸다. 손이 들어올려짐에 따라 운풍자의 검집에서 검이 공중으로 뽑아져 올라왔다.

휘익

"…헛!"

마규상의 눈이 부릅떠졌다. 공중으로 뽑아져 올라온 검이 그대로 날아오고 있었다.

"피해!"

이기어검(以氣御劍)?

생각할 겨를도 없이 마규상은 청명을 밀쳐 내고는 자신도 보법을 펼쳐 자리를 비워 나갔다. 효원을 업은 일호 역시 당황한 얼굴로 피하기에 급급했다.

몸이 자유로워진 청명은 만면에 미소를 띠고는 날아오는 검을 반겼다.

"와! 운검이다!"

청명의 감탄사에 운풍자 역시 미소를 지었다. 그리고는 재빨리 몸을 날려 마규상에게로 달려가기 시작했다.

"제길!"

마규상은 짧게 욕설을 내뱉었다.

운풍자의 유운신법이 부드럽게 펼쳐져 허공을 수놓았다.

"전부 도주하라!"

마규상은 짧게 전음을 내뱉고는 앞으로 달려나갔다.

복면인들이 재빨리 뒤로 몸을 날렸지만 뒤에서는 개방의 고수가 웃음을 터뜨리며 달려오고 있었다.

"으하하핫! 운풍자 자네, 제법 재치가 있구먼!"

추걸개는 웃음을 터뜨렸다. 저 신선이 저렇듯 가볍게 위기에서 탈출할 줄이야! 이제 저 악도들을 잡고 성가의 아이를 구출해 내기만 하면 일은 끝날 것이다.

일호는 이를 악물고는 몸을 뒤로 빼었다. 어깨에는 여전히 효원이 얹혀 있는 상태였다.

추걸개는 다시 한 번 웃음을 터뜨렸다.

"으허허헛!"

추걸개는 재빨리 취팔선보를 펼쳐 앞으로 달려나갔다.

"도망은 쉬울 것 같으냐!"

"……."

달려가던 일호는 공중으로 크게 뛰어 몸을 날렸다. 공중에서 몸을 가볍게 뒤집어 뒤를 바라본 일호는 품에서 무언가를 꺼내어 추걸개에게 던졌다.

암기!

쾌속하게 날아오는 뾰족한 침들에 추걸개는 재빨리 몸을 옆으로 던졌다.

하지만 그조차도 일호의 예상 안에 있었다.

"헛!"

짧게 신음 소리를 내며 일호는 다시 침을 던졌다. 일호가 던진 몇 개의 침은 추걸개의 몸이 향하는 곳으로 정확하게 날아가고 있었다.

"…이놈!"

추걸개가 경호성을 터뜨리며 소매를 크게 휘둘렀다.

툭―

싱거우리만치 암기는 바닥에 떨어졌다. 적어도 몇 개는.

하지만 두 개는 미처 피하지 못했다.

"…과연 마교도로다. 약기가 보통이 아니로구나."

추걸개가 허탈한 미소를 지으며 중얼거렸다.

일호는 추걸개가 첫 번째 암기를 피한 뒤로도 두 번에 걸쳐 암기를 더 날린 것이다. 앞의 것은 피했으나 추걸개는 미처 뒤의 것은 피하지 못했다.

"……."

추걸개는 묵묵히 기식을 조절했다. 이런 암기에 독이 없을 리가 없다. 어떻게는 독을 수습해야만 한다.

일호는 뒤로 빼던 몸을 멈추었다. 주위에는 염화대의 인원이 몇이나 있다. 상대가 독에 중독된 것이 확실하다면 시간을 조금이라도 끌어야 한다.

"흐흐흐……."

일호는 사이한 웃음을 흘렸다.

개방의 늙은 거지가 독에 당했다는 사실을 깨달은 복면인들이 도를 꺼내어 들었다.

＊　　　＊　　　＊

경일은 당황한 듯 주위를 둘러보았다.

경일은 집을 떠나자마자 재빠른 속도로 달려가는 무림인들의 뒤를 쫓았다. 하지만 얼마 걷지도 못해 경일은 걸음을 늦출 수밖에 없었다.

무림인들의 속도를 따를 수 없었던 것이다. 그래도 흔적이라도 더듬어 더듬더듬 뒤를 쫓았건만 이제는 흔적마저 끊겼다.

경일은 고개를 숙였다.

"효원아……."

경일의 눈에서 습막이 차 올랐다. 이럴 줄 알았으면 평소에 달리기 연습이라도 해둘 것을…….

경일은 소매를 들어 눈가를 훔쳤다.

그때였다.

뒤에서 자그마한 목소리가 들려왔다.

"헉… 헉… 경일아!"

"…아버지?"

경일은 멍한 눈으로 뒤를 돌아보았다. 뒤에서 삼득이 다가오고 있었다.

"아버지는 어떻게 오셨어요? 아니, 왜 오셨어요?"

삼득은 경일의 앞에 다가와 잠시 숨을 헐떡였다.

"헉… 왜… 헉… 더 안 가느냐……?"

"아버지, 왜……!"

경일은 다급히 외쳤다. 하지만 말을 끝맺기도 전에 삼득의 굳은 목소리가 그 뒤를 따랐다.

"너희들을 낳은 아비다. 어찌 아니 올 수 있겠느냐!"

"……."

경일의 고개가 숙여졌다. 역시 아버지는 효원이 없이는 살 수 없다.

"그리고……."

삼득은 말을 하다 말고 목이 메이는지 잠시 말을 멈추었다. 지금은 이야기한다 해도 경일이 제대로 들어줄 것 같지가 않았다.

일이 끝나거든, 잘 끝나거든 오랜만에 장남하고 술이라도 한잔 마셔 봐야겠다.

경일의 눈이 살짝 흔들렸다.

"네 꿈이 뭔지 듣지 못하면 잠이 안 올 것 같아서 말이다."

"…아… 아부지……."

경일의 흔들린 시선이 삼득을 향했다.

챙—

어디선가 칼 부딪치는 소리가 들려왔다. 경일과 삼득의 눈이 동시에 야산의 뒤편을 바라보았다.

"저… 저거……."

챙!

다시 한 번 쇠붙이가 울리는 소리가 울려 퍼졌다.

"가자!"

삼득은 재빨리 몸을 움직였다. 아픈 허리도 지금만큼은 느껴지지 않았다.

*　　　*　　　*

운풍자는 고전을 면치 못하고 있었다. 사조를 피하게 하고자 운검을 넘겨준 것이 화근이었을까? 마규상의 도법이 이렇게나 매울 줄은 몰랐다.

"무량수불!"

운풍자가 진언을 읊조리며 신형을 뒤로 눕혔다. 뒤로 젖혀진 운풍자의 코 위로 마규상의 도가 쾌속하게 지나갔다.

"……."

마규상은 도를 수습할 생각도 않고 그대로 몸을 휘돌려 이번엔 직선으로 도를 내리그었다.

"합!"

기합 소리와 함께 짓쳐 들어오는 마규상의 도에 운풍자는 젖혀진 몸을 휘돌려 도를 피하고는 마규상의 하단으로 장을 가져갔다.

구궁신행장(九宮神行掌)!

마규상은 이를 악물고서는 허벅지를 들어올렸다.

운풍자의 장이 허벅지를 스치고 지나갔다.

"큭!"

마규상은 다시 도를 들어올리며 뒤로 몇 걸음이나 걸어갔다.

뒤로 물러나던 마규상은 일호와 염화대원, 그 주위에 있던 추걸개,

그리고 그 뒤로 낫을 들고 달려오는 시골 청년을 발견했다.

"이야아아아!"

경일은 낫을 하늘 높이 치켜들고 앞으로 달려나왔다.

초식 하나 없이 마구잡이로 낫을 휘두르며 경일은 땅에 쓰러진 동생에게로 나아가고 있었다.

"효원아아아!"

삼득도 곡괭이를 들고 이리저리 휘두르고 있었다.

효원을 업은 일호에게 달려가는 삼득과 경일을 발견한 추걸개의 눈은 커질 대로 커져 있었다.

'아니, 저 사람들이 어떻게?'

"도망가시오!"

다급해진 추걸개는 독이고 뭐고 할 것 없이 경호성을 내지르며 재빨리 자신에게로 다가오는 주위의 복면인에게 장을 날렸다.

그 모습을 바라본 마규상의 얼굴에 사악한 미소가 떠올랐다. 다행히 이놈들은 말만 정파지 하는 행동은 사파와 다를 것이 없는 가식적인 놈들은 아닌 듯싶다. 그리고 그렇다면…….

"일호! 그 아이를 죽여라!"

일호의 눈이 커졌다. 당주께서는 이 아이를 납치하는 네 모든 인원을 데려가라는 명을 내린 바 있다. 그 정도로 이 아이를 중요하게 보신다는 뜻인데 감히 이 아이를 죽여 버리라니?

사실 귀곡자는 다른 야심이 있어 염화대원들을 모두 내보낸 것이었지만 그것을 알지 못하는 일호로서는 효원의 가치를 몹시 높게 보고 있었다.

"대, 대주……."

망설이는 일호의 모습을 본 마규상이 다시 소리를 질렀다.

"죽이라니까!"

"……."

"옆을 봐, 이 멍청아!"

일호는 그제야 대주께서 하신 말씀의 의미를 알아챘다. 마규상의 말을 들은 늙은 거지가 중독되었으면서도 선불 맞은 멧돼지처럼 달려오고 있는 것이다.

일호의 얼굴에 웃음이 피어올랐다.

"이놈들!!"

재빨리 경공을 펼치는 추걸개의 앞에서 복면인이 도를 날려왔다. 이제 독에 관해서는 어떻게 해볼 도리가 없었다. 지금은 일단 저 아이를 구해야 했다. 추걸개의 눈에 비친 일호는 효원의 목에 단도를 들이밀고 있었다.

추걸개는 독기와 함께 내공을 끌어올렸다.

"쿨럭!"

짧고 공허한 기침이 뱉어졌다. 하지만 다행히 추걸개는 쓰러지지 않고 내공이 가득 실린 장으로 복면인을 후려칠 수 있었다.

픽!

둔탁한 소리와 함께 복면인이 쓰러졌다. 추걸개는 시선을 돌려 상황을 훑어보았다.

"니미럴!"

추걸개의 입에서 쌍욕이 튀어나왔다.

다급한 심정은 추걸개보다 삼득이 훨씬 심했다.

"안 된다, 이놈들아!"

삼득이 낫을 휘두르며 앞으로 달려나갔다. 추걸개의 입에서 경호성이 터져 나왔다.

"조심하게!"

"으헛!"

삼득이 내뻗은 낫을 너무 손쉽게 피해낸 복면인은 자연스럽게 도를 들어 삼득의 목으로 내려쳤다.

"쿨럭!"

피는 삼득이 아니라 복면인의 입에서 토해졌다. 득달같이 달려온 추걸개의 장이 복면인의 배를 파고든 것이다.

얼른 삼득을 껴안고 몸을 뒤로 내뺀 추걸개가 삼득에게 소리쳤다.

"이 사람아! 그러게 여길 왜 오나!"

"내 아들… 효원이 좀 구해주시오! 효원이!"

"…니미…….."

추걸개는 다시 욕설을 내뱉었다. 눈앞에서는 일호가 사이한 미소를 지으며 효원의 목에 단도를 들이밀고 있었다.

경일이 낫을 움켜쥐었다.

"안 돼!"

"흐흐흐…….."

일호는 경일이 달려오는 모습을 유유자적하게 바라보았다. 달려오면 재빨리 목을 날려 버릴 참이었다.

아니, 굳이 그럴 필요도 없이 달려오는 경일의 등 뒤에서는 한 복면인이 도를 들고 다가가고 있었다.

추걸개는 재빨리 삼득을 내려놓고는 돌을 집어 들었다.

"으핫핫! 개구리 잡듯 한번 잡아보자!"

관심을 끌고자 하는 외침이다.

추걸개의 목소리를 들은 일호는 재빨리 추걸개를 돌아봤다. 추걸개의 의도대로였다.

돌멩이가 날아오는 것을 본 일호의 얼굴이 다급해졌다.

쉬익!

"헛!"

돌멩이가 아니라 숫제 화살이 날아가는 소리가 들려오자 일호는 재빨리 땅에 엎드렸다. 그 위로 돌팔매질이 계속해서 이어졌다.

경일을 공격하려던 복면인도 내공이 가득 실린 돌을 맞고 쓰러졌다.

"경일이 자네는 움직이지 말게! 으하핫, 이 마교 놈들! 엎드린 모습도 꼭 개구리 같구나!"

"…제길."

일호는 이를 악물었다. 엎드리느라 효원을 놓쳤다. 그사이 돌을 던지며 추걸개가 달려오고 있다.

달려가는 추걸개의 뒷모습을 바라본 삼득은 재빨리 청명을 바라보았다. 어제 생강 밭에서의 난리를 기억하는 탓이었다. 그런 능력이라면…….

"신선님, 도와주십시오!"

"……."

청명은 운검을 품에 안고는 고개를 숙이고 있었다.

"신선님!"

"……."

삼득은 답답하다는 듯 청명을 바라보았다. 곧 울먹이는 목소리가 들려왔다.

"…누구를요?"

"예?"

격전의 한가운데에서도 또렷이 들려오는 청명의 목소리에 삼득은 이상한 눈으로 청명을 바라보았다.

"누구라니요? 우리를……."

"……."

청명은 아무 대답이 없었다. 청명을 몇 번 더 불러본 삼득은 이내 정신을 차렸다. 더 신경 쓸 여력이 없다. 지금은 일단 효원부터 구해야 할 시기다.

삼득은 일호 옆에 쓰러져 있는 효원을 보고는 얼른 그에게로 달려갔다. 그 앞에 서 있던 검은 복면의 사내들은 늙은 거지와 싸우느라 효원을 돌아볼 여지가 없어 보였다.

청명은 크게 눈을 뜨고 싸움판을 바라보고 있었다. 아니다. 이런 것은 도(道)가 아니다.

도(道)는 만물을 이롭게 할 뿐[太善利萬物] 분쟁을 일으키지 않는 법[不爭]인데…….

지들은 사마귀와 나비처럼 싸우고 있다.

혹시 저들도 사마귀처럼 서로 싸워야 할 이유가 있는 것일까? 서로 잡아먹어야만 살 수 있는 것일까?

심지어 도를 배웠다는 운풍 사손마저…….

슬픈 눈으로 격전을 바라보며 청명은 천천히 뒷걸음질쳤다. 이 싸움판에서 무언가 하고 싶은 일도, 할 수 있는 일도 없었다.

뒷걸음질치던 청명의 발에 무엇인가가 뽀드득 하고 밟혔다.

청명은 고개를 돌려보았다.

작은 사마귀가 발에 밟혀 있었다.

달려가던 삼득은 경일을 보았다.

조금 전 돌을 맞고 쓰러졌던 복면인이 다시 일어나 도를 들고 경일을 향해 내뻗고 있는 것이다.

"경일아! 일어나, 경일아!"

삼득이 다급히 소리쳤다. 하지만 돌멩이를 피해 누웠다가 일어난 경일은 쉽게 정신을 차리지 못하겠는지 당황한 것처럼 보였다.

자신에게 달려드는 복면인을 발견한 경일은 황급히 낫을 휘둘렀다. 하지만 낫은 복면인의 도에 확 날아가 버리고 말았다.

도(刀)는 자신에게로 날아오고 있었다.

'아버지!'

경일은 눈을 꼭 감았다.

서걱!

무엇인가가 베어지는 소리가 들려왔다. 경일은 자신이 당했다고 생각했지만 통증이 느껴지지 않았다.

경일은 천천히 눈을 떴다.

오후의 태양이 보이지 않았다. 위로 아버지의 고통 어린 얼굴이 보였다.

경일은 비명을 질렀다.

"아부지!"

"……."

경일의 눈이 커졌다.

“쿠, 쿨럭.”

“아부지! 아부지! 괜찮아요? 아부지!”

경일의 얼굴이 다급해졌다. 경일의 앞에 서 있던 삼득이 천천히 무너져 내렸다.

“피……?”

경일은 멍하니 삼득의 등을 바라보았다.

삼득의 등짝은 넓게 찢어져 있었다.

쩍하니 갈라진 등짝을 보는 경일의 눈가에 눈물이 맺혔다.

“아부지!”

“쿨럭… 괜… 쿨럭!”

말을 잇지 못하고 삼득이 피를 내뱉었다. 피는 고스란히 경일의 옷을 적셨다. 경일의 눈에 저절로 눈물이 고였다.

“으허어엉! 아부지! 아부지!”

“괜찮… 쿨럭쿨럭… 냐?”

경일은 재빨리 고개를 끄덕였다. 삼득은 등짝이 갈라진 채로 뒤를 돌아보기 위해 애썼다.

“효… 우… 워…….”

“가만있어 봐요, 아부지! 흐흑… 흑… 가만히 솜!”

경일은 재빨리 삼득의 등을 살폈다. 아닌 게 아니라 쩍 벌어져 있다.

“구… 해…….”

“부친을 데리고 피해, 이 멍청아!”

추걸개가 욕설을 내뱉으며 경일에게로 달려왔다. 아버지를 안고 있는 경일은 아직까지도 복면인들에게 둘러싸여 있었다.

하지만 경일의 눈에는 그런 것이 보이지 않았다. 아버지의 등에 찢어진 상처만이 보였다.

경일은 통곡했다.

"으허어엉! 아부지… 아부지……!"

"효… 워… 어… 디…….'"

"아부지, 말하지 마! 아부지!"

등짝이 찢어진 삼득은 아직도 효원을 찾고 있었다.

삼득은 아무런 고통도 느끼지 못하고 있었다. 아프지가 않았다. 그냥 얼얼한 느낌만이 몸을 지배하고 있었다.

그보다… 첫째는 괜찮고… 우리 둘째는……?

"아부지! 아부지!"

경일은 정신을 잃어가는 삼득의 몸을 부여잡았다.

모든 싸움 중에서도 경일의 눈물은 청명의 가슴에 알알이 맺혔다.

"원시천존님, 이런 데에… 도(道)가 있나요?"

청명의 눈으로 눈물이 고여 흘러내렸다. 더 이상은 어떻게 할 수가 없다.

청명은 품에 안고 있던 운검을 일(一) 자로 들어올렸다. 그리고 운검에서 손을 떼었다.

검은 떨어지지 않고 허공을 떠돌았다.

청명은 슬픈 눈으로 고개를 들고 앞의 싸움터를 바라보았다.

기회다!

마규상의 눈이 빛을 발했다. 삼득이 상처 입는 모습에 당황한 무당도인의 왼쪽 옆구리에 크게 허점이 보였다.

지금의 기회를 잡지 못하면 아마도 비검(比劍)이 길어지게 될 것, 더 이상의 전투는 피해야 했다.

마규상의 도가 운풍자의 몸으로 떨어졌다.

챙!

쇠와 쇠가 부딪치는 경쾌한 소리가 울려 퍼졌다.

도가 사람의 몸에 박히는 소리와는 전혀 다른 소리에 회심의 미소를 짓던 마규상의 얼굴이 굳어졌다.

"…헛!"

미소를 짓던 마규상의 눈이 부릅떠졌다.

허공에 갑자기 검 한 자루가 나타나 자신의 도를 막고 있었다.

"이, 이건……."

마규상은 모르고 있었지만 그 검은 운검이었다. 운검은 마규상의 도를 정면으로 가로막고 있었다.

놀란 것은 마규상만이 아니었다. 아니, 충격은 운풍자에게 더 크게 다가왔으리라.

"……."

운풍자는 눈을 부릅뜨고는 마규상의 도를 막은 검을 바라보았다. 검은 공간을 격하기라도 한 듯 불쑥 나타나 도를 막아냈다.

운풍자는 다시 삼득을 바라보았다. 그리고는 다시 한 번 놀라고 말았다.

삼득을 공격하던 복면인의 도는 또 한 자루의 운검에 의해 가로막혀 있었다.

"두, 두 자루?"

운풍자가 저도 모르게 중얼거린 소리는 곧 다른 소리에 묻혀 버렸다.

채채챙!

쇠와 쇠가 부딪치는 소리가 울려 퍼졌다. 그것도 여러 차례.

마규상과 운풍자가 놀란 눈으로 시선을 옮겼다.

추걸개 주위에도 검이 있었다.

아니, 하늘에는 수십 자루의 검이 떠 있었다.

같은 모양, 같은 날을 가진 검 수십 자루가 공중을 천천히 휘돌고 있었다.

수십 자루의 검 중 어떤 검은 복면인의 도를 막았고, 어떤 검은 마규상의 장을 막았으며, 어떤 검은 일호의 암기를 막아내었던 것이다.

추걸개가 멍하니 입을 벌리고 허공을 가득 메운 검들을 바라보았다.

"허… 허… 허어……!"

공중에는 수십 자루의 검이 뱅글뱅글 회전하고 있었다. 운검은 모두 같은 모양으로 같은 방향을 향해 돌고 있었다.

"다투지 말아요."

어디선가 나직한 목소리가 들려왔다.

"다투면 안 돼요."

청명은 조금씩 걸어오고 있었다. 청명의 오른손이 부드럽게 허공을 돌았다. 마치 원을 그리는 듯한 손놀림이 허공을 수놓았다.

"이… 이건……."

운풍자가 중얼거렸다. 도대체…….

이해할 수 없는 일이 벌어진 탓에 적이 앞에 있다는 것도 잊고 운풍자는 천천히 중얼거리고 있었다.

"이, 이건 무슨……?"

"……."

청명은 말없이 손을 휘휘 돌렸다. 공중을 배회하던 수십 자루의 검이 청명의 손을 따라 뱅글뱅글 공중을 떠돌았다.

운풍자의 눈이 청명의 걸음걸음을 뒤따랐다.

마규상은 어느새 자세를 조금씩 고치며 청명을 바라보고 있었다.

"사람을 죽이는 것은 도(道)가 될 수 있지만 도(道)는 사람을 죽이지 않아요."

"사, 사조……."

운풍자가 청명을 불렀지만 청명은 그 말을 무시하며 눈물이 살짝 맺힌 눈으로 마규상을 바라보았다.

"왜……."

"……."

마규상의 눈이 혼란으로 가득해졌다.

청명이 다시금 중얼거렸다.

"왜… 다투지요?"

청명은 천천히 고개를 숙였다. 허공을 휘젓던 손은 천천히 움직임을 줄이고 있었다.

청명이 움직임을 줄임에 따라 허공에 가득했던 검은 한두 자루씩 사라져 갔다. 마침내 정명이 움직임을 멈추었을 때는 단 한 자부의 검만이 청명의 앞에 일 자로 떠 있었다.

청명은 검을 움켜잡았다.

"당신들은… 도에서 벗어나 있어요."

"……."

운풍자의 얼굴이 당혹으로 물들어갔다. 평생을 도를 위해 살아온 사람에게 이것보다 더한 사형선고가 있을까!

"혀… 현무 사질은 팔을 잘랐는데……."

청명은 운혜를 생각했다. 운혜를 위해서 팔을 자른 현무 사질을 생각했다. 그리고 삼득과 경일을 생각했다.

어떤 이는 누군가를 살리기 위해 자신의 팔을 자르고 생을 희생했지만 어떤 이는 누군가를 죽이기 위해 검을 날렸다.

어느 것이 낫다고 말할 수는 없었다. 팔을 자른 현무 진인도, 경일 대신 죽어가는 삼득도, 도(刀)를 날리던 마규상도 모두 다 집착이고 인위다.

그 가운데 도(道)는 없었다.

"난… 아무것도 모르겠어요."

"……."

잠시 장내에 침묵이 감돌았다.

모두들 청명의 한마디 한마디에 정신을 차리지 못하고 있었다.

가장 먼저 정신을 차린 것은 일호였다.

"대주!"

마규상은 홀린 듯한 눈으로 청명을 바라보다 정신을 차렸다.

"…퇴각한다."

마규상은 천천히 걸음을 뒤로 옮겼다. 그리고는 재빨리 뒤로 몸을 날려 경공을 펼쳤다.

"헛!"

추걸개는 그 모습을 보고 경호성을 내질렀다. 운풍자 역시 정신을 차리고는 재빨리 마규상을 돌아보았다.

"잡게!"

"무량수불!"

운풍자가 재빨리 몸을 날렸다. 곧 일호와 마규상, 복면인, 그리고 그 뒤를 쫓는 운풍자가 길 밖으로 사라져 갔다.

"……."

청명은 시무룩한 얼굴로 천천히 걸어가 추걸개의 앞에 섰다.

추걸개는 가슴에 박혀 있던 암기를 제거하고는 기식을 조절하던 차였다.

청명은 한숨을 내쉬고는 하늘을 올려다보았다. 잠시 하늘을 올려다보던 청명은 추걸개의 머리를 짚었다.

"……."

"지, 지금 무엇을 하시는… 쿨럭."

추걸개가 의아한 시선으로 청명을 바라보았다. 하지만 이내 시선을 유지할 수도 없이 헛구역질이 밀려들어 왔다.

"욱… 우욱… 쿨럭… 쿠울럭!"

추걸개는 마지막으로 크게 울컥하며 핏덩이를 쏟아내었다. 검은 피였다.

몸을 휘돌던 독기가 사라진 것을 느끼며 추걸개는 경이로운 시선으로 청명을 바라보았다.

청명은 곧바로 삼득에게로 걸어갔다.

청명은 멍하니 허공을 바라보는 삼득의 눈에서 눈물이 흐르는 모습이 보였다.

지독하다. 지독한 인위(人爲)다.

청명은 우울한 얼굴로 삼득의 등을 어루만졌다. 삼득의 찢어진 등의 상처가 조금씩 서로 붙어갔다.

삼득을 치료한 청명은 자리에서 일어나 우울한 얼굴로 추걸개를 바라보았다.

더 이상 이 자리에 있기 싫었다.

"운혜 사손은 어디에 있나요?"

"……."

추걸개의 얼굴이 조금씩 변해갔다.

2장

제6화 좋아하는 사람에게는

추걸개가 안내한 곳은 낡은 관제묘(關帝廟)였다. 관
제묘 안에는 운혜가 답답하다는 얼굴로 서성이고 있었다.

귀곡자와 비검(比劍)을 펼쳤던 운풍자의 입장에서는 운혜를 데려가
는 것도, 그렇다고 어딘가에 두고 가는 것도 마음이 놓이질 않았다.

혹여 데려갔다가 위험에 처하면 운혜뿐만이 아니라 강호가 뒤흔들
리고, 데려가지 않았다가 마교에 납치를 당하면 그것도 골치가 아프게
되는 것이다.

결국 운풍자는 운혜를 가까운 관제묘에 은신하게 하기로 했고, 덕분
에 운혜는 밖의 사정을 궁금해하며 기다리고 있을 수밖에 없었던 것이
다.

추걸개와 청명, 삼득과 경일, 효원이 안으로 들어오자 운혜는 얼굴
에 반색을 띠며 앞으로 달려나갔다.

“사조님, 괜찮으세요?”

“…네, 저는 괜찮아요.”

운혜는 청명을 바라보며 호들갑을 떨었다. 운혜는 청명의 이곳저곳을 살펴보며 다친 데는 없는지 확인했다.

“정말 괜찮으세요?”

“…네, 운혜 사손.”

청명의 시무룩한 얼굴은 펴질 기미가 보이지 않았다.

추결개는 청명을 안내하고는 다급한 얼굴로 입을 열었다.

“나는 먼저 나가보아야겠네. 운풍자를 찾아봐야겠구먼.”

“…….”

“예.”

운혜가 대답할 동안 청명은 아무 말 없이 고개를 숙이고 있을 뿐이었다. 그 모습을 잠시 씁쓸하게 바라보던 추결개는 서둘러 자리를 떠났다.

잠시 정적이 흘렀다.

삼득은 아직 정신을 차리지 못했고, 그것은 효원도 마찬가지였다. 경일은 아버지의 옷을 잡고 얼굴을 묻었다.

그 모습에서 자신의 모습을, 삼득의 얼굴에서 사부의 모습을 떠올린 운혜는 씁쓸한 얼굴로 경일의 모습을 바라보다 청명을 바라보았다.

“사조님, 밖에서…….”

“저…….”

운혜의 말을 끊고 청명이 자그맣게 중얼거렸다.

“…네?”

운혜는 의아하다는 듯 청명을 바라보았다. 청명의 시선은 조금씩 아래로 내려가고 있었다.

"운혜 사손."

"네?"

"난 운혜 사손에게 묻고 싶은 게 있어요."

운혜는 고개를 끄덕였다.

"저… 그게 뭔데요?"

"현무 사질은……."

"……."

운혜의 얼굴이 어둡게 변했다. 사부의 이야기가 갑자기 왜 나오는 걸까?

하지만 청명은 운혜의 얼굴이 어둡게 변한 것을 알아채지 못하고는 다시 입을 열었다.

"왜… 팔을 잘랐나요?"

"……."

운혜는 이해할 수 없다는 얼굴로 청명을 바라보았다.

"그건 왜 물어보세요?"

"…저는 오늘 싸우는 걸 보았어요."

"그런네요?"

"…서로 죽이려고 했어요."

그랬다. 전투를 바라보는 청명의 몸 주위로 저릿저릿하게 살기가 느껴졌다. 분명히 그들은 서로 죽이려고 했었다.

"왜 그랬을까요? 그것은 도(道)가 아닌데."

"……."

운혜의 말문이 막혔다.

사람이 싸우는 일은 좋다고 말할 수는 없지만 아예 없지도 않은 일이었다. 어찌 보면 흔하다고 말할 수도 있는 일을 사조께서는 너무도 심각하게 물어보고 있었다. 어쩌면 세상 밖으로 한 번도 나간 적이 없는 사조께서는 다툼과 미움에 대해서 아무것도 모를 수도 있다.

하지만 다른 의문이 다시 솟아올랐다. 청명 사조께서는 싸움을 보시고 왜 사부의 일을 묻는 것일까?

"그것과 사부의 일과 무슨 연관이 있나요?"

"……."

청명의 시선이 다시금 아래로 내려갔다.

모두가 인위다. 죽어야 할 운혜 사손을 살리려고 했던 현무 사질도 인위였고, 살아야 할 사람끼리 서로 죽이려 했던 것도 인위다.

그리고 오늘은 생이 끝났어야 할 사람이 사는 것을 보았고, 생이 이어졌어야 할 사람의 위기를 보았다.

이해할 수 없다.

하지만 원시천존께서는 그 속에 도가 있다 했다. 자연의 이치를 따르지 않는 것에 무슨 도가 있다는 것일까?

청명은 고개를 들고 운혜를 바라보았다. 그 얼굴은 무표정했다.

"운혜 사손은 그때 죽었어야 했어요."

"……."

운혜의 얼굴이 삽시간에 굳어졌다. 자신이 죽어야 했다니? 마교에 잡혀갈까 봐? 자신이 마교에 잡혀가면 수많은 사람이 죽어야 하니까?

여덟 살 이후로 그 고민을 쉬지 않고 계속해 왔던 운혜에게는 그야말로 청천벽력 같은 소리였다.

"그, 그게 무슨 소린가요?"

운혜의 눈에 조금씩 눈물이 차 올랐다. 신선이신 사조께서도 이리 말씀하시니 역시 자신은 죽었어야 했던 건지 의심스러워졌다.

그럼 사부는… 남은 우리 사부는 어떻게 되는 걸까?

"하지만 현무 사질은 운혜 사손을 살리려 했어요."

"흐… 흑……."

"현무 사질은 자신의 팔을 잘랐지요. 마음이 행하는 대로 했으니 팔을 자른 것은 인위가 아니지만 죽음을 인정하지 못하는 태도는 도가 아니었어요."

"흑… 흑……."

마침내 운혜는 새어 나오던 울음을 터뜨리기 시작했다. 하지만 청명의 말은 계속 이어졌다.

"왜 운풍 사손과 백련교의 도우는 서로를 죽이려 한 거지요? 왜 현무 사질은 팔을 자르면서까지 운혜 사손을 살리려 한 거지요?"

청명의 말이 점점 더 잔인해져 갔다.

"왜 살 수 있는데 죽으려 하나요? 왜 죽어야 했는데 살아야 하지요? 운혜 사손은 왜 살았어요? 경일 도우는 왜 살아난 거지요?"

운혜는 마침내 참지 못하고 소리를 질렀다.

"저도 몰라요! 제가 원했던 게 아니에요!"

"……."

청명은 우울한 얼굴로 고개를 숙였다.

운혜는 자리에서 벌떡 일어나서는 청명을 노려보았다.

"사부께서 팔을 자르신 건 저도 원하지 않았던 일이에요! 차라리 제가 죽었어야 될 일을!"

"……."

운혜는 아무 말도 없이 고개를 숙이고 있는 청명을 내려다보았다.

청명은 아무런 말이 없었다.

운혜는 청명을 노려보며 서서히 뒷걸음질쳤다.

조금씩 뒤로 걸어가던 운혜는 마침내 몸을 완전히 돌려 관제묘 밖으로 달려나가기 시작했다.

청명은 황급히 고개를 들었다. 운혜 사손이 저만치 도망가는 모습이 보였다.

왜였을까? 그 모습을 바라보는 청명의 가슴 사이로 시린 한기가 밀려들었다. 이 느낌은 뭘까?

청명은 콩닥콩닥 뛰는 가슴을 어루만졌다. 뭔지 모를 이상한 기분이 청명을 휘감았다.

청명의 눈에서 눈물이 새어 나왔다.

그리고 나이답지 않게 훌쩍거리며 청명은 얼른 자리에서 일어나 운혜를 따라나섰다.

운혜는 목적지도 없이 무작정 달리고 있었다. 사조와 더 이상 같은 공간에 있기가 싫었다. 사조의 말 한마디 한마디에 마음이 싸늘해지는 것만 같아 운혜는 눈물을 흘렸다.

경공을 쓸 생각도 못하고 아무렇게나 달려가던 운혜는 자그마한 야산에 도착했다.

나무가 우거진 사이로 조그마한 평지가 보인다. 수풀이 아무렇게나 자라 있는 평지 사이로 운혜는 걸음을 옮겼다.

괜히 숨이 가빠지는 것 같아 운혜는 호흡을 길게 가다듬고는 천천히 걸음을 늦추었다.

뒤에서 청명 사조의 목소리가 들려왔다.

"운혜 사손! 흑! 운혜 사손! 운혜 사손, 미안해요!"

"……."

운혜는 뒤를 돌아보았다.

청명이 숨이 가쁜지 제대로 숨도 쉬지 못하며 헐레벌떡 달려오고 있었다. 눈에서 뚝뚝 떨어지는 눈물이 운혜의 눈에 또렷이 들어왔다.

운혜는 더 달리지 않고 천천히 청명이 가까이 오기를 기다렸다. 아직도 운혜의 눈에서는 슬픔의 빛이 새어 나오고 있었다.

"왜… 따라오셨나요?"

"우, 운혜 사손… 흑… 잘못했어요……. 흑… 미안해요……."

운혜의 앞에 멈춰 선 청명은 고개를 숙이며 손을 들어 눈가를 훔쳤다.

"미안해요. 흑… 가지 말아요……."

"……."

청명은 눈물을 흘리며 운혜를 바라보았다. 운혜는 금방이라도 웃으며 용서해 줄 줄 알았는데 아직까지도 고운 눈에서 눈물이 아롱져 떨어지고 있다.

그 모습에 청명은 다시 눈물을 흘렸다.

"흑… 우… 운혜 사손……."

"왜… 왜 오셨어요……?"

"……."

울먹거리던 청명의 얼굴이 놀란 듯 운혜를 바라보았다. 왜 왔냐니? 이제 자신은 보기도 싫다는 뜻일까? 왠지 모르게 큰 잘못을 한 것만 같아 청명은 조심스럽게 운혜의 눈치를 살폈다.

“미, 미안해요, 운혜 사손.”

“…….”

운혜는 청명의 시선을 피하며 소매를 들어 눈가를 훔쳤다.

청명의 얼굴이 조금 더 안타깝다는 얼굴로 변해갔다.

청명은 억지로 울음을 참느라 히끅거리며 조심스럽게 손을 뻗어 운혜의 옷자락을 쥐었다. 다른 손은 눈가를 훔치고 있는 상태였다.

“미안해요, 운혜 사손. 흑, 히끅, 울지 마요.”

운혜는 대답도 없이 가만히 서 있을 뿐이었다. 운혜는 자신의 소매를 잡은 청명의 손을 바라보았다. 눈가를 훔치면서도 청명은 소매를 놓지 않고 있었다.

“…저… 저는…….”

운혜 역시 소매로 눈가를 쓸며 중얼거렸다.

“저는… 아니, 사부는…….”

“네.”

청명의 눈이 운혜를 향했다. 운혜는 아직 정리되지 못한 감정을 추스르며 조용히 입을 열었다.

“사부는… 저 때문에 팔을…….”

“…….”

“사부는 제 사부니까… 저를 좋아해서… 제가 죽으면 슬플 것 같아서…….”

감정을 추스르는 일이 어려웠는지 운혜는 두서없이 중얼거렸다.

“그래서 팔을 잘랐… 어요…….”

청명은 눈물을 닦으며 운혜를 바라보았다. 좋아해서 죽는 걸 싫어했다는 거구나. 그거라면 이해할 수 있었다.

하지만 좋아하는 것을 영원히 품에 안고 살 수는 없다. 언젠가는 그것을 떠나보내야 하고, 떠나보내기 싫어 억지를 쓰는 것은 인위로 도가 아닌 것이다.

하지만 운혜 사손의 얼굴을 보니 더 말할 수가 없었다. 오히려 다른 생각보다 따라 울고 싶은 마음만 들었다.

"…저… 저는……."

"흑, 운혜 사손, 울지 마요."

청명이 중얼거렸다. 하지만 운혜의 울음은 쉽게 가라앉지 않았다.

청명도 더 이상 말을 잇지 못했다.

잠시 동안 침묵이 청명과 운혜를 감싸 안았다.

얼마나 지났을까?

시간이 지나자 운혜도 청명도 조금씩 진정해 가고 있었다.

훌쩍이는 소리가 점점 더 가라앉자 청명이 다시 입을 열었다.

"저는… 아직도 모르겠어요."

"……."

조금은 진정한 운혜가 청명을 바라보았다. 그것이 무엇인지 정확히 설명할 수 있다면 좋겠지만 설명하기에 너무 어려운 것이었다. 아니, 그것은 설명보다 느껴야 하는 종류의 일이었다.

청명이 시무룩한 표정으로 서 있자 운혜는 마음을 추스렸다.

"…본래 좋아하는 사람을 위해서는 가장 좋은 것도 주는 거예요. 그래서 사부도……."

운혜는 사부를 생각했다. 사부의 따듯한 미소와 장난기 많은 눈을 생각했다.

운혜는 진정된 어투로 입을 열었다.

"그래서 팔을 제게 주었답니다."

"……."

청명은 고개를 끄덕였다. 아직 자신은 그것이 무엇인지 알지 못하지만 인간지도를 깨달으려면 그것이 무엇인지 알아야 할 것 같았다. 아직은 알 수 없을 뿐, 언젠가는 알 수 있을 것이다.

청명은 고개를 끄덕였다.

"네."

"……."

아무 말 없이 시간이 지나갔다.

조용한 침묵 속에서 운혜는 바닥에 조심스럽게 쭈그려 앉았다. 몸이 피곤하다기보다 정신이 몹시 복잡했다.

털썩 주저앉은 운혜의 옆에 청명도 같이 쭈그려 앉아 있었다.

청명은 다리를 모아 팔로 감싸 안으며 시무룩한 눈으로 땅을 바라보았다. 생각이 복잡했다. 좋아하는 사람에게는 좋아하는 것을 준다. 비록 인위일지라도. 하지만 원시천존님의 말씀에 따르면 그 속엔 도가 있다.

침묵 속에서 청명이 입을 열었다.

"운혜 사손, 운혜 사손은 사부를 좋아하나요?"

"…네."

"나는요?"

청명은 자신이 이런 질문을 왜 하는지 모르겠다고 생각했다. 하지만 무언가 생각할 겨를도 없이 말이 단숨에 튀어나왔다.

"……."

운혜의 대답이 없자 청명은 불안한 듯 운혜를 바라보았다. 나는 싫어하는 걸까?

"나… 는요?"

청명의 눈이 애처롭게 변하자 운혜는 억지로 미소를 지었다. 하지만 가슴은 조금씩 설레고 있었다.

"저… 저야… 물론 좋지요. 사조님이신 데다가… 저를 살려주신 분인 걸요."

살려주신 분.

운혜는 다른 관계의 진전을 말하지 않았다. 어쩌면 운혜는 본능적으로 선을 그은 것인지도 몰랐다.

청명은 우울한 얼굴로 다시 고개를 숙이고는 땅을 바라보았다.

운혜의 얼굴이 당황으로 굳어져 갔다. 갑자기 사조의 모습이 너무나 침울해 보여 운혜는 얼른 다시 입을 열었다.

"그, 그것 말고도 사조께서는 재미도 있으시고 가끔 저를 웃게도 하시고……."

"네."

운혜의 말을 끊고 청명이 무미건조하게 중얼거렸다. 왠지 모를 실망감에 더 이야기하고 싶은 기분이 들지 않았다.

"……."

그 모습을 바라보는 운혜의 머리 속은 점점 더 복잡해졌다. 무언가 기분이 상한 것 같은데 어찌해야 할지를 모르겠다.

"사조님, 저는 그러니까……"

청명은 시무룩한 눈으로 운혜를 바라보았다. 하지만 당황한 운혜의 얼굴을 보자 무언가 맞장구를 쳐줘야 할 것 같은 기분이 들었다.

"운혜 사손은요?"

"저는… 그러니까……."

도대체 어떻게 이야기를 해야 한단 말인가! 운혜는 청명의 기분이 상했을까 몹시 고민하고 있었다.

운혜가 다시 입을 열었다.

"그러니까… 재미있는 이야기해 드릴까요?"

"이야기요?"

청명의 눈이 살짝 빛을 발했다.

복잡하던 운혜의 머리 속에도 빛이 떠올랐다.

'그래, 이야기! 이야기……. 그런데 무슨 이야기를 하지?

운혜의 머리 속이 재빠르게 돌아갔다.

'이야기, 내가 아는 이야기가 뭐가 있더라?

"예, 옛날에……."

운혜는 잠시 침을 꿀꺽 삼켰다. 다른 이야기는 하나도 떠오르지 않고 무당을 떠나기 전에 사부께서 해주신 이야기만 떠올랐다.

운혜는 입을 열었다.

"옛날에 견우와 직녀가 살았대요."

"네."

청명은 무릎에 턱을 괴고는 운혜를 바라보았다.

"견우와 직녀는 너무 사랑하는… 사이였대요."

"네."

이야기가 풀어져 나갔다. 견우와 직녀가 사랑에 빠진 이야기를 할 때 운혜는 부끄러운 기분이 들어 잠시 이야기를 얼버무렸고, 견우와 직녀가 헤어지는 이야기를 할 때는 청명의 얼굴이 침울해졌다. 그 뒤로 서로 그리워하는 이야기가 나올 때 청명은 운혜를 보며 미소 지었다.

얼마 지나지 않아 이야기가 끝났다.

"…그래서 견우와 직녀는 일 년에 한 번, 한 번만 만날 수 있게 되었대요."

"그렇군요."

"……."

청명은 살짝 미소를 지으며 고개를 끄덕였다.

이야기를 마친 운혜는 다시 입을 다물었다. 그 다음에는 어떻게 말을 이어 나가야 될지 몰라 난감한 표정으로 입술을 달싹였다.

그런 운혜를 바라보며 청명이 입을 열었다.

"저… 운혜 사손."

"예?"

청명은 미소를 지었다. 따듯한 미소에 운혜의 마음도 조금은 풀어지는 것 같았다.

미소 짓던 청명은 곧 자리에서 일어나 엉덩이를 툭툭 털며 운혜에게 손을 내밀었다.

"…이만 돌아가요."

운혜는 고개를 끄덕이고는 청명의 손을 잡았다.

"네."

＊   ＊   ＊

경일은 조용히 앉아 있었다. 가슴이 쿵쿵 뛰고 있다. 효원을 구하러 오기 전에 나는 왜 그런 말을 했을까? 왜 아버지에게 상처 주는 말을 했을까?

경일은 침울한 눈으로 삼득을 바라보았다. 이대로 아버지가 깨어나시지 않는다면 자신은 평생 스스로를 용서하지 못하게 될 것이다.

'아니, 재수없는 생각은 하면 안 돼.'

삼득이 고개를 저었다.

그때였다.

경일의 앞에 누워 있던 삼득의 입에서 신음 소리가 들려왔다.

"으으음……."

경일은 재빨리 삼득에게로 달려갔다.

"아부지! 아부지!"

삼득은 천천히 눈을 떴다. 눈을 뜨자 보이는 낯선 천장에 몇 번 눈을 깜빡였다. 옆에서 경일의 다급한 목소리가 들려왔다.

삼득은 멍한 눈으로 경일을 바라보았다.

"아부지, 괜찮으세요?"

삼득의 눈이 커졌다. 경일이!

"경일아, 괜찮느냐? 다친 데는, 다친 데 없어?"

"…네."

경일은 울음을 참으며 말했다. 아부지도 참, 효원이나 구할 일이지 왜 갑자기 껴들어선…….

삼득은 잠시 경일의 이곳저곳을 어루만진다며 부산을 떨었다. 아버지는 죽을 뻔했으면서, 그랬으면서 먼저 자신을 살펴보는 모습이 경일의 눈물을 참을 수 없게 했다.

"아부지……."

"효원이는?"

삼득은 얼른 주위를 두리번거렸다.

옆에 효원이 누워 있는 것을 확인한 삼득의 눈에 눈물이 차 올랐다. 삼득은 천천히 부들거리는 손을 뻗어 효원의 얼굴을 어루만졌다.

"구했구나……."

효원을 어루만지던 삼득은 멍한 눈으로 경일을 바라보았다.

"그런데… 왜 안 일어나는 게냐? 왜 이래?"

경일은 씁쓸하게 미소 지었다.

"그냥 잠든 것뿐이래요."

"허어… 그렇구나… 그렇구나……."

삼득은 경일을 바라보았다. 경일의 눈에 찬 눈물을 본 삼득은 한숨을 내쉬었다.

"잘… 잘 끝났구나……."

안도하는 아버지의 얼굴을 바라보는 경일은 가슴이 울컥하는 것을 느꼈다. 왜 안도하는 것일까? 자신이 몸 성히 살아서? 아니면 자신들이 살아서?

"흑, 흑… 아부지……."

결국 경일은 울음을 참지 못하고 눈물을 흘렸다. 그리고 울음을 토해내듯 한마디를 토해내었다.

"죄, 죄송해요……."

"…안다."

삼득이 따뜻하게 미소 지었다. 경일의 마음이 어떤지 잘 알 것 같았다. 삼득은 손을 들어 경일의 어깨를 어루만졌다.

"아비는 다 안다."

"흑… 흑……."

삼득은 경일의 어깨를 쓸어주며 따뜻한 눈으로 효원을 내려다보았다. 첫째도 멀쩡하고, 둘째도 멀쩡하니 다 잘된 일이다. 다 잘되었다.

"으으음……."

삼득의 눈이 커졌다.

"효원아!"

삼득은 효원의 깨어남을 보고는 얼른 효원의 얼굴을 바라보았다. 경일 역시 다급히 효원에게로 다가갔다.

효원은 멍하니 눈을 떴다. 장시간 정신을 잃고 있어 쉽게 다른 생각이 들지 않았다.

아버지의 얼굴이 보인다.

"아버… 지?"

"그래, 효원아, 괜찮느냐?"

아버지다……. 효원은 안도감을 느끼고는 눈물을 흘렸다.

"흑… 아부지… 흑… 아부지……."

"그래, 다 잘되었다… 다 잘되었다……."

＊　　　＊　　　＊

청명과 운혜가 관제묘로 돌아왔을 때는 이미 시간이 깊어 있었다.

관제묘의 앞에는 운풍자와 추걸개가 서 있었다. 마교도를 놓치고 돌아왔을 때에는 이미 삼득과 효원, 경일이 천천히 깨어나고 있을 시점이었다. 그 이후 추걸개와 운풍자는 관제묘 밖에 앉아 운혜와 청명을 기다렸다.

묘 안에서 짧게나마 다시 만난 기쁨을 느끼고 있을 부자를 방해하고 싶지 않았던 탓이다.

관제묘 앞에 서 있는 운풍자와 추걸개를 본 운혜는 얼른 얼굴과 옷매무새를 정리했다. 그리고는 아무렇지도 않은 듯 입을 열었다.

"다른 분들께서는 다 괜찮으신가요?"

"으흠……."

추걸개는 한숨을 내쉬었다. 추걸개의 옆에 묵묵히 서 있던 운풍자가 대신 입을 열었다.

"괜찮다."

"…예."

운혜가 알았다는 듯 고개를 끄덕이자 운풍자는 운혜에게서 시선을 돌려 청명을 바라보았다.

청명의 얼굴을 살펴본 운풍자가 입을 열었다.

"사조께서는 괜찮으신지요."

"네."

청명이 대답했다. 아직은 기분이 완전히 나아지질 않아 조금은 우울한 얼굴이었다.

"다행입니다."

운풍자의 무표정한 얼굴 속에 조금씩 안도가 깃들었다. 만약 사조께서 무슨 해라도 입었다면 조사(祖師)를 뵐 면목이 없었으리라. 물론 섬을 수십 개로 나누어 날리신 사조의 능력을 볼 때 사조께서 다치실 일은 없어 보였지만…….

청명의 검을 떠올린 운풍자의 얼굴이 의구심으로 젖어 들어갔다.

"사조님."

"네?"

"아까 전에……."

조금 전의 상황을 떠올린 운풍자는 말을 잇지 못하고 침을 꿀꺽 삼
켰다.

운풍자의 목소리에 추걸개의 얼굴도 청명을 바라보았다. 내심 추걸
개도 그 사실을 궁금해하고 있었던 것이다.

"조금 전에 보이신… 검술이……."

"네."

"…무엇인지 여쭈어도 됩니까."

청명의 얼굴이 조금은 펴졌다.

"그건 검술이 아니에요."

운풍자는 물론이거니와 추걸개의 얼굴까지 당혹으로 물들어갔다.
그게 검술이 아니라면 도대체 무엇이란 말인가?

"그럼……?"

"마음이 검과 닿게 되면 뜻이 서는 대로 이루어지게 된답니다."

운풍자의 얼굴이 굳어졌다. 선문답 같은 사조의 말씀을 더 이상 알
아듣지 못한 탓이었다.

하지만 추걸개의 얼굴은 그 반대로 경악으로 물들어가고 있었다.

마음으로 검을 움직일 수 있다는 것은 사물에 뜻을 부여할 수 있다
는 소리다. 그럼 군이 검이 아니라 천하 만물에 뜻을 부여할 수 있으니
내키면 어떤 일이든지 못할 까닭이 없는 것이다.

추걸개의 입에서 한탄 섞인 신음이 새어 나왔다.

"천하제일인(天下第一人)……."

아니, 천하제일인으로도 모자라다. 아마 고금제일인(古今第一人)이
지 않을까?

추걸개는 입을 다물었다. 머리 속으로 청명의 신위에 대해 생각했

다. 아무도 추걸개의 상념을 방해하지 않았다.

운혜는 현무 진인을 생각했고, 청명은 운혜를 생각했다.

잠시 침묵이 흘렀다.

곧 평소와 다를 바 없는 목소리로 기운차게 추걸개가 입을 열었다.

"으하하핫! 어찌 되었든 일이 이리 잘 끝났으니 하늘의 복일세. 이제 그만 돌아가세나."

"…그러지요."

운풍자가 맞장구를 쳤다.

"아이구, 삭신이 쑤시는 게 진짜 은퇴를 해야 할까 보이. 아무튼 은퇴전은 거하게 치렀네."

"푸흡!"

추걸개의 농에 운혜는 웃음을 참으며 큭큭거렸다. 운혜가 웃자 청명 역시 웃음을 띠었다.

잠시 상황을 보던 운풍자는 묵묵히 고개를 끄덕였다.

"일단 들어가 봅시다."

"으하핫, 그러세나!"

관제묘 안으로 들어가는 운풍자의 뒤를 따라 청명과 운혜는 걸음을 옮겼다.

삐그덕—

문이 열리는 소리에 삼득은 시선을 돌렸다. 늙은 거지와 무당의 도사님들이 들어오고 있었다.

삼득은 얼른 자리에서 일어나 땅바닥에 엎드렸다.

"우리 아들을 살려주셔서 정말 감사합니다."

“…일어나십시오.”

운풍자는 무표정한 얼굴로 삼득을 일으켜 세웠다. 일이 끝났다고 안심하고 있을 수만은 없었다. 성 도우의 집에서 보았던 마교의 노인이 아직까지 남아 있는 것이다.

더군다나 그 노인은 운혜의 정체를 이미 짐작한 것 같았다.

최대한 빨리 자리를 떠나야 할 것 같아 운풍자는 서둘러 삼득을 일으켜 세우고는 작은 주머니를 꺼내어 삼득에게 쥐어주었다.

“이것을 받으시오.”

“이게 뭡니까?”

삼득은 의아한 얼굴로 주머니를 받았다.

“그걸 가지고 균현에 있는 무당산으로 가시오. 지금 댁에는…….”

운풍자의 목소리가 딱딱하게 굳었다.

“…댁에 다른 무리가 더 있을지 모르오. 댁으로는 돌아가시지 않는 것이 좋겠소이다.”

“예, 그리하지요.”

삼득은 고개를 끄덕이고는 주머니를 열어보았다. 주머니에는 은자 열댓 개와 금자 두어 개가 있었다. 평민으로서는 만져 보기 힘든 커다란 금액 앞에 삼득의 눈이 커졌다.

“저… 저…….”

“…받으시오.”

운풍자의 무표정한 얼굴이 살짝 비틀렸다. 억지로 미소를 지어보려 한 것이지만 무표정한 얼굴에 입술만 비틀리니 아니 한만 못하게 되었다.

운풍자는 삼득을 바라보았다.

“생강 밭은… 정말 죄송하오.”

“아닙니다, 아닙니다.”

삼득은 황급히 머리를 숙였다.

옆에서 그 모습을 바라보던 추걸개가 껄껄 웃었다.

“으하하핫, 이제 가세나!”

“그러지요.”

일행은 걸음을 옮겼다.

청명은 하늘을 바라보았다. 바뀌었던 인연이 다가올 때가 되었다. 당분간 운혜와 운풍자와 떨어져야 할 시점이 된 것이다.

청명은 조금은 우울한 심정이 되어 땅을 내려다보았다. 언젠가, 아니, 머지않아 돌아올 테지만 그동안 운혜 사손을 볼 수 없게 되었다는 사실이 못내 섭섭했다.

‘가지 말까?

인연을 거부할까? 거부해도 될까? 거부할 수 있을까?

청명은 고개를 저었다. 그것은 도가 아니다. 인위적으로 무엇을 바꾸려 하는 짓은 해서는 안 되는 일이다.

상념의 끝에서 청명은 우울한 얼굴로 운혜를 바라보았다.

모든 일이 잘 끝났다는 안도감에 한숨을 내쉬고는 조금은 가벼운 마음으로 걸어가는 운혜가 보였다.

청명은 뒤에서 운혜의 어깨를 톡톡 쳤다.

“네?”

운혜는 의아한 얼굴로 뒤를 돌아보았다. 뒤에는 왠지 모르게 섭섭해하는 얼굴의 청명이 자신을 바라보고 있다.

또 왜 저럴까?

운혜는 괜히 불안한 마음이 들어 고개를 절레절레 저었다. 일이 잘 끝났는데 불안하고 자시고 할 일이 어디 있단 말인가!

말이 씨가 된다고, 불안한 마음이 현실이 될 것만 같아 운혜는 억지로 머리를 비웠다.

"저, 무슨 일이에요, 사조님?"

"……."

운혜의 목소리를 들은 운풍자는 뒤를 돌아보았다. 그리고는 조용히 청명을 바라보았다.

운풍자의 눈에 청명이 중얼거리는 것이 보였다.

"…운혜 사손."

"네?"

청명은 우울한 얼굴로 품을 뒤적거렸다. 품 안에는 평촌에 처음 들어올 때 구입했던 여성용 노리개가 들어 있었다. 청명은 품을 뒤적거려 꺼낸 노리개를 조심스럽게 들어올려 만지작거렸다.

"좋아하는 사람에게는 가장 소중한 것도 준다고 했었지요?"

"네."

청명은 미소를 지었다. 부드러운 미소에 운혜의 마음이 조금은 편해졌다.

청명은 노리개를 운혜에게 건네었다.

"이거 줄게요."

"…네?"

편안하게 청명을 바라보던 운혜의 얼굴이 순식간에 붉어졌다. 좋아하는 사람에게는 가장 소중한 것을 준다고 했었던 건 사실이다. 그렇다면 사조께서 노리개를 주시는 이유는 자신이 좋다는 말 아닌가!

운혜는 얼굴을 붉히고는 고개를 숙였다.

"저… 저는……."

"이거 줄게요."

운혜의 말을 끊고 청명이 중얼거렸다.

청명의 마음은 조금은 아쉬운 상태였다. 예쁜 것이어서 가지고 싶었지만 운혜 사손의 말대로 좋아하는 사람에게는 가장 소중한 것이라도 주어야 한다.

청명이 작게 중얼거렸다.

"받아요."

운혜는 붉어진 얼굴로 조그맣게 고개를 끄덕이고는 노리개를 받아들었다. 노리개에 묻어 있는 사조의 온기가 느껴졌다.

그 온기에 다시 부끄러워진 운혜는 살짝 청명의 눈치를 보았다. 청명은 여전히 미소를 짓고 있었다.

"난 운혜 사손이 좋아요."

"……."

운혜의 얼굴이 화악 붉어졌다.

운혜는 부끄러운 표정으로 청명을 바라보고는 입을 열었다. 하지만 왠지 모르게 청명이 위태로워 보여 말을 하려다 말고 운혜는 입을 다물었다.

"……."

운풍자는 청명이 운혜에게 노리개를 전해주는 모습을 바라보았다. 운풍자는 자신의 소매 속에 있는 옥가락지를 생각했다. 왜 그것이 떠올랐는지는 모르겠지만 머리 속에는 옥가락지 생각이 떠돌고 있었다.

운혜의 당혹한 얼굴과 운풍자의 수심 어린 얼굴을 바라본 청명은 해맑은 미소를 지었다. 모두들 곧 보게 될 것이다. 아마도.

"그럼 다음에 봐요."

"예?"

이해하지 못할 소리에 운혜는 멍하니 청명을 바라보았다.

운혜와 청명을 씁쓸한 눈으로 바라보던 운풍자의 입에서 다급한 목소리가 튀어나왔다.

살기(殺氣).

운풍자는 살기를 감지한 것이다. 동시에 추걸개도 경호성을 내질렀다.

"잠깐!"

"잡게!"

그와 동시에 청명의 뒤에서 불쑥 나타난 사내로 인해 청명은 한순간에 뒤로 물려지고 말았다.

"잡아!"

추걸개가 소리 질렀다.

추걸개의 옆에 서 있던 삼득은 얼른 경일과 효원을 품 안으로 끌어안았다.

운풍자는 재빨리 검을 들어올리고는 뒤로 사라지는 청명에게 달려갔다. 아니, 달려가려 했다.

운풍자는 몇 걸음 걷지 못해 걸음을 멈추었다.

"무, 무량……."

살기가 느껴지는 곳은 한두 군데가 아니었다. 그리고 그것을 증명하기라도 하듯 이곳저곳에서 불쑥불쑥 흑의인들이 튀어나오기 시작했다.

어느새 주위는 새카맣게 포위되어 있었다.

"……."

삼득은 당황한 얼굴로 주위를 둘러보았다. 아까도 죽을 고생을 다 했는데 이번엔 아까보다 수십 명은 더 많아 보인다. 아이들을 안고 있는 삼득의 팔에 힘이 더해졌다. 그 온기에 삼득은 조금씩 마음이 진정되는 것을 느꼈다.

"…이… 이게 무슨……?"

"도망치게."

굳은 얼굴로 추걸개가 말했다. 하지만 삼득도 운풍자도 쉽사리 걸음을 옮기지 못했다.

"일단 도망쳐!"

추걸개는 후방의 흑의인에게로 달려갔다. 여기서 음화신녀를 붙잡히게 둘 수는 없는 노릇이었다. 어떻게든 퇴로를…….

"헛!"

추걸개의 걸음이 멈춰졌다. 마교도 사이에서 추레한 노인이 걸어오고 있었다.

"헐헐……."

"……."

추걸개의 얼굴이 단숨에 구겨졌다. 저 얼굴은 어디서 본 얼굴이다. 기억이 맞다면 아마도…….

"넌 만두?"

"……."

귀곡자의 얼굴 역시 구겨졌다. 추잡스럽게 들리는 호칭이었다, 하필이면 만두라니.

하지만 생각해 보면 웃기기도 했다. 평촌에 처음 들어설 때 마주쳤던 저 거지의 생의 끝에는 자신이 서 있게 될 것이다.

"헐헐, 그렇소. 오랜만이구려."

귀곡자는 추걸개를 바라보며 웃음을 터뜨리고는 뒤에 서 있는 운풍자를 바라보았다.

어제 결전을 펼쳤던 무당의 도사가 서 있는 모습을 바라본 귀곡자의 얼굴에서 웃음이 새어 나왔다.

"헐헐, 어제는 대단했네."

"……."

무표정한 얼굴을 한 운풍자가 귀곡자를 바라보았다. 아니, 정확히는 그 뒤에 서 있는 마규상을 바라보고 있었다.

마규상은 청명의 목에 검을 대고 있었다. 여차하면 죽이려는 듯, 아니, 어떻게 해야 할지 모르겠다는 듯 청명을 잡고 있었다.

잠시 냉정한 눈으로 상황을 바라보던 추걸개가 껄껄 웃으며 입을 열었다.

"으하핫, 만두 하나도 아까워하던 쪼잔한 사람답게 쪽수도 이렇듯 많이 끌고 왔구먼! 그렇게 소심해서 어떻게 세상을 사나, 이 사람아!"

"……."

귀곡자의 굳은 얼굴을 바라본 추걸개는 호탕하게 웃음을 터뜨렸다.

"으하핫, 아무리 늙었다지만 사내라면 모름지기 대범해야지! 그러지 말고 우리끼리 해결을 보는 것은 어떻겠나?"

추걸개의 눈빛이 빛났다. 귀곡자가 음화신녀를 모를 것이라고 생각한 추걸개의 도박이었다.

하지만 귀곡자는 이미 운혜가 음화신녀라는 사실을 잘 알고 있었다.

그리고 그 사실을 잘 알고 있는 운풍자는 조용히 검을 빗겨 들었다.

챙—

"…헐헐……."

검명이 들려오자 귀곡자는 다시 한 번 헐헐 웃고는 중얼거리듯 입을 열었다.

"더 말해봐야 피차 귀만 가렵겠지. 다음 생에 만나면 내 만두는 꼭 사드리리다."

추걸개의 얼굴이 딱딱하게 굳어졌다.

귀곡자는 무심한 얼굴로 추걸개를 바라보며 중얼거렸다.

"음화신녀를 모셔라. 나머지는……."

운풍자는 부드럽게 운검을 들어올렸다. 추걸개 역시 마찬가지였다. 추걸개와 운풍자가 보호하듯 둘러싼 운혜는 슬픈 눈으로 청명을 바라보고 있었다.

'사조…….'

운혜의 시선에 마규상의 앞에 서 있는 청명이 보였다.

귀곡자가 마침내 명을 내렸다.

"모두 죽여라!"

"손녕!"

스르릉— 챙!

수십 명의 복면인이 외쳤다. 살기와 함께 도명(刀鳴) 역시 울려 퍼졌다.

그리고 그와 동시에 낭랑한 청명의 목소리가 울려 퍼졌다.

"하지 마요!"

움찔!

긴장한 마규상의 몸이 흔들렸다. 청명의 능력을 직접 눈으로 본 마규상은 불안한 듯 입을 열었다.

"…당주."

마규상의 목소리에 귀곡자가 뒤를 돌아보았다.

침착하기로 소문난 염화삼대주가 저렇듯 불안해하는 것을 보니 저 아이에게 뭔가가 있긴 있나 보다.

만약 그 능력이 정말 삼대주의 말대로라면 오늘의 행사는 망치고도 남음이 있다.

귀곡자는 짐짓 여유로운 체하며 입을 열었다.

"뭐 할 말이라도 있나?"

청명은 무심한 눈으로 귀곡자를 바라보았다.

"모두 움직이지 말아요."

"헐헐… 움직이겠다면 어찌시겠소?"

아직까지 여유롭다는 듯 말하고 있었지만 청명의 무심한 눈길과 마주친 귀곡자의 간담은 서늘해졌다. 청명의 선기가 귀곡자의 사기를 올올히 옭아매고 있었다.

귀곡자는 긴장한 듯 침을 꿀꺽 삼켰다.

청명의 눈동자는 잠깐 귀곡자의 뒤에 선 운혜를 향했다. 그리고 다시 귀곡자를 바라보았다.

그 무심한 눈동자에 귀곡자의 팔이 살짝 떨렸다. 귀곡자는 떨리는 팔을 등 뒤로 돌려 감추었다.

마침내 청명이 입을 열었다.

"막을 거예요."

"……."

청명의 얼굴에 작은 웃음이 피어올랐다.

인연을 바꿀 수도 없고 자연에서 벗어나 인위를 추구할 수도 없지만 마음이 흐르는 길을 막을 필요는 없다.

마음은 운혜 사손을 구하라고 말하고 있었다.

귀곡자는 멍한 눈으로 청명의 웃음을 바라보았다. 그리고는 얼른 고개를 돌렸다.

마음이 복잡해졌다. 자신의 마기를 누른 방금의 기운으로 저 아이에게 무엇인가 있다는 것을 알았다. 하지만 그 능력을 눈으로 보지는 못했다.

귀곡자는 눈짓으로 비화대의 누군가를 가리켰다.

귀곡자의 신호를 받은 흑의인은 머리를 까닥 숙여 보이고는 도를 들고 운혜에게로 달려나갔다.

"헛!"

챙— 서걱!

쇠가 잘리는 소리가 들려왔다.

그리고 무엇이 무엇을 잘랐는지 잘 아는 귀곡자는 부릅떠 찢어질 것 같은 눈으로 뒤를 돌아보았다.

마규상의 허리에 걸려 있던 도가 이느새 사라져 있었디.

그리고 음화신녀에게 달려가던 흑의인의 도는 깔끔히 잘려 있었다.

흑의인의 도를 자른 마규상의 도는 공중에 둥실둥실 떠 있었다. 다름 아닌 바로 자신의 앞에서.

청명은 다시 귀곡자를 바라보았다.

"아무도 움직이지 마요. 움직이면……."

중얼거리던 말이 늘어졌다. 잠시 말을 멈춘 채 살짝 구겨지는 청명의 얼굴에 알게 모르게 공포감에 휩싸여 있던 귀곡자의 간담이 다시 서늘해졌다. 저런 능력이라면 오늘의 행사에 참여한 교도들은 모두 죽는다.

하지만 귀곡자의 걱정과 달리 청명은 다음에 이을 말이 어색해 고민하는 것뿐이었다. 마침내 적당한 말을 찾아낸 청명이 중얼거렸다.

"혼내줄 거예요."

"……."

정적이 흘렀다.

모두가 침묵하고 있을 때 그 침묵을 깬 것은 운혜였다.

"풉."

운혜의 웃음소리가 들려왔다. 운혜는 재미있다는 듯 청명을 바라보았다.

"푸, 흡……."

운혜는 웃음을 참으며 청명을 바라보았다.

웃음을 참는 운혜의 모습에 청명은 눈을 동그랗게 뜨고 이상하다는 듯 고개를 갸웃거렸다.

운혜는 어느새 깔깔 웃고 있었다.

"호호, 사, 사조님… 그때는 '죽여 버리겠다' 라고 말하는 게 더 효과적이라고요."

운풍자의 얼굴이 딱딱하게 굳어갔다. 추걸개 역시 마찬가지였다. 하지만 운혜의 얼굴은 여전히 웃는 채였다.

"그런가요?"

청명의 목소리가 들려오자 운혜는 짐짓 험상궂은 얼굴을 지어 보이며 말했다.

“그럼요. 따라해 보세요. ‘죽여 버리겠다!’”

청명은 고개를 갸웃거리며 운혜의 험상궂은 표정을 바라보았다. 그리고는 곧 운혜를 흉내 내며 이맛살을 찌푸렸다.

“죽여 버리겠다!”

청명이 되지도 않는 인상을 쓰며 말하는 모습이 우스워 운혜는 다시 웃음을 터뜨렸다.

“호호홋! 그, 그렇게 하세요… 풉… 다음부터는요.”

“네.”

운혜의 고운 웃음을 본 청명은 웃으며 고개를 끄덕였다.

운혜는 조용히 청명을 바라보았다.

“다시 돌아오실 건가요?”

“네.”

“…오실 수 있고요?”

옆에서 운풍자가 당황한 듯 운혜의 어깨를 잡았다. 하지만 운혜의 말은 멈춰지지 않았다.

청명은 미소를 지으며 고개를 끄덕였다.

“네.”

“잘… 다녀와요.”

“그럴게요. 운혜 사손도 잘 있어야 돼요?”

운혜는 다시 미소를 머금었다.

“예, 그럴게요.”

운풍자는 당혹한 얼굴로 운혜를 바라보았다.

“사매, 그래서는 안 된다. 사조께서 아니 계시면 사매는…….”

“괜찮아요.”

조금 전의 대화를 떠올린 운혜의 얼굴에서 미소가 피어올랐다. 괜찮을 거다. 사조를 믿자.

"이제 우리는 가요."

"엥?"

어이없다는 얼굴로 추걸개가 반문했다. 신선이 없으면 이 여도사는 죽는다고 하지 않았던가?

운혜는 자연스럽게 몸을 뒤로 돌리고 걸어갔다.

마교도 중 누구도 그것을 막지 못했다.

귀곡자의 얼굴 앞을 맴도는 도는 아직도 공중에 둥실 떠 있는 상태였다.

"헐… 헐……."

귀곡자는 허탈하게 웃음 지었다.

그 웃음에 청명도 미소를 지었다.

"자, 이제 저를 마교로 안내해 주세요."

"……."

당혹스러운 귀곡자의 눈이 재빨리 청명을 향했다. 마교도들 역시 마찬가지였다.

*   *   *

운혜가 앞장서자 운풍자와 추걸개는 그 뒤를 다급히 따라나섰다.

마교도들 틈을 벗어나자마자 운풍자는 심각한 얼굴로 입을 열었다.

"사매, 사조께서 돌아오시지 않으시면 어찌하려고……."

운혜는 청명이 준 자그마한 노리개를 살포시 쥐었다.

“오실 거예요.”

“…사조께서 없으면 사매는……!”

“사형.”

운혜는 운풍자를 바라보았다. 운풍자의 무표정에서 걱정을 읽어낸 운혜는 미소를 지었다.

“잘될 거예요.”

“……..”

운풍자는 이해할 수 없다는 듯 운혜를 바라보았다. 아닌 게 아니라 진짜 이해할 수 없었다. 사매는 왜 갑자기 이렇게 사조를 철저히 믿게 된 것일까?

운풍자는 멍하니 운혜를 바라볼 수밖에 없었다. 그 모습을 지켜보던 추걸개가 입을 열었다.

“일단 이곳을 피하세. 선인께서 당분간은 저들을 막아내실지 몰라도 영원히 막을 수는 없으니 일단 자리를 피해야 할 걸세. 추적이 있을지 모르니 흔적도 지워야 하고.”

“……..”

맞는 말이다. 정신을 차린 운풍자는 고개를 끄덕였다. 그리고는 고개를 돌려 자신들의 뒤에 서 있는 삼득과 경일, 효원을 바라보았다.

그리고는 길게 읍하며 말했다.

“그간 실례가 많았소이다.”

“아니요, 도리어 저희가 더 감사합니다.”

삼득도 머리를 숙였다.

“그럼 서두르세! 일단 합비로 가세나!”

추걸개는 재빨리 걸음을 옮겼다. 추걸개의 뒤를 따르기 전에 운혜는 살포시 미소를 지으며 삼득에게 머리를 숙였다.

삼득도 재빨리 머리를 숙였다.

"감사합니다, 도사님들."

"무량수불."

도호를 읊은 운풍자는 삼득을 바라보며 다시 입을 열었다.

"가내에… 복이 있으시길 바랍니다."

삼득은 다시 고개를 끄덕였다.

"도사님들도 하시는 일 하나하나가 모두 잘되시길 바랍니다!"

"…무량수불!"

도호를 읊는 낭랑한 운혜의 목소리가 울려 퍼졌다. 그리고 곧 추걸개와 운풍자, 운혜는 자리를 떠나갔다.

삼득은 그 뒷모습을 바라보며 쓸쓸히 서 있었다.

"……."

뒤에서 아버지의 뒷모습을 바라보던 경일이 중얼거렸다.

"이제 집도 절도 없으니 우리도 거지가 다 됐수 그래."

삼득은 천천히 몸을 돌리고는 미소 지었다.

"그래도 돈도 벌었고 균현에 살게도 해주신다잖느냐. 오히려 잘됐지, 뭘."

경일이 미소 지으며 고개를 끄덕거렸다.

"그러게요."

삼득은 웃으며 경일을 바라보았다. 경일이 멋쩍다는 듯 중얼거렸다.

"아니, 왜 그러우? 그런 시선으로……?"

"경일아, 아비 맘 알지?"

경일은 손사래를 쳤다. 쑥스러운 마음에 얼굴이 빨개졌다.

"알아요, 알아."

"……."

삼득은 경일을 보고 미소를 짓고는 이번엔 효원을 바라보았다.

"효원아."

"예?"

"아비가 까막눈인 것이 싫더냐?"

효원은 아버지가 뭘 말씀하시는 건지 몰라 잠시 어리둥절했다.

"아버지, 갑자기 무슨……?"

삼득은 짐짓 엄한 표정을 지었다.

"왜 아비가 사준 책을 보지 못했던 것이라 하였더냐?"

"어… 저……."

효원은 대답할 말을 찾지 못하고 우물쭈물했다.

"아니요, 아버지. 그건……."

"……."

삼득의 엄한 표정이 풀어지지 않자 무언가 변명거리를 찾던 효원은 포기한 듯 어깨를 늘였다.

"죄송해요."

효원이 죄송스럽다는 듯 고개를 숙이며 입을 여는 모습에 심짓 엄한 표정을 짓던 삼득의 얼굴이 조금씩 풀어졌다.

조금씩 풀어지던 삼득의 얼굴은 이내 미소로 바뀌더니 곧 커다랗게 웃음을 터뜨렸다.

"으하핫! 우리 아들 마음이 거짓말보다 따듯하구나!"

그 웃음을 바라보던 경일이 서둘러 말했다.

"서둘러야 돼요, 아버지. 아까 못 들으셨수? 시간이 없다구요."

삼득은 고개를 끄덕였다. 안도감에 취해 있었지만 안도감에 취할 때
는 아니었다.

"그래, 이만 가자."

하지만 왠지 모르게 모든 일이 잘될 것 같았다. 삼득은 고개를 끄덕
이고는 걸음을 옮겼다.

"그런데 네 꿈은 뭐냐?"

3장

제1화 천기신사(天記神士) 경취취(庚聚鷲)

“우와! 너무 높아요!”

청명은 깎아지른 듯한 벼랑 위에 서 있었다.

운귀고원(雲貴高原)이라 불리는 귀주성(貴州省)의 고원은 험난하기로 이름 높다.

고원이라는 이름이 붙었지만 오랜 침식의 영향으로 들쑥날쑥하기로 유명한 귀주성은 중원 가운데 낙후된 지역이기ㄴ 하지만 그만큼 인간의 손길이 적게 닿아 아직 자연의 위대함이 남아 있는 지역이기도 했다.

청명은 그중에서도 이곳 귀곤산(貴昆山)의 끄트머리에 서 있었다.

“이야아!”

청명은 환호성을 질렀다. 굳이 운검을 타지 않아도 이렇듯 높은 곳에서 하늘을 바라보며 소리를 지를 수 있으니 가슴속 깊이 시원함이 밀려왔다.

산 밑으로 군데군데 긴 구름 사이로 자그마한 소로가 보였다.

소로 위에는 평범한 마의를 덧대어 만든 두터운 옷을 입은 마규상이 무뚝뚝한 표정으로 서서 환호성을 지르는 청명의 뒷모습을 바라보고 있었다.

“…….”

너무나 태평하다.

저 소년 도사, 아니, 신선은 너무나 태평하다. 아무리 제 능력이 대단하다지만 그래도 정파의 인물로서 마교로 간다는 것은 상당히 많은 기백과 담력을 필요로 할 텐데, 저 소년은 태평하다 못해 아주 널널해 보인다.

마규상은 인상을 찌푸렸다.

팔 일 전.

귀곡자의 앞에서 빙글빙글 돌던 도는 귀곡자를 겨눈 채로 더 이상 움직이질 않았다. 잠시 도를 노려보던 귀곡자는 시선을 바꾸어 이번엔 청명을 노려보았다.

목숨이 아까운 것이 아니다. 굳이 목숨 때문이라면 그쯤은 포기해도 그만이다. 하지만 목숨을 버려도 별다른 이득이 있을 것 같지는 않다.

이기어검(以氣御劍)을 자유자재로 펼치는 것을 보아선 모두가 덤벼들어도 상대가 될 것 같지가 않다.

“…….”

귀곡자의 시선을 마주한 청명은 빙긋 미소를 지었다.

백련교로 가자. 비록 운혜 사손과 헤어져야 하고 세상에 내려와 처음으로 혼자 몸이 되겠지만 인위적으로 인연을 막을 수 없어 울며 겨자 먹기로 따르는 셈이지만 백련교로 가자.

가서 인연의 고리를 확인하고 오자.

청명은 다시 빙글빙글 웃으며 중얼거렸다.

"이제 저를 백련교로 안내해 줘요."

"…원하는 것은… 그것뿐이오?"

귀곡자가 싸늘한 목소리로 입을 열었다. 그 대답에 청명은 해맑게 웃으며 고개를 끄덕였다.

"네."

"……."

귀곡자의 눈빛이 조금 달라졌다. 고작 백련교로 안내해 달라는 거라면 뜻대로 해줄 수 있다. 아니, 어쩌면…….

'더 잘되었을지도 모른다.'

귀곡자는 머리를 굴렸다. 음화신녀의 위치와 외모, 행방은 짐작이 간다. 비록 지금이 아니라도 추후에 잡을 수 있으리라. 만약 실패한다고 해도 그것은 그것 나름대로 좋다. 아마 그것도 재미있는 일이 될 것이다.

그리고 이 소년, 아니, 이 특이한 능력의 도사가 본 교로 간다면…….

잠시 생각에 빠져들었던 귀곡자는 너털웃음을 터뜨렸다.

"헐헐헐, 그대의 뜻이 그렇다면 뜻대로 해야겠지요."

"고마워요."

청명은 방긋 웃으며 고개를 끄덕였다.

귀곡자는 그대로 시선을 돌려 마규상을 바라보았다. 딱딱하게 굳은 염화삼대주의 얼굴을 바라보던 귀곡자는 수염을 긁적거렸다.

"대주는 들으시게."

"…말씀하십시오."

마규상은 무심한 얼굴로 귀곡자를 바라보며 부복했다.

귀곡자는 헐헐 웃으며 그런 마규상을 바라보았다.

"이분의 뜻이 이러하니 마땅히 따라야겠지. 자네는 이분을 본 교로 안내하게."

"……"

마규상의 얼굴이 구겨졌다.

"제 능력으로는… 불가합니다."

"…비화대를 붙여주지."

흠칫!

귀곡자의 뒤에 서 있던 일영(一影)의 그림자가 순간적으로 흔들렸다. 조금 전 귀곡자의 눈짓에 검을 날려보았다가 순식간에 애도(愛刀)의 자루와 도신이 분리되는 아픈 경험을 했던 바로 그 복면인이었다.

귀곡자는 이번엔 일영을 바라보았다.

"상황이 이러하니 내 비록 자네의 직속 상관은 아닐세만 명을 내려야겠네. 헐헐헐."

"…그리하십시오."

"비화대 애들 몇몇을 붙여주게나."

흠칫!

이번엔 수 명의 복면인의 몸이 움찔거렸다.

가기 싫다. 이기어검을 부리는 정파 고수와 동행하는 것을 흔쾌히 웃으며 응낙할 교도는 아마 없을 것이다.

하지만 애석하게도 비화대주 일영은 고개를 끄덕였다.

"그리하겠습니다."

"헐헐헐."

귀곡자는 이제 완전히 여유를 찾았다. 생각을 정리한 지금으로써는 저 선인이 본 교로 가기 싫다고 해도 발을 붙잡고 가달라고 빌고 싶은 심정이었다.

귀곡자는 아직도 공중에 떠 자신을 겨누고 있는 도를 툭툭 쳤다.

"이제 되었을 테니 이것을 좀 치워주지 않겠소?"

"네, 그럴게요."

청명은 방긋 웃으며 고개를 끄덕였다.

귀곡자를 겨누던 도는 부드럽게 곡선을 그리며 날아 마규상의 도집에 사뿐히 들어갔다.

도가 갑자기 자신에게 날아오자 냉막한 얼굴과는 달리 크게 놀랐던 마규상은 한숨을 내쉬었다. 하마터면 죽는 줄 알았다.

"휴우……."

한숨 소리를 들은 귀곡자가 마규상을 노려보았다.

"…간도 작구나, 이놈."

"죄송합니다, 당주."

마규상이 머리를 숙이자 귀곡자의 이맛살이 찌푸려졌다. 음화신녀를 잡으려면 저 도사가 서둘러 떠나줘야 하는데 그를 데리고 가야 할 놈이 어지간히 눈치도 없다.

"아, 명을 들었으면 바로 출발하는 게지 뭣 하러 지금까지 붙어 있누? 어서 출발하게."

“…….”

마규상은 고개를 끄덕였다.

지금 자리를 비운 무당의 도사들은 이미 먼 곳으로 대피한 후일 터였다. 서둘러 음화신녀를 잡아야 하는 지금 여기서 더 지체할 이유가 없다.

귀곡자 역시 바로 그런 심산으로 재빨리 출발하라고 종용한 것이었다.

하지만 귀곡자의 생각이 너무 짙었는지 생각은 공기를 타고 청명의 마음속으로 전해지고 말았다.

청명은 볼을 부풀렸다.

“안 갈래요.”

“뭐요?”

귀곡자의 얼굴이 당황으로 굳어졌다.

청명은 볼을 부풀리며 사선으로 시선을 곱게 내리깔았다. 그리고는 뾰로통한 어투로 말을 내뱉었다.

“내가 가면 운혜 사손을 쫓아갈 거잖아요.”

“…….”

귀곡자의 눈이 다시 한 번 부릅떠졌다.

‘생각을… 읽었나?’

“헐… 헐…….”

귀곡자는 놀란 표정으로 청명을 바라보며 허탈하게 웃었다.

‘아니면… 심기가 깊은 것인가?’

귀곡자는 청명의 눈을 바라보았다. 하지만 순진한 청명의 눈동자는 똘망똘망하게 빛날 뿐이었다. 아무래도 서둘러 음화신녀를 잡으러 떠나려는 자신의 임기응변을 알아챈 것 같지는 않다.

귀곡자의 눈이 심유해졌다.

'그럼 정말 생각을 읽었나?

"……."

청명은 그런 귀곡자의 반응을 흘끗 보고는 눈을 가늘게 떴다. 못된 사람이다. 마음에 들지 않는다.

청명은 여전히 볼을 부풀린 채로 중얼거렸다.

"여기서 놀다 갈 거예요."

"예?"

귀곡자의 얼굴이 놀람에서 의아함으로 변했다. 지금 출발하지 않겠다는 것은 이해가 되지만 놀다 가겠다는 말은 이해가 되질 않는다.

귀곡자는 멍한 눈으로 청명을 바라보았다.

청명은 이내 해맑게 웃으며 말했다.

"땅따먹기 할래요?"

＊　　　＊　　　＊

운풍자는 굳은 얼굴로 추걸개를 바라보고 있었다.

그것은 추걸개 역시 마찬가지였다.

추걸개의 마음속에서 이 일은 절대 양보할 수 없는 일이었다. 음화신녀의 일은 저 여도사에게는 대단히 미안한 일이지만 무당만의 일이 아니다. 전 정도(正道) 무림의 일인 것이다.

추걸개는 어떻게든 자신의 말을 관철시킬 생각이었다.

"합비(合肥)로 가겠네."

“불가합니다.”

운풍자는 변함없이 굳은 얼굴로 말했다.

불가하다. 강호에 이 일이 알려진다는 것은 강호뿐만이 아니라 마교에도 운혜가 음화신녀라는 것을 밝히는 것이다.

하지만 추결개는 그런 운풍자의 심정을 이해하지 못한 듯 다시 한 번 합비로 갈 것을 주장했다.

“합비로 가겠네. 저 여도사의 문파가 무당파라는 것을 마교에서 알아챘으니 다시 무당으로 갈 수는 없는 노릇일세.”

“알고 있습니다.”

운풍자는 무표정한 눈으로 추결개를 바라보다 시선을 옮겼다. 운풍자의 눈에 노리개를 만지작거리는 운혜의 얼굴이 들어왔다.

운풍자는 다시 시선을 옮겨 추결개를 바라보았다.

“…그래도 의도현으로 가야 합니다.”

“불가하네!”

추결개가 거친 음성을 내뱉었다.

운풍자는 무심한 눈으로 추결개를 바라보았다. 아무래도 추결개를 설득하는 것은 무리일 듯하다. 만약 설득한다고 해도 상황 여하에 따라 그는 강호에 이 사실을 알릴 것이다.

그렇다면 추결개가 강호에 알리기 전에 무당에 먼저 알려야 한다.

“의도현으로 간 이후에는 추결개 선배의 뜻에 따르겠습니다. 하지만 지금 당장은 합비로 갈 수 없습니다.”

“…이익!”

쾅!

추결개가 잇소리를 내며 바닥을 한 번 굴렀다. 은연중에 내공이 실려 있었는지 커다란 소리와 함께 흙먼지가 퍼졌다.

하지만 운풍자의 얼굴은 조금도 변하지 않았다.

"……."

운풍자를 바라보던 추걸개는 시선을 돌려 지금껏 걸어온 길을 살폈다. 지금까지 마교도가 뒤따르지 않는 것을 보면 아직 추적을 시작하지 않은 것일 게다. 그렇다면 추적이 시작되기 전에 어디로든 행보를 정해 도망을 쳐야 한다.

여기서 이렇게 말씨름을 하고 있을 여유가 없는 것이다.

추걸개는 운풍자를 노려보았다.

"그 약속, 지킬 수 있나?"

"…무당에 먼저 알리게만 해주신다면 그 약속은 능히 지킬 수 있습니다."

"그럼 가세! 의도현인지 나발인지!"

추걸개는 불퉁한 얼굴로 중얼거리며 획하니 몸을 돌렸다.

운풍자는 무표정한 얼굴로 추걸개의 뒷모습을 바라보았다. 사실 운풍자는 한숨이 새어 나오고 있었다.

운풍자는 운혜를 바라보았다.

운혜는 고개를 푹 숙인 채 노리개를 만지작거리고 있었다.

운풍자는 잠시 씁쓸한 얼굴로 그 모습을 바라보았다. 소매에는 아직 옥가락지가 있었다.

운풍자는 무심한 얼굴로 입을 열었다.

"가자, 사매."

"…네."

운혜는 고개를 끄덕였다. 하지만 고개 숙인 운혜의 어깨는 처질 대로 처져 있었다.

운풍자는 조용히 운혜의 숙인 고개를 바라보고는 몸을 돌렸다.

운혜는 노리개를 한 번 바라봤다.

세상에 나와 이것저것 신기한 것도 보고 잠깐이지만 보통 사람처럼 농사도 지어봤다. 비록 언제 죽을지 모른다지만 어제까지는 그런 시름도 잊고 살았다.

잠시의 기억을 떠올린 운혜의 얼굴에서 미소가 떠올랐다.

'재밌었는데.'

짧지만 시장도 구경해 봤고 농사도 지어봤다. 지을 적에는 귀찮고 싫더니만 지금은 하루밖에 해보지 못한 것이 후회가 되었다.

이제 자신은 언제 죽을지 모르는 팔자가 되고 말았다. 마교에 얽혔고, 곧 정도 무림에 얽힐 것이다.

정파가 더 낫지 않겠냐고 말할 수도 있겠지만 자신을 죽이려 하는 쪽은 오히려 정도 무림이다. 마교에서는 어떻게든 자신을 살려서 교주 앞까지 데려가야 하니 자신을 죽이지는 않을 것이다.

운혜는 잠시 뒤를 돌아보았다.

무당에 갇혀 언제 죽을지 모르게 된 자신을 구해준 것은 다름 아닌 사조였다. 그리고 자신의 신체를 고쳐 줄 사람도 사조이다.

뒤를 바라보던 운혜는 쓸쓸히 시선을 돌렸다.

'…얼른… 오세요.'

운혜는 곧 운풍자의 뒤를 쫓아가기 시작했다.

*　　　*　　　*

팔 일 뒤.

청명은 다시 뒤를 돌아보았다. 옷을 두툼하게 차려입은 마규상이 보였다. 하지만 이런 멋진 풍경에도 별다른 감흥이 없는지 여전히 무뚝뚝한 표정이었다.

청명이 미소를 지으며 말했다.

"너무 멋져요!"

"……."

마규상은 고개를 끄덕였다. 대꾸를 해주고 싶지는 않았지만 저 도사는 왠지 미운 생각이 들지 않는다. 왜 그런지 몇 번을 되뇌어보아도 그 이유를 찾을 수 없었다.

마규상은 조용히 읊조렸다.

"출발하시지요."

"네."

청명은 살포시 웃으며 고개를 끄덕였다.

청명의 응낙을 받자 마규상은 뒤를 돌아보았다. 뒤에는 똥 씹은 표정으로 일호가 서 있었다.

마규상이 살짝 고개를 끄덕이자 일호는 주위에 있던 비화대원들을 바라보았다.

"출발."

"……."

비화대원들은 움직이지 않았다.

시선을 피해 딴청을 부리는 비화대원을 보는 일호의 얼굴이 딱딱하게 굳어갔다.

일호가 다시 한 번 무거운 입을 떼어 말했다.

"지휘권은 우리 대주에게 있소."

"…출발."

일호의 말이 끝나자마자 비화대주가 읊조렸다. 비화대원들은 그제야 어기적어기적 몸을 일으켜 갈 채비를 마쳤다.

도통 뭐가 될 조짐이 보이질 않는다. 팔 일 전 출발했을 때부터 곱지 않는 눈길이 오더니 이제는 숫제 대주를 무시하고 있었다.

'건방진 놈들.'

일호는 몸을 일으키는 비화대원을 잠시 노려보다 시선을 돌렸다.

마규상은 한숨을 내쉬었다.

"…휴우."

"가요!"

아무것도 모르는 청명만 기운차게 웃으며 걸음을 옮길 뿐이었다.

그리고 가장 빨리 지친 것도 청명이었다. 청명은 죽을 것만 같은 표정으로 마규상을 바라보았다.

'히, 힘들어.'

험난한 산길을 오르락내리락하느라 제정신이 아닐 지경인데 야속한 마 도우는 뒤 한 번 돌아보지 않는다.

청명의 시선을 받은 마규상은 식은땀을 흘렸다. 살짝 바라본 표정으로는 쉬자는 말인 것 같은데 차라리 '쉽시다' 하고 곱게 말해주면 일이 편할 것을 저렇듯 아쉬운 표정으로 바라보기만 하니 난감하고 민망했다.

난감해진 마규상은 청명을 무시하는 방법을 선택했다.

"……."

청명의 볼이 단숨에 부어 올랐다.

쉬다 가고 싶은데 운풍 사손처럼 문파의 제자가 아니니 함부로 말할 수도 없다. 무엇보다 한때 피를 흘리며 싸우는 걸 봐서 그런지 함부로 말했다가는 화를 낼까 봐 무섭다.

"흐에!"

청명은 기운없다는 듯 길게 한숨을 내쉬었다. 그리고는 지친 몸을 움직여 터덜터덜 걷기 시작했다.

그 뒤를 일호와 일호를 곱지 않는 눈으로 바라보는 비화대의 인원이 따랐다.

하지만 일 다경도 걷지 못해 다시 불만 어린 청명의 시선이 마규상을 향했다.

'히, 힘들어……'

청명은 왠지 모를 억울한 눈으로 마규상을 바라보았지만 마규상은 단 한 순간도 뒤를 돌아보지 않고 있었다.

야속한 마규상의 등을 바라보던 청명은 좋은 생각을 떠올렸다. 본래 운혜 사손은 마음을 읽지 말라는 소리만 했지 마음으로 대화하지 말라는 소리는 안 하지 않았던가!

청명은 즐거운 미음으로 마규상에게 마음을 보냈다.

[이제 우리 쉬어요.]

"헉!"

마규상은 재빨리 뒤를 돌아보았다. 뒤에는 초롱초롱한 눈으로 자신을 바라보는 무당의 도사가 있었다.

'이게 무슨……?'

마규상의 표정이 멍해졌다.

하지만 멀쩡히 걷다 말고 당황한 표정으로 멈춰 서서 주위를 둘러보는 마규상의 몸짓은 허황된 것이었다. 이해할 수 없는 것을 만난 마규상의 태도를 비방할 수는 없겠지만 지금은 그저 우스꽝스러운 몸짓밖에는 되지 않았다.

"……."

일호의 표정이 딱딱하게 굳어갔다. 일호는 천천히 뒤를 돌아보았다. 아니나 다를까, 비화대원들의 분위기가 싸늘했다.

일호는 재빨리 대주께 전음을 보냈다.

"몸을 바로 하십시오, 대주."

"…알겠다."

일호의 전음에 놀란 마음을 조금이나마 진정시킨 마규상은 무표정한 얼굴로 비화대원들을 바라보고는 차분히 자세를 바로 했다. 그리고는 냉막한 눈으로 청명을 바라보았다.

획―

청명은 재빨리 고개를 돌렸다. 잠시 침묵이 흐를 동안 눈치를 살살 살폈는데 아무래도 좋지 않은 기분이 든다.

혹시 마규상이 화를 낼까 싶어 청명은 눈을 데굴데굴 굴려 몰래 그를 바라보았다.

"……."

마규상의 시선은 청명의 눈에서 떠날 줄 몰랐다.

"……."

마규상의 시선에 청명의 얼굴이 빨갛게 달아오를 쯤에야 마규상은 천천히 시선을 떼었다. 그리고는 비화대원을 보면서 입을 열었다.

"정지! 잠시 쉬었다 간다."

"…또 쉴 셈이오?"

비화대주가 묵묵히 말했다. 하지만 마규상의 말은 변하지 않았다.

"그렇소."

비화대주는 피식 실소를 흘렸다.

"이렇게 쉬어서 언제 도착하시려고?"

마규상은 싸늘한 시선으로 비화대주를 바라보았다.

"지휘권은 나한테 있소."

"……"

비화대주는 잠시 마규상을 노려보고는 몸을 돌렸다.

"알겠소이다."

마규상은 한숨을 내쉬며 자리에 앉았다.

고원의 칼바람은 찼다.

청명은 곧 추위를 느끼고서는 몸을 달달 떨어야 했다. 다른 무인들이야 내공을 돋우면 된다지만 청명은 내공이라고는 손톱만큼도 없는 인물. 추위가 밀려오면 그대로 순응하고 더위가 밀려오면 그대로 순응해야 했다. 순응이라는 말은 멋지지만 사실 그 소리는 추울 때는 덜덜 떨어야 하고 더울 때는 땀을 흘려야 한다는 소리다.

청명은 옷깃을 여몄다.

'운혜 사손이 있는 곳도 추웠는데……'

청명은 그리운 눈으로 먼 곳을 바라보았다.

*　　　*　　　*

운혜 역시 귀주성 쪽을 바라보고 있었다.

의도현의 작은 객잔에 앉아 있던 운혜는 따듯한 차를 호록거리고는 한숨을 내쉬었다. 손에는 아직 자그마한 노리개가 쥐어져 있었다.

노리개에 묻어 있던 청명 사조의 온기는 사라지지 않았다. 벌써 팔 일의 시간이 흘렀는데도 온기는 고스란히 남아 운혜에게 따듯함을 느끼게 해주었다.

하지만 그것만으로는 부족했을까.

운혜는 벌써부터 피곤함을 느끼고 있었다. 잠을 자는 시간이 많아졌다.

'졸려.'

순음지체의 효능이 다시 발휘되는 것일까?

운혜는 다시 청명 사조를 생각했다. 자신이 살려면 필요한 인물이라고 딱 잘라 말했지만 정말 그것뿐이었을까?

상념에 빠져 있던 운혜를 깨운 것은 객잔의 문이 열리는 소리였다.

달그락—

문이 바닥에 스치는 작은 소리에 운혜는 문가를 바라보았다.

운풍자가 들어오고 있었다. 운혜의 시선을 알아차린 운풍자는 무표정한 얼굴로 운혜를 바라보았다.

"괜찮으냐?"

"네."

운혜는 고개를 끄덕였다. 졸립긴 했지만 참지 못할 정도는 아니다. 아직까지는 크게 효능이 발휘되지 않고 있었다.

운혜는 쓸쓸해 보이는 미소를 지으며 운풍자를 바라보았다.

"추걸개 선배님은요?"

“…지금 막 출발하셨다.”

“그렇군요.”

운혜는 고개를 끄덕였다. 그리고는 차를 들어 다시 입가로 가져갔다.

팔 일 전, 마교의 눈을 피해 의도현에 도착한 추걸개는 재빨리 개방의 분타로 달려갔다. 그리고 추걸개는 그곳에서 근처 호북에 살고 있는 거지라는 거지는 모두 이곳으로 불러 모으라는 명을 내렸다.

운풍자는 괜히 시선을 끌 수 있다는 이유로 반대하려 했지만 의도현으로 가는 대신 추걸개의 뜻을 따르기로 한 약속 때문에 다른 방도가 없었다.

그나마 다행이라고 한다면 추걸개 선배에게 부탁해 무당에 서신을 넣을 수 있었다는 점이다.

비록 간단한 문구밖에 적지 않은 서신이었지만 장문 사형께서는 그 말뜻을 알아채기에 부족함이 없을 것이었다.

그리고 조금 전, 추걸개 선배는 조용히 개봉으로 출발했다. 직접 방주를 만나기로 결정한 것이다. 아마 추걸개 선배는 방주와 대면하는 날 바로 합비로 향할 것이나.

운혜와 운풍자 역시 장문인께서 서신을 받는 즉시 합비로 출발할 예정이었다.

“…사부께서도 오실까요?”

봄볕이 따듯하게 내리쬐는 객잔의 구석에 앉은 운혜는 씁쓸한 얼굴로 운풍자를 바라보았다.

운풍자는 고개를 저었다. 현무 사숙께서는 몸이 좋지 않으시다. 그런 희생을 거쳐 운혜를 세상에 내보냈건만 지금의 상황은 현무 사숙의 뜻대로 흘러가는 것 같지가 않다.

운풍자는 씁쓸한 얼굴로 입을 열었다.

"아마도… 오시지 못할 게다."

"잘됐네요. 사부는 안 그래도 아플 텐데."

운혜는 미소를 지으며 창가를 바라보았다. 사부의 얼굴이 떠올라 웃음이 지어진 것이다.

운풍자는 무표정한 얼굴로 운혜의 안색을 살폈다. 걱정했던 것과 달리 운혜는 멀쩡해 보인다.

"……."

"사조께서 오시면……."

운풍자의 시선을 알아챈 운혜가 자그마하게 중얼거렸다.

"괜찮아질 거예요."

"…그래."

운풍자는 고개를 끄덕였다.

*　　　*　　　*

쏴아아―

비가 쏟아지고 있었다.

비화대원들은 암울한 눈으로 하늘을 올려다보았다.

다행히 굴곡진 산들이 많고 동굴도 많아 잠시 비를 피할 데가 없는 것은 아니었지만 조금 전의 휴식 때문에 걸음은 아예 멈춰지게 되고 말았다.

작은 마을에라도 들어가 쉴 수 있었건만…….

마규상에 대한 비화대원들의 불만은 점점 커져 가고 있었다.

비화대주는 조용히 마규상을 바라보았다.

"이제 어쩌실 셈이오?"

"…동굴을 찾으시오. 그곳에서 묵어가겠소."

"…….."

비화대주는 잠시 마규상을 노려보고는 냉랭히 몸을 돌렸다.

마규상은 시선을 돌려 청명을 바라보았다. 청명은 차가운 비를 맞으며 달달달 떨고 있었다.

"추, 추워요."

"조금만 참으시오."

"네."

청명은 하늘을 올려다보았다. 비가 내리는 것이 원망스러웠다. 이렇게 추운데 비까지 오다니. 원시천존님이 괜히 자신을 놀려먹는 것 같아 청명은 입을 비죽거렸다.

입을 비죽거리던 청명은 숲 속에서 작은 토끼를 발견했다. 갈색의 털이 보슬보슬한 토끼는 비에 놀라 우왕좌왕하는 모습이었다.

토끼는 잠시 보슬보슬한 털을 적셔가며 어딘가로 쏜살같이 달려가더니 이내 작은 토굴 속으로 모습을 감추었다.

청명은 그 모습을 보며 미소를 짓고는 하늘을 올려다보았다.

비가 오면 맞아야 한다. 자연의 법칙에 따라 그것을 피할 수 없다. 그것을 피하는 것은 인위다. 하지만 무릇 생명 있는 것들은 자신의 살 길을 찾는 법. 그 길을 찾지 않는 것도 인위다.

그러니까 비를 안 맞아도 된다.

청명은 잠시 미간을 찌푸렸다.

'하지만 호풍환우는 평범한 사람이 하는 일이 아니라고 했는데…….'

무당에서의 일을 기억해 낸 청명은 곧 시무룩해져서는 고개를 숙였다.

내리는 비를 다 맞아야 할 처지가 되고 말았다.

"……."

그때 청명의 눈에 비화대원 중 하나가 시야를 확보하기 위해 손을 부채처럼 펼쳐 눈가를 가리는 것이 보였다.

'아, 저러면 되는구나!'

청명은 방긋방긋 웃으며 하늘을 올려다보았다.

청명의 시선이 닿자 직선으로 떨어지던 빗방울이 부드럽게 휘어졌다. 청명의 머리 위로 한 치쯤부터는 빗방울이 아예 옆으로 떨어진다.

비를 막아낸 청명은 방긋 웃음을 지었다.

"헛!"

청명을 몰래 주시하고 있던 마규상의 입에서 짧은 신음 소리가 튀어나왔다.

신음 소리를 들은 주위의 비화대원들의 시선이 마규상을 따라 청명을 바라보았다.

그리고 동시에 비화대원들의 눈썹이 꿈틀대기 시작했다. 그동안 잊고 있었는데 저 도사는 무(武)의 새로운 경지를 개척한―비화대원들의 착각이지만―무인이었다. 아마 저것은 내공의 독특한 운용일 테지.

청명에게 곧게 내리던 비는 부드럽게 휘어져 청명의 주위로 떨어지고 있었다.

"헤헤."

청명은 방긋방긋 웃으며 마규상을 바라보았다.

"……."

마규상은 딱딱한 표정으로 시선을 돌렸다. 순진무구해 보이는 시선을 마주해야 하는 일이 쉽지 않았다.

"이곳이오!"

어디선가 동굴을 찾아낸 비화대원의 목소리가 들려왔다.

마규상은 조용히 그곳으로 걸음을 옮겼다.

쏴아아—

내리는 비는 점점 거세어져만 갔다.

*   *   *

톡! 토독!

개방 총타(總舵)가 있는 하남성(河南省) 개봉(開封)에도 비는 내리고 있었다.

한동안 시원하게 내리다 지금은 멎어가는 봄비를 바라보던 추걸개는 시선을 돌려 자신의 앞에 누워 있는 늙은 거지를 바라보았다.

기울 생각도 하지 않은 듯 군데군데 찢어져 있는 낡은 옷을 입은 늙은 거지는 깡마른 데다가 흰 수염과 주름살이 적지 않은 것이 제법 많은 세월을 보내왔다는 것을 알려주었다.

개방의 방주 표주신개(豹酒神丐) 초영(草英)은 누운 채로 호리병을 들고 시원하게 술을 들이켰다.

“카아!”

표주신개는 목에서 나오는 탄성을 내뿜으며 손을 들어 입가를 닦았다. 검은 때가 군데군데 낀 수염이 곧 얼룩져 들어갔다.

“시원하기 짝이 없구먼. 막둥이 사제도 한잔 안 마시려나?”

“됐수다.”

추걸개가 고개를 저으며 말했다.

표주신개는 아무렇게나 풀어헤친 머리를 긁적거렸다.

“이런 되바라진 놈을 봤나! 우리 사부가 예전부터 그러지 않더냐! 술 못 마시는 놈은 개방도가 될 자격이 없다고!”

“사형이나 많이 드시오.”

“니미, 대작할 사람이 없으면 본래 술맛이 없는 법이지 않느냐!”

표주신개가 크게 외쳤다. 하지만 추걸개의 표정은 심각해져 있었다.

“술 마실 기분도 아니외다, 방주.”

“…….”

표주신개의 얼굴이 단숨에 굳어져갔다.

“하아! 방주 짓도 내가 괜히 맡았느니. 옘병할 사부 말을 듣는 게 아니었어. 그래, 다시 한 번 말해보거라. 무당의 누가 세상에 나왔다고?”

낡디낡은 좁은 천막 속에 깔린 너저분한 포대 위에 아무렇게나 누워 있는 늙은 거지의 말에 추걸개는 한숨을 내쉬었다.

“생각이 바뀌었소, 사형. 나도 좀 마셔야겠수다.”

표주신개는 호리병을 흔들었다.

“허헛, 이놈이 지랄하네. 거지는 본래 기회 놓치면 동냥질이든 뭐든 없는 법이니라. 아까 했던 말이나 다시 해보거라.”

추걸개는 침울한 음성으로 입을 열었다.

“무당의 음화신녀가 세상 밖으로 나왔다고 했소.”

“니미.”

표주신개의 짧은 욕설이 이어졌다.

“듣기 싫은 말이다만 듣지 않을 수도 없구나. 안 그래도 어제 동냥질부터 재수가 없더라니……. 그래, 그 여아는 어디에 있는고?”

추걸개의 얼굴이 붉어졌다.

“아, 몇 번이나 말했잖소! 지금쯤 합비로 출발했을 거라고!”

표주신개가 손사래를 쳤다.

“그래그래, 무당의 인물들과 만나는 대로 합비로 간다고 했었지. 그 다음 또 뭐라고 했더라? 계속해 봐라.”

추걸개는 잠시 표주신개를 보고는 한숨을 내쉬었다.

“하아! 그리고… 무당에 신선이 내려왔다고도 했소.”

표주신개가 몸을 벌떡 일으켰다. 술에 취해 빨개진 코가 빛났다.

“정말 신선이 맞더냐?”

“그걸 몇 번이나 물으시오. 마지막으로 말하는데 분명히 신선이 맞더이다.”

“…….”

표주신개는 아무 말 없이 추걸개를 바라보았다.

시선을 받던 추걸개는 눈을 가늘게 뜬 표주신개를 보고는 어색하게 말했다.

“내가 내 눈깔로 확인했소!”

표주신개는 주름진 볼을 실룩댔다.

“네놈 눈깔이 다 죽어가는 개보다 못하다는 건 세상이 다 아는데 무슨 헛지랄이냐!”

“진짜요!”

“옘병할!”

표주신개는 다시 낡은 포대 위로 턱하니 누웠다. 늙은 몸으로도 잘도 활기차게 움직이는 표주신개의 모습에 추걸개는 실소를 지었다.

잠시 침묵이 흘렀다.

표주신개는 크게 한숨을 쉬더니 다시 몸을 일으켰다.

“네놈은 가서 개밥이라도 훔쳐 먹고 오너라. 먼 길 가자면 힘들 게다.”

“예?”

추걸개가 멍한 표정으로 표주신개를 바라보았다.

“아, 합비로 가야 할 것 아니냐, 이 미련한 놈아! 그 나이 먹도록 눈치코치 하나 없이 어떻게 동냥질을 해쳐 먹었는지 몰라.”

“…알겠소, 사형.”

추걸개는 조용히 몸을 일으켰다. 뒤에서 표주신개가 카르륵 가래를 모아 뱉는 소리가 들렸다.

바닥에 깔린 포대에 아무렇게나 퍼진 가래를 손으로 대충 문질러 닦은 표주신개는 자리를 비우는 추걸개를 불러 세웠다.

“야, 막동아.”

“왜 부르시오?”

추걸개가 뒤를 돌아보았다.

“한 번만 다시 이야기해 봐라. 그 신선은 그래서 어디로 가셨다고?”

추걸개의 얼굴이 한심한 사람을 본다는 듯 굳어졌다.

“마교라고 하지 않았소, 마교!”

“알았다, 이 빌어먹을 놈아! 소리 지르기는! 니미, 정파의 인물이 거길 왜 가?”

“낸들 알겠소.”

추걸개가 불퉁한 음성으로 입을 열자 표주신개가 귀찮다는 듯 손사래를 쳤다.

“알았으니 가던 길 가라. 행걸(行乞) 나가서 잘되면 나도 좀 주고.”

“알았소.”

추걸개는 천막을 밀치고 밖으로 나섰다.

그 뒷모습을 바라보는 표주신개의 눈은 형형한 빛을 발하고 있었다.

*   *   *

“…….”

마규상은 조용히 걸음을 옮겼다. 앞서 걸어가는 청명의 뒷모습을 바라보던 마규상은 이내 시선을 돌려 뒤를 바라보았다.

운남성의 더위는 조금씩 심해지고 있었다. 귀주성의 찬바람은 그야말로 잠시, 이제 더위가 점점 심해지고 있는 곳에 접어든 것이다.

일행의 옷도 조금은 바뀌어 있었다.

그리고 청명은 이제 헉헉거리며 거친 숨을 내뱉고 있었다.

“머, 멀었어요?”

더워도 너무 더웠다. 지친 청명은 늘어진 어깨를 추스르며 앞을 바라보았다. 앞에는 커다란 계곡의 갈라진 틈이 길게 자리잡고 있었다.

“이곳이 본 교의 입구입니다.”

청명은 고개를 끄덕였다. 과연 계곡 안쪽의 길은 꼬불탕꼬불탕한 것이 저 길을 따라 더워 보이는 저 산의 계곡 안으로 들어가기만 하면 긴 여행도 끝이 날 것 같았다.

“다만 이곳은 본 교의 진(陣)이 펼쳐져 있으니 조심하십시오.”

“네?”

청명은 고개를 갸웃했다. 굉장히 심각한 얼굴로 말하는 것을 보니 뭔가 무서운 것이 있나 보다. 그런데 진이라는 게 뭘까?

청명은 조심스러운 목소리로 입을 열었다.

“진이 뭐예요?”

“……”

마규상의 얼굴이 굳어졌다. 강호인이라면 모를 리가 없는 지식을 하나도 모른다는 듯 말하고 보는 것이 이상한 것이다.

“…진정 모르십니까?”

“네.”

마규상은 뒤를 돌아보았다. 마규상의 눈에는 청명이 보았던 계곡의 틈이 보이지 않았다. 오로지 높은 절벽으로만 보였다.

마규상은 다시 청명을 바라보았다. 차라리 잘됐다. 어차피 입구를 막고 있는 천문금쇄진(天門禁碎陣)의 파진법(破陣法)을 쉬이 공개할 수는 없는 노릇이니까.

“이제부터 그저 저를 따라오시면 됩니다.”

청명은 잠시 불만스러운 얼굴로 마규상을 바라보았다. 하지만 아무리 바라봐도 진이 무엇인지 설명해 주지 않는다.

“…네.”

청명은 조용히 뒤를 따라가기로 했다. 따라가기 전에 뭔지 가르쳐 주면 좋겠지만 그렇지 않는 바에야 어떻게 해볼 도리가 없지 않는가! 그냥 따라가는 것이 더 이로울 것이다.

마규상이 앞에 서 있던 일호에게 짧게 신호를 보내자 일호가 고개를 끄덕였다.

"비화대주께서 먼저 들어가시오."

차가운 눈으로 청명과 마규상의 대화를 노려보던 비화대주가 입을 열었다. 정파의 악적과 시시덕대는 모습을 더 이상 보고 있기가 힘들었다.

"이제 그만들 하시지."

일호의 얼굴이 딱딱하게 굳어갔다.

"예까지 와서 그렇게 시키고 자시고 할 일이 아니지 않소."

"…끝까지 따르시오. 지휘권은……."

비화대주는 피식 실소를 지었다. 지금에까지 와서 지휘권, 지휘권 하며 나불대는 게 우습기도 했다.

"그놈의 잘난 지휘권 때문에 정파의 악적과 가가호호 웃으며 떠들며 오지 않았소이까."

"뭐라?"

일호가 이를 드러냈다.

"비가 오면 피하게 해준다, 힘들면 쉬게 해준다……. 참, 아예 조사야로 모시지 그러셨소?"

이제는 노골적으로 비꼬는 비화대주였다. 일호는 무거운 목소리로 중얼거렸다.

"명을 무시할 셈이오?"

"우리 당의 당주가 내린 명도 아닌데 지금껏 잘 따라준 것에 만족하시오."

비화대주의 목소리에 좌중의 비화대원들의 시선이 일호를 향했다. 곧 칼부림이라도 날 것 같은 긴장감이 좌중을 감쌌다.

　주변의 긴장감에는 조금의 신경도 쓰지 않은 청명은 지루한 듯 계곡 너머를 바라보았다. 얼른 들어갔으면 좋겠는데 계곡 앞에서 더 움직이지 않고 저들끼리 무슨 대화를 주고받고만 있다.

　지루해진 청명은 계곡 안을 구경해 보기로 했다.

　"우와!"

　청명이 나직하게 탄성을 터뜨렸다.

　계곡 너머는 비교적 평평한 작은 평지가 있었는데 그곳은 아름다운 꽃들로 가득 차 있었다.

　하지만 청명의 나직한 탄성은 아무에게도 관심을 받지 못했다.

　일호는 더 이상 참지 못하겠다고 생각했다. 저놈은 대주는 물론이거니와 당주까지 무시했다.

　"혈로(血路)를 열겠소?"

　핏빛 길.

　마교의 율법 중 가장 강력하다고 할 수 있는 법칙을 말하는 것이었다. 강자존의 법칙이 살아 있는 마교에서 서열을 결정할 때 쓰는 말로 이때에는 생사가 갈려도 뭐라 말할 수 없다.

　심지어 복수권(復讐權)마저 없다.

　비화대주의 얼굴이 차갑게 굳어갔다.

　"…진심이오?"

　"열겠소."

　일호의 목소리가 들려왔다. 심각한 표정으로 그 모습을 바라보던 마규상이 입을 열었다.

　"일호. 그만 해라."

“…….”

비화대주는 조용히 마규상을 바라보았다.

“혈로는 한 사람만 걸을 수 있소이다.”

“…….”

일 대 일 전투가 벌어질 때는 아무도 끼어들지 못한다. 마규상은 더 이상 아무 말도 할 수가 없었다.

마규상의 옆에 있던 청명은 꽃밭에 대한 기대감에 발그레해진 얼굴로 마규상을 바라보며 중얼거렸다.

“저기 저쪽에 예쁜 꽃이 있어요.”

“…….”

마규상은 아무 말도 하지 않았다. 일호와 비화대주에게 너무 많은 신경을 쓰고 있는 것이다.

잠시 마규상의 반응을 기다리던 청명은 실망한 듯 다시 계곡 너머를 들여다보았다.

단 한 마디 말로 마규상의 입을 막아버린 비화대주는 다시 일호를 바라보았다.

“여기서?”

“여기서.”

일호의 목소리가 그 뒤를 따랐다.

“좋군.”

비화대주는 천천히 도를 꺼내 들었다. 일호는 팔을 툭툭 털고 소매를 한 번 펄럭여 운신을 자유롭게 했다.

“시작해도 되겠소이까?”

“하시오… 엇!”

결의에 찬 일호의 말은 이상하게 끝나 버리고 말았다. 일호는 다급히 뒤에 서 있는 마규상을 바라보았다.

“대주!”

혈로를 열고도 뒤를 돌아보는 행위라니! 듣도 보도 못한 행위에 비화대주는 눈살을 찌푸렸다. 하지만 마규상이 다급한 표정으로 뒤를 가리키자 비화대주의 눈도 곧 커져 버리고야 말았다.

“잡아!”

이번엔 비화대주의 입에서 비명이 터져 나왔다.

뒤에서는 청명이 해맑게 웃으며 진 안으로 뛰어들어 가고 있었다.

“있다가 봐요!”

“거기는……!”

마규상은 재빨리 천마삼보를 펼쳐 앞으로 달려나갔지만 이미 늦었다.

청명은 진 안으로 사라져 버리고 난 뒤였다.

“모두 찾아!”

마규상의 목소리가 있기도 전에 거의 대부분의 비화대원들은 진 안으로 모습을 감추고 있었다.

곧 정적이 염마산(炎魔山)을 감쌌다.

“우와!”

진 안으로 들어선 청명은 탄성을 내뱉었다.

안에는 기화요초(琪花瑤草)가 가득했다.

푸른 벌판에는 아스라이 안개처럼 이름 모를 흰 꽃들이 피어 있었고,

군데군데로 나비가 날아다니고 있었다. 그 위로 메뚜기 한 마리가 펄쩍 뛰어 사라지는 것이 오랫동안 무당산에 살았던 청명의 마음을 설레게 했다.

청명은 사이로 나 있는 꼬불꼬불한 소로를 따라 달렸다.

"우와, 이쁘다!"

한참을 달리던 청명은 곧 걸음을 멈추었다.

푸른 꽃이 피어 있었다. 희거나 혹은 붉은 꽃들 사이로 드문드문 피어 있는 푸른 꽃을 본 청명은 헤헤 웃으며 쪼그려 앉았다.

"헤헤."

꽃이 바람에 부드럽게 흔들리는 모습이 하늘하늘거리는 예쁜 구름 같아 마음이 절로 청량해졌다.

투다닥!

청명의 뒤에서 괴상한 소리가 들려왔다. 청명은 그 소리에 놀라 뒤를 돌아보았다.

꽃 사이로 구불구불 이어져 있는 작은 소로 위를 마교까지 안내해 준 사람들이 신이 나서 뛰어가고 있었다.

하지만 소로 밖으로는 뛰지 않는 것이 왠지 이상한 느낌이 들었다.

'왜 저러지?'

청명은 고개를 갸웃했다. 하지만 이런들 어떠하며 저런들 어떠하리!

청명은 다시 푸른 꽃을 보며 미소 짓기 시작했다.

마규상의 눈에는 푸른 꽃이고 나발이고 하나도 보이지 않고 있었다. 오히려 새카만 어둠 속의 괴수가 보이고 있었다.

"헙!"

　방위를 한 치라도 잘못 밟으면 환상 속으로 깊이 빨려 들어가 버리는 오묘한 조화 속에서 침착성을 잃는다는 것은 커다란 위험이었다.

　하지만 가공할 능력을 가진 정파의 신선이 마교에 단신으로 난입해 들어왔으니 마음이 어찌 급하지 않을쏜가!

　덕분에 마규상은 평소엔 아무렇지도 않게 밟던 방위조차 틀리고 있었다.

　마규상은 재빨리 눈을 감았다.

　목이 두 개인 거한의 송곳니가 팔을 깨무는 느낌이 들었지만 마규상은 이를 악물고 고통을 참아냈다. 그리고는 천천히 한 발 우로 움직였다.

　"……."

　통증이 사라졌다. 그리고 동시에 한 치 앞도 보이지 않는 어둠 사이에서 작은 땅덩어리 하나가 보였다.

　그곳을 밟고 다시 냉정하게 생각해야 했다. 예전에 외워두었던 방위가 틀리고 있다. 마음부터 진정시킬 필요가 있었다.

　"…제길."

　마규상은 보이지 않는 어둠을 둘러보았다. 이곳 어딘가에 신선이 있다.

　청명은 그런 마규상을 보고 고개를 갸웃하고 있었다.

　마규상은 소로를 따라 달리다가 한 발 옆으로 걸어가 꽃밭 사이로 빠지더니 잠깐 몸을 허우적대고는 다시 소로로 돌아오고 있었다.

　그 모습은 뒤에서 달려오는 비화대원도 마찬가지였다.

비화대원 중 하나는 소로를 벗어나 도를 들고 칼춤을 한바탕 추더니 잠시 몸을 부르르 떨고는 소로로 돌아갔다.

그 뒤의 사람은 소로를 벗어나더니 잠시 묘한 모습으로 엉덩이를 흔들며 춤을 추다가 바지에 오줌을 지리며 소로 위로 쓰러졌는데 다른 사람들은 그 모습을 보지 못했는지 계속해서 쓰러진 사람을 짓밟고 지나가고 있었다.

'무슨 일일까?'

청명은 호기심에 꽃밭 너머의 마교도들에게로 달려갔다.

비화대주의 몸짓이 다급해졌다. 이러다가는 죽도 밥도 안 되게 생겼다.

신선을 찾아 주위를 두리번거리던 비화대주는 일단 기억을 더듬어 방위를 생각해 냈다.

'우측, 좌로 삼 보.'

진의 생로(生路)가 끊임없이 변화하는 데다가 방위마저 끝이 없어 파진법을 모르면 그야말로 죽은 목숨이었다.

모든 방위를 계산할 수 없으니 자연히 자신의 위치에서만 정해진 법칙에 따라 다음 방위를 세산해야 했고, 세산법을 알지 못해 첫설음을 잘못 떼면 세 걸음 안에 목숨을 잃게 된다.

무엇보다 이 진의 무서운 점은 이것이 환상이라는 것을 알게 하면서도 그 속에 빠져들게 된다는 점이었다.

비화대주는 걸음을 옮겼다. 하지만 주위를 둘러싼 어둠 속에서 보이는 진의 생로에 난데없이 사람 얼굴이 보였다.

"으헉!"

비화대주는 잠시 걸음을 멈추었다. 잘못 계산했나 보다. 생로에 사람의 얼굴 따위가 있을 리가 없다.

사실 그 얼굴은 신선을 찾다가 방위를 잘못 밟은 불쌍한 마교도의 얼굴이었지만 비화대주는 그것을 보고는 이 길은 생문이 아니라고 굳게 단정지은 다음 그 반대편으로 걸음을 옮겼다.

그러나 그 길은 사문(死門)이었다.

청명은 도도도 달려가 꽃밭으로 힘겹게 한 걸음씩 걸어가는 비화대주를 바라보았다.

비화대주의 얼굴은 그야말로 식은땀으로 가득 차 있었다.

특이한 것은 위쪽은 땀을 뻘뻘 흘리고 있었는데 허리 아래쪽으로는 몹시 추운 듯 몸을 부들부들 떨고 있다는 점이었다.

그 모습은 왠지 웃겨 청명은 웃음 지었다.

"풉."

열기와 한기를 동시에 느끼던 비화대주의 귓가에 웃음소리가 들려왔다. 자신을 비웃는 웃음소리에 비화대주는 그만 눈을 뜨고 말았다. 눈앞에서 교주가 자신을 바라보고 있는 모습이 보였다.

비화대주는 황급히 부복했다.

"비화당 제4대주 기경식이 삼가 교주를 배알하오이다!"

비화대주는 부복한 다음 조심스럽게 고개를 들고 교주를 바라보았다. 교주는 고개를 살짝 모로 틀고 입술을 비틀며 자신을 비웃고 있었다.

"푸흡!"

'제길, 환상이었나!'

비화대주는 재빨리 자리에서 일어났다.

청명은 마침내 참지 못하고 웃음을 터뜨렸다.

"아하하핫!"

배를 쥐고는 한동안 까르르 웃던 청명은 웃음이 조금 진정되자 다시 비화대주를 바라보았다. 비화대주는 굳은 얼굴로 자신의 어깨 너머를 바라보고 있었다.

"…저, 왜 그러세요?"

비화대주의 눈앞에 무림맹주의 얼굴이 떠올랐다. 실제와 같이 그렸다는 그림으로 수백 번도 넘게 보았던 얼굴이다.

비화대주는 이를 악물고서 도를 꺼내 들었다.

"숙어!"

"엇?"

도가 바람을 가르며 청명에게로 날아왔다. 다행히 방위가 청명에게서 약간 틀어져 있어 청명은 화를 면할 수 있었다.

휘잉!

바로 머리 옆을 시나가는 서센 노풍에 청명의 간담이 서늘해졌다.

"으아아!"

갑작스러운 공격에 무서워진 청명은 재빨리 몸을 돌려 꽃밭 사이로 달려갔다.

얼마나 달렸을까.

소로와는 아예 떨어져 버린 청명은 당황한 얼굴로 주위를 둘러보았다.

끝도 없는 꽃밭일 줄 알았는데 의외로 조그마했다. 그 너머로는 험난한 바위들이 있었다.

그 너머에서 피어오르는 유황 냄새를 맡으며 청명은 고개를 갸웃했다.

'여기가 어디지?'

청명은 곰곰이 생각해 보았다. 누가 갑자기 칼로 자신을 베어버리려고 해서 도망을 온 것까지는 좋은데 달리다가 소로가 어디 있는지 까먹고 말았다.

청명은 바위를 바라보다가 뒤로 돌아섰다.

뒤에 펼쳐진 꽃밭을 바라본 청명은 천천히 길을 더듬어 꽃밭을 헤치고 걸어나갔다.

푸르고 붉은, 혹은 희거나 노란 꽃들이 가득한 길을 헤치고 청명은 앞으로 나아갔다.

하지만 아무리 가도 소로는 보이지 않았다. 청명의 얼굴은 천천히 울상이 되어가고 있었다.

"저기요!"

사부작—

자그마한 바람이 불었다. 하지만 바람 소리 외에는 아무런 대답도 오지 않았다.

청명은 꽃밭을 헤매며 다시 사람을 불러보았다.

"저기요 !"

여전히 아무런 대답이 없다.

"아무도 없어요?"

청명은 꽃밭을 가로질러 달려갔다.

"마 도우!"

사부작—

청명은 걸음을 멈추었다. 바람 소리 사이로 인기척이 느껴지고 있었다.

"저… 누구세요?"

사부작—

바람에 흔들린 꽃들이 저들끼리 내는 생경한 소리가 울려 퍼졌다. 그리고 그사이로 조그마한 발걸음 소리가 들려왔다.

청명은 다시 시선을 돌렸다.

옆에는 아무것도 없다.

뒤에도 없고.

"으앗!"

두리번거리던 청명 앞에 조그맣고 쭈글쭈글한 노인네가 불쑥 나타났다.

"……."

"노, 놀랐잖아요."

청명은 볼을 부풀리며 항의했다. 하지만 노인의 얼굴은 아무런 변화도 없었다. 섬뜩하리만치 무표정한 얼굴이었다.

"저… 그런데 누구세요?"

"……."

여전히 아무런 대답이 없었다. 청명은 조용히 노인을 바라보았다.

잠시 침묵이 흘렀다.

"자네는 누군가?"

"네?"

마침내 노인이 입을 열었다. 잔뜩 쉰 목소리였지만 청명은 그 대답이 반가워 활짝 미소를 지었다.

“저는 청명이에요.”

“…이 진의 파진법을 아느냐?”

청명은 마침내 해답을 얻을 기회를 얻었다고 생각하고는 눈을 가늘게 떴다. 그리고는 큰 비밀을 물어보는 것처럼 자그맣게 속삭였다.

“저기… 아무도 안 가르쳐 줘서 그러는데 진이 뭔가요?”

“…….”

노인의 얼굴이 조금씩 변화했다. 볼을 조금 씰룩씰룩거리는가 싶더니 이내 입가가 부들부들거린다.

노인의 입에서 크게 웃음이 터져 나왔다.

“으헐헐헐헐!”

갑작스럽게 터진 노인의 웃음소리에 청명은 볼을 부풀렸다.

“진짜 모르는 거라 그러는데 좀 가르쳐 주지!”

“으헐헐! 진을… 하나도 모른다고? 그런데 내 진을 파훼했다고? 으헐헐헐!”

청명은 고개를 갸웃했다. 무슨 말인지는 모르겠지만 자신이 뭘 했단다.

“제가 뭘 했는데요?”

“으헐헐헐!”

노인은 한참 동안 말없이 웃기만 했다.

한참을 웃어 마침내 청명이 뾰로통해질 무렵 마침내 노인이 진정한 듯 숨을 고르기 시작했다.

“으헐헐. 간만에 재미있는 농담을 들었구나. 헐헐… 마기가 느껴지지 않는 것으로 보아 백련교도는 아닐 터. 네놈은 누구냐?”

“저는 청명이에요.”

“…….”

노인의 눈이 단숨에 매서워졌다. 그 눈길을 받은 청명은 단숨에 움츠러들고 말았다.

“저… 왜 그러시나요?”

“…….”

노인은 다시 말이 없어졌다. 표정도 종전의 무표정으로 돌아갔다.

청명은 잠시 주저주저하며 노인의 눈치를 살피고는 조그맣게 중얼거렸다.

“그런데… 도우는 누구신가요?”

노인의 눈이 가늘어졌다.

“도우라……. 도가의 인물이더냐?”

“네.”

청명은 고개를 끄덕였다.

순진한 청명의 얼굴을 바라본 노인은 다시 미소를 살포시 짓고는 입을 열었다.

“본로는 백련교의 제일장로 경추추(庚聚鶵)다. 강호에서는 천기신사(天記神士)라고 부르지.”

『우화등선』 3권에 계속…

무한 상상 · 공상 세계, 청어람 신무협&판타지

『무상검』의 전설이 끝나고,
이제 『지존검(至尊劍)』의 신화가 시작된다!

지존검(至尊劍) / 일묘 지음

무협계의 히트&화제작
『무상검』의 작가 일묘의 신작!

『지존검』
(至尊劍)

누구도 어찌할 수 없는 강함과 엉뚱함을 지닌 주인공과
한 겹 차가움을 둘렀지만 속알맹이는 너무나 사랑스러운 그녀.

정반대 성격의 둘이 만나 얽히고설키며 엮어내는
예측불허&상상불허의 기대를 뛰어넘는 재미!
갈수록 깊어져 가는 신비와 비밀의 철문 너머를 엿보는 재미!

오랜 숙고의 기간을 끝내고 나타난 작가 일묘의 최신작!
색다른 상상, 오묘한 재미와 맛깔나는 캐릭터의 호화로운 경연!

『지존검』은 지금까지 맛보지 못한 색다른 재미의 보고(寶庫)다!

청 어 람 신 무 협 판 타 지 소 설

최고의 신무협 작가 『설봉』의 최신작!

사자후(獅子吼) / 설봉 지음

다시 한번 당신을 잠 못 들게 만들
불후의 대작!

사자후
獅 子 吼

깊게 깊게 빠져드는 몰입의 세계!
온몸을 전율케 하는 짜릿한 강렬함을 느낀다!

그에게서는 묘한 악취가 풍겼다. 그가 창을 겨눴을 때……

화염이 이글거리는 눈동자를 보았을 때……

비로소 악취의 정체를 짐작해 냈다.

피와 땀이 켜켜이 쌓여 자연스럽게 뿜어져 나오는 살인마의 냄새.

그는 허명(虛名)을 좇아 비무를 즐기는 낭인(浪人)이 아니라 야성(野性)이 살아서 꿈틀거리는 진짜 살인마였다.

투지가 끓어올라 활화산처럼 꿈틀거렸다.

그의 눈길을 정면으로 맞받으며 묘공보(妙空步)를 밟기 시작했다.

우리의 첫 만남은 그렇게 시작되었다.

- 환봉개(幻棒丐)의 회고록(回顧錄) 中에서 -

청 어 람 신 무 협 판 타 지 소 설

제1회 신춘무협 공모전에 『보표무적』으로
금상을 수상한 작가 장영훈의 신작!!

한 겹 한 겹 파헤쳐지는
음모의 속살을 엿본다!

『일도양단』
(一刀兩斷)

일도양단(一刀兩斷) / 장영훈 지음

그의 이름은 기풍한.

천룡맹(天龍盟) 강호 일급 음모(一級陰謀) 진압조(鎭壓組)
질풍육조(疾風六組)의 조장이다.

임무를 위해 출맹한 지 사 년이 지난 어느 겨울날 새벽,
돌아온 그에게 천룡맹 섬서 지단 부단주가 말했다.

"질풍조는 이미 해체되었네."

그리고…
그의 존재를 알던 모든 이들이 죽었다.